下册

乔先生的黑月光

姒锦 著

青岛出版社
QINGDAO PUBLISHING HOUSE

第七章
被失约，乔大人被抛弃了

回吉丘的路有些漫长。选手们大多不如来时活泼。没有人自拍，没有笑声，她们对沙漠失去了一开始的兴趣和热情，也很少有人再兴致勃勃地聊天。这辆车上，除了池月她们四个，其他全部是淘汰选手。她们在节目里吃了不少苦，心情沉重，不怎么讲话。

池月能感受到一些异样的目光。她闭着眼，用帽子盖住脸，只装作睡着了。

她们回到吉丘县城已是下午 5 点，王雪芽提前得到消息，就从营地过来，和那些选手的家属一起在酒店门口等池月。大巴一到，这姑娘就飞奔过来，一把抱住池月，箍住她不放，嘴巴却紧抿着，一句话都不说。

“喂！王雪芽女士。”池月心里暖暖的，有点儿想笑，“现在至少有十个摄像头对准咱们，你是准备在这里表演一段塑料姐妹情吗？”

“去你的！”王雪芽被她逗笑了，松开手，瞪着她。池月发现她的眼底布满了红血丝。这里人多，选手都在与家属拥抱、说话。

直播镜头还在拍她们，有人在呜呜地哭，有人在对着镜头谈感受，谈体会，谈收获。

池月不耐烦，能走多快就走多快。她拉着行李箱，和王雪芽默默地消失在人群里。

晚上8点，罗氏粥铺灯火通明。

乔东阳早早就过去要了个包间。

约好的时间到了。

约好的时间过了。

8点半了！池月没来。

9点了！池月仍然没有来。

乔东阳坐不住了，英俊的冷脸成了冰雕。他从来都不是一个耐心等人的主儿，但天狗是："乔大人，我们是不是被抛弃了？"

刚才乔东阳还觉得带天狗来是个错误，现在听到天狗的话，突然感到欣慰。有个陪伴机器人还是好的，毕竟不是一个人在烦躁。他纠正："这叫失约、失信、放鸽子！"

"失约、失信……为什么要放鸽子？"

"……"乔东阳无言以对。

"鸽子是一种鸟类。失约、失信是人类活动。乔大人，我不懂。"

乔东阳瞥了它一眼，站起身准备走人。可是他刚黑着脸拉开门，人来了。

"不好意思，我来晚了。"池月就站在门口，换了衣服，头发披散着，戴了个鸭舌帽，口罩、墨镜遮住了脸。明明看不清容貌，却让人挪不开眼。

乔东阳本不想理她，可淡淡地看了她一眼，气竟消了大半："知道现在几点了吗？"

池月略低头："睡过了。闹钟都没把我叫醒。"

经过"天降奇兵"三天魔鬼式的录制，她累成什么样子有目共睹。回到宾馆，躺在软软的床上，她一沾枕头就睡过去了，这实在怪不得她。

乔东阳为她找好借口，不忍心苛责了："进来。"

他让开一步，池月迟疑："你一直在这儿等着？"

乔东阳睨她一眼："不然我去哪里等？"

"怎么不打个电话给我？"池月坐下来，取下口罩，脸上的红肿和伤痕在灯光下格外清晰。

乔东阳看了一眼，语气更软了："反正我也没什么事儿，不如让你多睡一会儿。"

池月抬抬眉："这么好心？"

乔东阳："不好能做你的救命恩人？"

池月笑起来，拿过菜单："今天晚上池老板请客！想吃什么随便点。"

乔东阳给了她个白眼。

这粥铺随便点能吃多少？

池月转头，看向乖乖站在桌子上的天狗："哈喽，好久不见。"

天狗扫着池月："哈喽，我是乔大人的私人 AI 宠物天狗，很高兴认识你。"

池月一怔："天狗，你不知道我是谁了吗？"

天狗晃晃脑壳："你是谁？"

池月："……"

完了，升级系统把脑子升坏了。

她莞尔一笑："我是池月。"

天狗："池月小姐姐，你好。"

池月："你好。"

这种聊天方式很奇怪，不过乔东阳对天狗的表现十分满意，于是很"不好意思"地和池月解释："天狗的系统升级之后，有些文件损坏了。可能它现在不认识你，以后多接触几次就好了。"

池月觉得这话怪怪的，心里莫名有点儿酸。她嗯了一声，刚准备说话，天狗突然冒出一串类似于机械发出的"哈哈哈哈"的笑声，大脑袋也一晃一晃的："池月小姐姐，你难道看不出来我在逗你玩吗？"

"……"池月一脸蒙。

天狗的两条小短腿动了动："你说，我是不是世界上最可爱的小机器人？”

池月不禁发笑：“是！肯定是！”

天狗：“那我是不是你最心爱的人？”

池月：“什么鬼？”

天狗：“难道你已经忘了吗？我们说好要组队谈恋爱的！”

池月瞄了乔东阳一眼，冲天狗做了个鬼脸：“好，我们私下联系。”

天狗：“好哇好哇！”说完，它惆怅了，“可是我没有手机号码！怎么办呢？”

它还当真了。

池月似笑非笑地看乔东阳：“让你们家乔大人给你配一个？”

“喀喀！”乔东阳从菜单上抬起头，适时地打断了他们的对话，叫服务员进来拿菜单，然后十指一扣，隔着桌子端详池月，“你这脸怎么这么丑？”

他会不会聊天啊？！

池月看着他“真诚”的脸：“乔先生最近好像很闲？”

“我一直都很闲。”

“我很奇怪，你们这些霸道总裁都不用工作的吗？”

乔东阳笑笑：“有些人因为工作能力差，需要大量时间来处理日常工作，看上去很勤奋，但效率低。还有一些人的工作能力强，效率高，不需要把时间全花在工作上，日子当然过得逍遥自在。”

池月：“这么说，乔先生是后者了？”

乔东阳睨她一眼，一脸傲娇的表情。

池月有点儿想笑，拼命忍住了：“那我就更不明白了，为什么你的工作能力这么强，上学的时候成绩却那么差呢？”池月的身体微微向前倾，她压低声音，“我记得我在网上看过你的成绩单，那真是……让人尴尬啊！我长这么大，第一次看到有人可以考出那样的成绩。我很好奇，乔先生是怎么以学渣的身份逆袭的？”

哪壶不开提哪壶，她故意的。

乔东阳懒洋洋地一笑：“看来池小姐很关心我嘛。”

池月莞尔一笑：“乔先生的粉丝多，不用关心，你的消息也能灌一耳朵。”

乔东阳沉默片刻："那是我故意的。"

池月一副恍然大悟的样子："我就说嘛，乔先生能凭本事全科挂零，肯定也能凭本事写出那些学术论著。花钱找枪手的事儿，你肯定是不能干的。"

这反话说得真溜。

乔东阳笑了笑："我得罪过你？"

池月："没有。"

乔东阳漫不经心地说："迷途知返吧，有一个优秀的男人就摆在你面前，你不仅不知道珍惜他，还不遗余力地打击他、奚落他。不要等到失去的时候才后悔莫及……"

天狗接话："如果上天能给你一个再来一次的机会，你会对那个男人说什么？"

乔东阳："闭嘴！"

天狗："是，乔大人。我会对那个男人说三个字：我爱你。"

乔东阳："……"

两个人生了个针锋相对的性子，聊天虽不会卡壳，但说不了三句就得顶起来。天狗的存在刚好填补了这个缺口，每每两个人掐起来，它就出来调和气氛。这样一来，这顿饭竟吃得很开心。回宾馆的时候，池月给王雪芽打电话。王雪芽已经归队，听完池月的"工作汇报"，她一阵笑："我的月光光小姐，乔师兄把话都说得那么明白了，你怎么就不开窍呢？"

"开什么窍？"

"他喜欢你啊！"

池月能感觉出来，但是她不是王雪芽那种对生活和感情都极端理想化的女孩子。对很多东西看得太透彻，活得太明白，就会格外谨慎："他对我，一时新鲜吧。"

"怎么说？"

"大鱼大肉吃多了，偶尔想喝喝粥。"

这句话是今天晚上乔东阳吃饭的时候说的。

池月听入耳朵，觉得很应景："所以，不要想得太多，免得大家尴尬。"

王雪芽一阵感叹："你俩真是天生一对啊，老天爷安排得太合理了。在一起吧，不要再出来祸害别人了。"

"王女士，你可以滚去睡了。"

"好的，最后一句，你们彼此相爱，就是为民除害。"

"天降奇兵"的下一轮比赛在后天进行。中间有一天的休息时间，池月安排得满满当当。她没有离开宾馆，叫了外卖，在网店后台坐镇，把这些天积压的事情都处理了。帮她代发的人很尽责，不过，最近销量明显下滑，这让池月有些唏嘘。一个人有没有认真对待工作，业绩就是明显的体现。

她拿了资料，花了一天的时间上新、装修店铺。末了，她又和邵之衡聊了一会儿。

线下无人超市还没有开张，但已经在装修了，邵之衡对这个项目很上心，几个城市的店都是他亲自选址，装修风格也费了一番脑筋，全部工作亲力亲为。

池月："开张的时候，我争取来参加仪式。"

邵之衡："专心做你的事儿吧，这边你不用操心。"

池月："邵哥费心了。"

他真是一个极好的合作伙伴，让她全无后顾之忧。可池月心里很清楚，邵之衡只是报喜不报忧而已，从项目规划到选址装修，再到跑各个部门拿许可证，都很消耗精力。而邵之衡这个人生意做得杂，手头的事情多，这家店不是他的主要事业。他这么支持，全是因为两人这些年良好的合作关系。

邵之衡问了池月比赛的事儿，但绝口不提网上的那些舆论，非常懂得照顾她的心情。可聊到最后，他冷不丁冒出一句："听说小范和你朋友在处对象？"

池月正在伸懒腰，末了，慢慢地打字："好像是的。怎么了？"

邵之衡："没事。"

池月不喜欢背后议论别人，可事关王雪芽，就又多了一句嘴："看你这语气，是这个人不靠谱吗？"

"也不能这么说。"邵之衡是个温和的人，所有的犀利都用到了商场上，平时对人的评价也比较保守，“小范工作上没什么问题，人也比较仗义，就是……我听说，以前他处过几个女朋友，都无疾而终。”

邵之衡不是喜欢说人是非的人。

池月看着屏幕，没说话。

“当然，这也算不得污点。年轻人谈恋爱，分分合合稀松平常，是我这个老古董思想太陈旧，还把这当成一件事来说。”

“瞧你说的，好像七老八十了似的。邵哥你是正当年啊！”

“你就别给我戴高帽了。老了，跟不上年轻人的思想了。怪不得混了这么多年，混成了一只大龄单身狗。”

“扑哧！这不就跟上时代了吗？邵哥，你那是缘分没到。”

池月和他有一搭没一搭地聊着，脑子里却全是王雪芽。小乌鸦是她的小仙女，没谈过恋爱，单纯、善良，一旦爱上就执迷不悟，一心系在范维的身上。那次为了给他捡镜头闯了祸，又因为没有捡回镜头内疚，她就偷偷托人买了一个更好的镜头送给范维。池月今天把她好一顿说，但陷入爱情的女子，那就是智障！

王雪芽不差钱，但池月怕她把范维惯坏了，将来吃亏。

“你明天有空儿吗？”邵之衡的消息把池月的思绪拉了回来。

她想了想：“有的。”

邵之衡：“明天我过来找你签几份文件，咱们见个面。”

合伙经营的生意，很多正式文件上都需要池月签名。池月知道邵之衡是个讲究人，所以提前帮他在吉丘大酒店订了房间，又赶在他到达前找服务员拿了钥匙，先去查看房间的状况。为了避免不必要的麻烦，池月照常戴着帽子、眼镜、口罩。她遮住了脸，穿得也低调。进了电梯，她默默地站在角落里，低着头。

电梯还没上行，门开了。进来三个人，说说笑笑地站在她面前。

池月又往后面挪了挪。

叮！电梯门又开了。

这次进来一男一女，女人挽着男人的胳膊。

池月不经意间瞄了一眼，怔住了。

看到电梯里有人，女人的手不着痕迹地滑开，就好像刚才只是她不经意地扶了那个男人一下。然后，两个人一本正经地站直身子，面对电梯门，一言不发。

他们没有注意到池月。池月靠墙站着，不动声色地注视着他们。

电梯里没有人说话。很快，第五层到了，他俩一前一后地出去了。女人的年纪稍长，鼻梁上架着蛤蟆镜，昂首挺胸，姿态高冷；男人很年轻，默默地跟随着她，规规矩矩。他们像上下级，而非情侣。如果不是池月亲眼看到那只搭在他胳膊弯儿上的手，肯定不会怀疑他俩的关系。

池月给邵之衡订的房间在八层，她拿着房卡开门，心不在焉地检查一下，走了。

吉丘最好的酒店就是这里，条件比大城市差了很多，但没其他选择的时候，这儿也算得上干净体面。池月回到自己的房间，换了衣服，化了个淡妆，默默地去酒店大堂等人。整个过程她都表现得很平静，内心却有几分说不出来的焦虑。

在电梯里碰到的年轻男人是范维，而那个女人——是沈亚丽。

自己碰上这种事儿，很狗血。但在不确定的情况下，池月不能声张，更不敢贸然告诉王雪芽。今天王雪芽已经进入封闭训练，为期三天。在这三天里，选手不可以与外界联系，也不可以上网。如果范维真的和沈亚丽有不正当的关系，选择这个时机私会最合适，但池月不敢肯定。

她和沈亚丽接触不多，大体印象是这个女人很精明能干，有点儿冷血，不近人情，是一个非常利己的人，很看重利益。当然，这并不妨碍沈亚丽欣赏美色。王雪芽能看中的男人，长得当然是不错的。范维外形可以，又自诩摄影艺术家，有几分艺术气质，细皮嫩肉的一个小伙子对沈亚丽这种事业有成的女人来说大概也是有吸引力的。可是，池月目前不能给这件事定性。

王雪芽和范维谈恋爱的事情没有公开，除了彼此的朋友，旁人都不知情。而且，吉丘大酒店里住着“天降奇兵”的选手，还有节目组的工作人员，光凭看到沈亚丽和范维一起过来，并不能确定人家是来开房的，那样太武断了。只不过，池月的直觉告诉她，就算这俩人不是来开房，也肯定有暧昧。

一心想着这个事儿，池月见到邵之衡的时候，脸色还有些不好看。

邵之衡笑着问她："不欢迎我来吗？"

成熟的男人大多通透，懂得安慰人，也懂得给彼此空间。他不直接问，池月当然也不会直接告诉他："邵哥又幽默了。我这都迎到大门口来了，哪能不欢迎？"

邵之衡看她全副武装的样子，微微一笑，戏谑道："果然是国民偶像了，出门都是明星标配。"他所谓的明星标配，是指池月的帽子、墨镜、口罩，这严严实实的装扮，不像她平常大方示人的样子。

池月扶了扶墨镜："一言难尽。邵哥，你先上去放行李吧，我们一会儿说。"

邵之衡："好。"

放好行李，邵之衡洗了个澡，换了身衣服，然后和池月一同出门了。

在他洗漱的时候，池月就坐在大堂的沙发上玩手机。出于对邵之衡称呼她为"国民偶像"的疑惑，她点开了好久不关注的微博。短短几天，她的粉丝就有上百万了，还都是"活粉"。没有做数据，没有买流量……虽然其中一部分人关注她是为了骂她更方便，但这个惊人的数字仍然出乎她的意料。

池月翻了下评论，骂她的多，喜欢她的更多。一群人自娱自乐也就算了，还有人开了"池月的娘家"粉丝个站。站里的粉丝除了意淫她和乔东阳的CP（情侣）关系，还出了很多"池月个人表情包"，把她PS得稀奇古怪，配字的图片全部来源于"天降奇兵"的直播。粉丝个站的简介上写着："池姐的颜值我的嘴，做你的舔狗不后悔。你是月亮我是狗，从此一生一起走。"

池月忍俊不禁。直到邵之衡下来，她还一直在刷评论。

两人选了个离酒店较近的餐馆，吃的是本地菜，这是邵之衡的要求。他说来了两次都没有吃过本地的东西，这次想试试味道如何。但池月知道，他是在照顾她。

吃吃聊聊，池月故意把话题引向范维，想从侧面打听一下他的为人。

“你是不是在怀疑什么？”邵之衡微微一笑，直奔重点。

和聪明人说话，不用转弯抹角。

邵之衡是范维的老乡，与王雪芽也认识，池月不想对邵之衡隐瞒什么，她说出了自己的担心：“我没有处理过这种事，很为难。希望不是真的，又不能放任不管，害了小乌鸦。”

邵之衡沉默一会儿，放下筷子：“这个事儿取决于两个方面。”

“哦？你说说看？”

“一是你和闺密的感情。二是这件事的性质。”

池月皱了皱眉头。

邵之衡笑了：“你和王小姐的感情我清楚，所以，如果是真的，你肯定会告诉她。只是你又怕伤害她，怕猜错了，影响她和范维的感情。对不对？”

“对！”池月跟着笑了，“你觉得我该怎么做？”

邵之衡：“两个步骤。”

“说说看？”

“一，先搞清楚范维和总监的关系。二，如果确有其事，那你就用最委婉的方式告诉王小姐，将伤害降到最低。”

这两个步骤说起来容易，做起来很难。范维和沈亚丽要真有什么见不得人的关系，肯定很小心，外人很难查到。再说，他俩本来就有工作上的接触，只要不是在床上被抓住，怎么定性？而且只要是真的，无论用多么委婉的方式，都免不了让小乌鸦受伤，这才是池月最担心的问题。

“我有一个办法。”邵之衡说，“就看你是否信任我了。”

二人合作多年，信任彼此已经是一种习惯。池月信任邵之衡，就像邵之衡对她的信任一样。

商议好对策，吃完饭，池月与邵之衡一起回了酒店，然后一同去了他的房间。他带来的文件放在行李箱里，不方便带出去，池月理所当然地陪他回去签字，顺便再把工作上的事情跟他捋一捋。

这是公事，是正常范围内的交往。但是，两个人有说有笑地一同回房间，这在外人看来就不是那么回事儿了。当天晚上，池月洗漱完躺在床上，本想看看她的那些粉丝又出了些什么表情包，没想到却看到了自己的香艳八卦。

有人偷拍了她和邵之衡的视频，就只有他们一起进入房间的那几秒，到房门关上为止。

看到这样的画面，任何人都会猜测这是一对开房的男女。这种事恰好是人民群众喜闻乐见的。于是，短短几秒的视频迅速被推上热搜。

视频来源已不可考，但网友的嘴就像上了毒药的刀，不把人扎死，也能把人毒死。哪怕池月早就为自己打好了预防针，告诉自己不与陌生人计较，但当看到一些特别恶毒的诅咒时，也难免心浮气躁。

虽然池月有粉丝，还有“娘家”了，但粉到用时方恨少。黑子是有备而来的，有组织、有计划地攻击她，打击性非常强。而她的粉丝基本是路边上捡来的散粉，人家喜欢她，但不了解她的为人，在这件事情上想为她说话也没有底气。毕竟有视频，女人和男人开房的事儿不算无脑黑。因此，面对那一窝蜂的奚落、诋毁，他们的力量就显得太弱小了。

不仅如此，还有一堆可怕的“CP 粉”。池月之所以容易吸粉，除了她的女王人设，还有一个很大的原因，那就是“日月 CP”的存在。这些人坚定地认为池月和乔东阳手牵手飞上天是一定会实现的，乔东阳没有回应，给了他们很多美好的想象空间，他们沉浸在想象中，天天给自己发糖。

这突然爆出来的“池月开房视频”给了“日月 CP 粉”当头一棒。池月的“出轨”让他们极为愤懑，他们认为自己受到了愚弄和羞辱，转眼就由爱生恨，潮水般反噬了。

“我是瞎了什么狗眼，觉得她配得上我们大乔哥？自戳双目，粉转路！江湖不见！”

“明里信誓旦旦地要追随大乔哥上天，等蹭够了热度，火了一把，就抖了起来，跟人开房。池姐，做人能不能要点儿脸？”

“我们池姐长得好看，多找几个男朋友不是很正常吗？（狗头保命）”

“男主没看到脸，不过看上去比她大很多的样子……难道是金主？”

池月没想到，明明自己想抓别人的奸，却反过来被别人抓了奸。明天“天降奇兵”将进行第二轮比赛，这个热搜来得又快又及时，让“冷”了一天的“天降奇兵”又一次回到观众的视线里。“日月粉”肝肠寸断，“池月黑”上蹿下跳，而池月自己——关机、睡觉。

这个时候，她不想分心。

乔东阳当天晚上就知道了视频的事儿。天狗是个“耿直的孩子”，并不懂得人类复杂的感情，只是把池月的事情一五一十地汇报给乔大人，并问了个自己不懂的问题：“乔大人，为什么池月小姐姐睡个觉也会有人骂她呢？”

乔东阳一脸森然。

“乔大人，我也经常陪你睡觉。为什么没有人骂你？”

乔东阳嫌弃地瞪它：“闭嘴！”

“你们人类真是太复杂了。”

乔东阳没有理会天狗，而是发消息给侯助理：“上次我让你查的那个人，还没有眉目吗？”

网上那些人认不出邵之衡，乔东阳是知道的。那天短暂的相见给了乔东阳非常不愉快的体验，所以他把这个人记得很清楚。

侯助理小心翼翼地反馈：“查了。邵之衡这人风评很好，与他打过交道的人都对他赞誉有加。最近他和 Crown 公司有业务往来，外界对这个人的评价是有能力，有手腕，但正邪难辨。另外，邵之衡和池月之间的交往有好几年了，他不仅是池月网店的供货商，也是她身边唯一的男性友人。”

流言传得沸沸扬扬。

池月早上起床开机的时候，消息一拥而入。

她平静地丢开手机，洗漱、下楼、吃早餐。7 点整时，她准时等在酒店门口。

“天降奇兵”只剩六名选手，节目组为她们准备的是一辆七座商务车。六个即将成为竞争对手的队友陆续到达、上车，前往未知的地方。她们还不知道新一轮的考核内容和晋级规则，大家默默地坐着，几个选手的视线不时地瞄向池月。她戴着标志性的口罩、墨镜、帽子，和视频里的样子几乎没有区别。

昨晚，孟佳仪、刘芸、刘若男都发了消息问池月什么情况，她没有回复，在大家看来她已经间接承认了视频里的人就是她。

气氛有点儿古怪。

池月只当不知道，沉默着，不搭理人。

刘芸往她身边蹭了蹭："池月姐，今天是什么比赛内容？"

池月头也不抬："不知道。"

刘芸偷偷瞄了一下别人，见没人注意她，便将手轻轻插入池月的胳膊弯儿里："池月姐，你没事吧？"

池月的眉心微微一拧，她看过去："我能有什么事儿？"

刘芸：这也太平静了。她的八卦心都提到了嗓子眼儿，可遇上这么一个波澜不惊的主儿，毫无突破口。

刘芸与孟佳仪对视一眼，无奈地耸了耸肩膀。

第一轮比赛就已经够残酷了，众人做好了即将进入魔鬼比赛项目的心理准备，不承想，商务车载着她们去了《星空行者》节目组的办公点。导演组告诉她们，今儿是进行基础理论知识考试。

不比武，比文？六个女生全蒙了。

池月、孟佳仪、刘芸、刘若男都是从第五组晋级的，看上去就像一个小团队，因此，从第一组晋级的沈岚和从第三组晋级的熊灵自然而然就抱了团。从酒店到考场，她俩始终手挽手走在一起，其他四个人走在一起，而且三个女生都围着池月转。

被流言蜚语刷了一夜，池月似乎没有受到半点儿影响。考点是临时设定的，为了拍摄方便，各个角度的摄像头都已准备就绪。考生六个，监考老师无数个。这样逼仄的环境，让人怎么做题？

池月进入考场的时候看到了门口的沈亚丽。她今天穿得很职业，正在向工作人员交代着什么，看到池月过来，打量的视线不加掩饰。

"各位选手，这次比赛的知识点一共涉及二十八个基础理论知识。考试时间分为上下午。其中，上午三个小时，下午三个半小时。考试中途不得随意走动，不得离开考场，如要请假，按退赛处理。"

工作人员说完，又放缓语气，“现在大家自由活动，要上厕所的抓紧时间。半小时后正式开始。”

讲话结束，刘芸、孟佳仪马上围到池月身边：“上厕所吗？”

池月站起来：“嗯。”

三个女生走在前面，刘若男默默地跟上来：“考试你也这样全副武装吗？好多人在瞧你。”

池月：“没有规定不可以。”

刘若男压低声音：“我们都知道你不是那样的人。”

池月：“谢谢！”

一群人从考场那边过来，走得很快，最前面的人是沈亚丽，她的脸色十分凝重。这时，一个工作人员走到沈亚丽面前：“沈总监，乔先生已经到门口了。”

沈亚丽面色微沉：“一个人吗？”

工作人员看了看她：“带了三个人。”

沈亚丽：“知道了。”

对沈亚丽来说，总被这尊菩萨盯着不是什么好事，有他在，她做事总会束手束脚。按说乔先生家大业大，这个节目只是他的发展战略里很小的部分，根本用不着亲力亲为，可偏偏大少爷对这个节目的兴趣大得很，这些日子就像在吉丘扎了根一样。沈亚丽心里郁闷，但脸上的表情很从容，把乔东阳让到了办公室。

“乔先生，你来是有什么事儿吗？”

乔东阳看了她一眼：“我没事不能来？”

沈亚丽心里老大不高兴，可又不敢得罪他，只得赔着笑：“乔先生是大忙人，能抽空来指导工作，我们当然欢迎。只是马上要比赛了，恐怕没有时间接待您……”

乔东阳笑了，眼神却冷冰冰的：“你这是娱乐场所啊？我需要什么接待？”

沈亚丽哑口无言。

遇上这么个不讲理的人，她实在不知道怎么应付。

乔东阳：“看看考场去。我来监考。”

沈亚丽憋着火出了门，给郑西元打电话：“郑总，乔先生过来了。”

郑西元不耐烦："来了就来了，告诉我做什么？"

沈亚丽："他说他要监考，可是你说他是关心考试吧，又根本不在意，从头到尾都在埋头打游戏。这……郑总，你说他到底是干吗来的？"

郑西元笑了起来："可能他当年考得太差，去找找存在感？"

"郑总。"沈亚丽压低了声音，"我认为乔先生来者不善。今天他一进门，就没给我好脸色。你也知道，我是做事的人，平常很少与他打交道，我根本猜不准他的心思啊。"

《星空行者》的工作人员分为两个部分，有来自东阳科技的，也有来自昊光娱乐的。东阳科技的人主要负责赛制内容和航天技术层面的东西，而拍摄宣发这一块主要由昊光娱乐负责。因此，从严格意义上说，沈亚丽是郑西元的人。有事找上司汇报没毛病，毛病在于郑西元也不知道乔东阳是什么心思。

"你不用管他来做什么，把他当祖宗供起来就行。"

沈亚丽："我们下头的人很难做事的。乔先生虽然是投资人，但拍摄这一块儿，根本就不懂。郑总，有句话我不知道该不该说。"

不该说还说什么？

郑西元的脑壳疼："说吧！"

沈亚丽："让专业的人做专业的事儿，我们不能让外行来指导内行，你说乔先生现在……是不是手伸得太长了？"

郑西元没有说话。

沈亚丽认识他的时间不短，她知道郑总的底细。他是个星二代，虽然把昊光做得不错，但大体上还是得益于强大的背景。做事的是公司里的其他人，他本人最擅长的是吃喝玩乐。

于是她又烧了一把火："《星空行者》是我们昊光今年的重点项目，说句难听的，乔先生搞节目只是玩玩而已，他输得起，但咱们昊光可不能砸了自己的招牌。"

没听到郑西元说话，沈亚丽继续游说："郑总，从节目的角度来考虑，我认为乔先生不适合插手太多节目组的事情……"

郑西元叹了口气："那你说怎么办？"

"郑总，和他谈谈吧，当初合同上写得明明白白的，各有分工——"

"是，你说得都对。可是……"

沈亚丽追问："可是什么？"

郑西元轻笑："你难道不知道，投资人都是爸爸吗？江湖规矩，谁花钱谁就是老大。唉，那乔东阳就是亲爸爸啊！我能拿他怎么办？"

郑西元认为自己说得已经够清楚了，但一般能力强的人都有一个通病，那就是喜欢坚持自己的想法，很难放弃。沈亚丽一直试图说服他，偏偏郑西元又不是一个善于听取下属意见的上司。他不耐烦到了极点："行行行，我这就打电话和乔东阳沟通一下。"

"现在吗？我看乔先生今天情绪不好，你不如另外找个合适的时间？"

"我和他是铁瓷儿，没关系。"

沈亚丽松了口气："好的，我等郑总的消息。"

郑西元马上给乔东阳打了电话，然而，电话响了不到两声，他的"铁瓷儿"就直接挂断了。于是他又拨了第二次，第三次，结果电话连续被挂断。一分钟后，乔东阳打了过来："你最好有天大的事儿要说。"

郑西元："天大的事儿是没有的，就是想问问你，晚上吃什么？约吗？"

乔东阳吸气："滚蛋！我在监考！"

"时间到，停止答题！"

比赛结束，试卷被收了上去，考场上终于有了活气。

刘芸伸脖子问池月："池月姐，你做完了吗？"

池月嗯了一声："百分之八十的选择题，怎么可能没做完？"

刘芸伸舌头："啊！我来不及看题了，好多都是蒙的。三长一短选一短，三短一长选一长，两长两短就选 B，参差不齐必选 C。"

池月朝刘芸竖了个大拇指，走出考场。

乔东阳已经离开了，在考试接近尾声的时候，是第一个走出去的。

节目组提供午餐，她们吃过饭，休息两个小时，之后还有采访和直播。选手们考了三个小时，看题看得头都晕了，一个个眼花体乏，又不得不打起精神来应付，对着镜头强颜欢笑。更可怕的是，这样的事儿下午还要再来一轮。

下午的考试，乔东阳没有来。池月发现这题量比上午大，难度也大了很多。等她交完试卷，累得脑子都放空了。

刘芸和孟佳仪跑过来，抱住她就是一阵嘤嘤嘤："航天梦破碎了。池月，你考得怎么样？"

池月说："题量太大了，做了的大概都会，只是时间不够。剩下的来不及做的一小部分是用刘芸教的方法写的：三长一短选一短，三短一长选一长，两长两短就选 B，参差不齐必选 C。"

孟佳仪哈哈大笑："小芸的绝招！我也是这么干的。若男，你呢？"

刘若男吭哧吭哧地笑："我也没做完，后面也是这么选的。"

四个人击掌、欢呼。另外两个选手不知道她们发什么神经，古怪地交换了个眼神，走了。

一共就六个考生，题目又大多是选择题，所以比赛成绩当天晚上就出来了。

晚上 8 点，池月正在宾馆里捣鼓她的网店，就接到了节目组的通知："恭喜你在理论基础知识比赛中以第二名的成绩胜出。要再接再厉啊！下一轮比赛从明天开始。上午 7 点，老地方集合。"

池月愣了一下："谢谢！"

对于这个结果，她其实有点儿意外。

那个题目的难度，那个题量，她只考了第二名，难道还有藏龙卧虎的高手？池月没有问工作人员谁拿了第一名，而是去翻参赛选手的个人资料。在比赛期间，官方为了提高节目的热度，会把选手的个人情况做成宣传资料，池月几乎没费力气就扒了出来。

从第一组晋级的沈岚进入了她的视线。

这个女生的履历相当精彩。父母都从事航空航天工作，她本人也就读于航校，飞行器设计与工程专业，目前在上大学二年级，是一个成绩非常优秀的学生（网上消息）。上次错过《星空行者》的海选，是因为她跟随导师做项目考察去了。

校友，小师妹。这么说来，明天的比赛会很有意思了。

六个人的比赛成绩是同时发出的。池月刚准备关电脑睡觉，孟佳仪就来约她："明天要分别了，咱们四个一起约个会吧。"

池月听出来了，孟佳仪没有晋级："什么时候走？"

孟佳仪说："明天上午。怕来不及和你们告别。"

池月沉默两秒："行。哪里？"

孟佳仪："楼下大堂。我约她们，十分钟后见。"

明天的比赛不可能还是理论知识考试，如果池月猜得不错，将会是一场身体素质测评。因此，这个时间点她最应该休息，但还是去赴约了。经过短暂的相处，大家也算是共患难的朋友了。四人碰了头就说个不停，然后一道出了门，寻了个音乐酒吧，气氛很快就被调动起来。

"明天就要各奔东西了。姐妹们，咱们不醉不归。"提议的人是孟佳仪，她的情绪看上去还可以，并没有因为淘汰破坏了心情，"不过——池月不能喝。"她还算清醒，"你就喝白开水吧，说说话，你就早点儿回去吧。对了，忘了问你，若男，你什么情况？"

刘若男闻言顿了顿："我侥幸过了。第三名。"

"啊！"孟佳仪大叫一声，"你居然考过了？厉害厉害，了不起。行，不让你喝酒了。来，小芸，咱们两个今天晚上尽情地喝。然后，她们负责把我们抬回去。"

刘芸托着腮帮子："不知道那两个过了没有。"

池月看她惆怅的样子，举起杯子："不管别人。咱们自己管自己。来，碰个杯。祝大家前程似锦！"

"走一个！"

水杯、酒杯碰到一起。

"别动！我拍个照片发朋友圈。"

"……"

四个人举着杯子，等照片拍好，才放下继续聊天。既然来参加比赛，就做好了被淘汰的准备，可她们算是吃了最多的苦挺过来的人，能走到前六名的位置，其实心里都曾升起过希望。只是，谁也没想到自己没倒在残酷的沙漠里，而是倒在了考场上，有点儿接受不了。

尤其是孟佳仪：“我这个人吧，除了读书不十分优秀，真的就没啥缺点了。可怎么这么点背呢？竟然考知识……知识，脑壳疼。”她捋一把长发，“你们信不信，要是考体能，我绝对不会被淘汰！”

三人昧着良心不住地点头。

孟佳仪满意了：“算了。谁让读书的时候追求我的男人太多，没好好念呢？”

刘芸闷闷地说：“佳仪姐，你已经很好啦。宇宙第一健身网红……有那么多粉丝，晋不晋级都没关系。我就不一样了，回去还得念书……”

孟佳仪揽住她的肩膀：“念书怕什么？三长一短选一短，三短一长选一长……”

众人哈哈笑着，齐声说：“两长两短就选B，参差不齐必选C！”

她们坐在卡座里，周围没有别人，所以池月进来的时候就摘掉了口罩，不过眼镜还戴着。她的脸消肿了很多，昏暗的灯光下，更是看不太出来。

众人笑闹一阵，转头就看见从霓虹灯下走过的男人。

这家音乐酒吧开业不久，处在吉丘县城的繁华地段，但生意不太好，客人寥寥无几，环境显得格外幽静，那个人也就格外引人注目。

三个女生还在说笑，池月拿起口罩，把眼镜戴好：“你们先喝着，我离开一下。”

“你们有没有一种感觉？池月姐跟咱们都不一样。”刘芸的目光落在池月的背影上，语气带着崇拜，“我说不出来哪里不一样，但在沙漠里的时候，就觉得只要她在，我就安心。我特希望她能走到最后，做‘天降奇兵’，拿到《星空行者》的冠军！”

“废话。当然不一样。”孟佳仪眨巴一下眼睛，“哎，你们猜，池月干吗去了？”

刘芸和刘若男摇头。

孟佳仪一勾手指：“来！”

二人奇怪：“你又知道了？”

孟佳仪："她没去卫生间，出门了。"

"会不会是她男朋友找来了？视频里的那个？"

"佳仪姐，我不信。我是'日月 CP 粉'。"

孟佳仪撇撇嘴巴："不信的话你就偷偷瞅瞅去！"

池月出去的时候，乔东阳就站在广告牌旁边低头看着手机。黑色大衣将他的身材勾勒得颀长有型，霓虹灯的灯光交错地映在他的脸上。他的五官如雕刻一般，每个地方都长得恰到好处，就连落在他脚边的影子线条也流畅得像一件艺术品。

池月慢慢走近："乔先生什么时候成我的小跟班了，嗯？"

乔东阳拧紧眉头，像看阶级敌人似的看着她，没好脸色："还有心情在这儿喝酒？我看你是膨胀得姓什么都不知道了！"

池月看着他，露出一抹纯真到近乎婴儿的笑容："鄙人免贵姓池。不知乔先生有何指教？"

乔东阳的眉心皱了起来："姓池很牛吗？小众姓，在你之前，我从没听过。"

池月撸了撸围巾，双手懒洋洋地插在兜里："姓池不太牛，只是刚好比你的排名高。《百家姓》写着池乔阴郁，胥能苍双。不好意思，乔先生，得罪了。"

她以为乔东阳会生气，没想到他抬抬眉，脸色竟好看了一点儿。

乔东阳直接换了话题："你什么时候回去？"

"怎么了？"她面无表情。

"你胆子也太大了。明天有比赛，还敢喝酒？赶紧回去休息，养精蓄锐。"乔东阳说到这里，看池月不说话，只是似笑非笑地看着自己，突然耳朵一热，觉得自己在她淡然的目光下有点儿狼狈。于是他静了静："培养一个优秀选手不容易。你别浪费你的天赋。"

池月哦了一声，懒得拆穿他："感谢乔先生这么惜才！如果你没别的事儿，我就先回去了。她们在等我。"

乔东阳拉下脸："敢情我说了这么多，全是废话！"

池月点点头："是呀。"

乔东阳气得七窍生烟。

池月低下头，看着两个人在灯光下的影子：“我的事儿，我心里有数儿。不过，还是要谢谢你。”

从酒店过来“拿”她，这份关心虽然掺杂着玻璃碴，但乔东阳是真诚的——他可能真的太需要一个各方面都优秀的选手与他搭档了。

乔东阳盯着她：“下次记得，感谢要有诚意。”

风从街口吹过来，凉丝丝的，就像他突然冷淡的语气。

池月微微仰头：“看不出来，你这个人还挺计较的啊？”

乔东阳不置可否。

池月笑着说：“帮个忙就讹诈我。上次让我请你吃饭，这次又想让我怎么谢你？”

“上次是你请我？”乔东阳冷笑一声，“池小姐，需要我提醒你吗？上次是我结的账。”

“哦。”池月掏出手机，滑开屏幕，“多少钱，我转你。”

乔东阳看着她缩在围巾和口罩里一本正经的脸。那张脸似是只有巴掌大，俏生生的让人怜惜，偏偏那嘴里说出来的话却很讨厌，让他恨不得掐死她。

“请吃饭没什么诚意，我们不如换点儿别的？”他突然伸手，撑在池月的肩膀上，把她往自己面前一拉，双眼直勾勾地盯着她，眼神深邃得仿若看不到底。

池月感觉到了危险，情不自禁地往后退，身子却被他掌控着，什么也做不了：“松手！”

“除非你答应我。”

“乔东阳，你什么时候学会耍无赖了？”

“那天你不是说我是学渣吗？你没见过学渣什么德行？”

说他胖，他还喘上了？真是秀才遇到兵，有理说不清。

池月吸了口气：“行，你说吧，要怎么感谢？”

乔东阳直起身，意味不明地笑了：“先欠着，等我想好告诉你。”

又欠？

池月一脑门儿黑线：“你这是什么怪癖？”上次她欠他一个人情，他要求她写借条，目前还没有兑现。现在又要她欠一个人情，这人什么毛病，有攒人情的习惯？

“行！随你。”池月无语地看了看他，转身要走。

“等等！”乔东阳喊住她，像变魔术一样从兜里掏出一个小盒子，“送你的东西。”

池月一惊：“什么？”

乔东阳不甚在意的样子：“拿着，晚上回去看。”

“你不说我不收。”池月的内心是拒绝的。

“你这家伙！怎么……这么没有安全感哪？”乔东阳像对待自家哥们儿一般，轻轻地拍她的肩膀，“放心！不是杀伤性武器，不是求爱的礼物。不要怕！你看了会喜欢的，兴奋点儿一定能持续到明天的比赛！”

池月看了他一眼，默默走人。

“完了完了！你们猜我看到什么了？”

刘芸飞奔回卡座，狠狠地灌口水，用一双明亮的双眼看着孟佳仪和刘若男。

“什么？”果然，她勾起了她们的好奇心。

“你们猜，找池月姐的人……是谁？”

孟佳仪和刘若男对视，然后摇摇头，异口同声地问道：“谁？”

“来——”刘芸朝她俩招手，等她们的头碰在一起，轻轻地说了一个名字，“乔、东、阳！”

“啊！”卡座里发出一声尖叫！

孟佳仪和刘若男都用一种不可思议的表情看着刘芸。

刘芸得意地点头：“我都看见了。”

孟佳仪愣怔了至少半分钟：“你眼睛没事吧？”

“去去去！还骗你们不成？”刘芸拨开她的手，举起两根手指发誓，“如果我说谎，让我这辈子吃方便面都没有调料包！”

“狠人！”

三个女生用了大概一分钟来消化这个猛料。

孟佳仪一拍大腿，止不住地笑：“宇宙第一健身网红的复仇机会终于来了。我要发帖子！看谁敢来顶我！”

刘若男吓了一跳："你干吗？别乱来啊。"

"不不不！我不乱来。我就是要杀一杀那些蠢货的气焰。谁也别拦我！"孟佳仪一边开手机，一边对刘芸说，"我也是'日月CP粉'了，赶紧让组织收留我……"

在池月被网络舆论攻击的时候，孟佳仪、刘芸、刘若男都曾在微博公开声援过她，因此也引来了大批黑粉的谩骂。刘芸和刘若男还好一点儿，不靠网络吃饭，气极了大不了断网装死，眼不见心不烦。孟佳仪不同。她是网红，是健身博主。在无数的骂声里，她一肚子火儿都没地方发，现在知道了这事儿，她还㞞什么㞞？

"来啊！黑子们，都冲姑奶奶来，想骂我家池月，先从我宇宙第一力量型健身美女强壮娇艳的尸体上踩过去！"

这就抖起来了？

刘若男和刘芸看了她发的微博，笑趴在桌子上。

"瞧你这德行！"

"嘿嘿！咱们现在是充了钱的会员，可以嚣张一点儿！"

帘子一动，池月进来了："你们在笑什么？"

三个人集体坐直，冲她行注目礼："乔夫人好！"

池月："……"

这种事解释是解释不清的，越描越黑。池月申辩几句，她们不信，就懒得再说什么了。当然，她也不怕她们说出去——毕竟说了也没有人相信。三个人怕影响乔夫人休息，被乔先生扒掉一层皮，于是酒局很快就散了。

池月回到宾馆，刚关上门，就迫不及待地拿出乔东阳给她的小盒子。那盒子像一件艺术品，可是，里面放的却是一个U盘。

池月打开电脑，一看内容差点儿当场缺氧。

——《月亮坞生态环境改造工程与建设项目可行性报告》。这个报告长达八十九页，分析、论证无不详尽。池月大概翻了一下目录，虽然情绪乱如麻，人却兴奋如狗，突如其来的喜悦促进了她的多巴胺分泌。

房间里的电话突兀地响起，打破了寂静，敲动了她的心。

池月接起来："乔东阳，谢谢你。"

乔东阳知道她看到他送的东西了，哼笑一声："你这个女人可真是现实。这前后的态度变得这么快？"

"随你怎么说，反正你现在说什么都是对的。"

"乖！我就喜欢你这贪财好色一身正气的样子。"

乔东阳确实喜欢她这样实诚的性格，能屈能伸，能面对现实，不会虚伪地装腔作势。

他说："如果我说你又欠我一个人情，你没意见吧？"

果然有攒人情债的怪癖！

池月吸气："没意见。"

"那我记住了。你早点儿休息，不要看报告书。"

"嗯。"

"挂了。"

"嗯？等一下。"池月喊住他，明知道他在等待，还是犹豫了好一会儿，方才慢吞吞地说出一句话，"没事了。"

乔东阳笑了："差点儿以为你要说舍不得我。"

"毛病！"池月挂断。

人情债池月已经欠下了，多说无益。至于接下来的事情，顺其自然吧。

池月的兴奋果然持续到了第二天。月亮坞就像她的心病，乔东阳的报告书起到了很好的抚慰作用。到达比赛场地时，她神采奕奕，如同吃了兴奋剂一般。

"大家安静一下。我有话讲。"沈亚丽其实说的是废话。最后的三名选手，池月、刘若男、沈岚站成一排，身姿笔挺，安安静静。

"这是'天降奇兵'的最后一轮比赛，但比赛不止一轮。"

这话有点儿矛盾，三名选手的目光都落在沈亚丽的身上。沈亚丽冷冰冰的目光从池月的脸上掠过，然后她微笑着说："本轮共有一百三十多个比赛科目，包括体能训练、超重耐力训练、失重训练等，一共八个大类。胜负取决于你们完成的数量、质量和时间……有下限，无上限。最后坚持下来的人就是本节目的'天降奇兵'！"

沈亚丽说了很多，总结起来就一句：饕餮盛宴，丰富的节目准备好了。但这是一场生死对决的比赛，不到选手失去意识的那一刻，比赛就不会停止。除非选手自愿中止，退赛。赛场上的气氛与前两轮都不太一样，更凝重、更紧张了。“天降奇兵”将在这三个人里诞生，会是谁呢？

节目组为选手配备了专业教练，教练带她们热身，为她们讲解相关科目的要点。这个赛场主要是进行体能训练的地方。耐力、力量、灵活度是比赛的重点。科目有负重、长跑、仰卧起坐、攀岩、弹性跳跃网等。池月当初陪王雪芽来过这里，所以对科目内容不陌生。她很清楚，这些比赛只是“餐前甜点”，接下来进行的才是正餐。这个赛点的所有科目都是低难度的，能走到这一步的选手都是万里挑一的优胜者，所以她们三人都完成得非常好，全部达标。但沈亚丽说了，比赛无上限，一轮接一轮的比赛还在等着她们。

两小时后，进入第二个环节，比赛地点换成了星空航天科技城。

为什么会在航天城前加上“星空”二字呢？因为这个航天科技城是东阳科技为了培养航天人才，以及整个“星空行者计划”花重金打造的，投入资金达到数百亿。这个科技城修建在荒无人烟的沙漠地带，从内到外都带着极强的科技感，来到这里，人们仿若进入了未来世界。

池月叹为观止。这里如同一个庞大的航天科技展馆，技术一流，设备先进，好多东西她都是第一次见到。观看节目的观众也是一片沸腾。

“666666！”

“大乔哥这钱烧得值了！”

“牛，壮观。大乔哥有钱任性！”

“为什么我看到的不是航天科技，而是一堆堆人民币？快告诉我，我不是一个人！”

“星空选手也是在这里训练比赛吗？预告里都没有播航天科技城，这儿不会被‘天降奇兵’抢先了吧？”

“‘天降奇兵’是直播，《星空行者》是录播——肯定是《星空行者》在前啦！”

其实，网友的猜测不完全对。池月从没有陪王雪芽来过航天城。

《星空行者》的选手前期的训练和比赛主要在沙漠求生与体能方面，着重点还是基础素质。第二个阶段才在航天城里进行，池月离开节目组的时候，她们刚刚进入这个部分。她没想到，“天降奇兵”会一步到位，将一百多个科目全部排出来，让她们一个个挑战。

“转椅！大家开始准备。”

转椅、秋千、固定滚轮、旋梯等科目主要是为了检测选手对震动和眩晕的耐受能力，增强选手的前庭功能。航天城刚刚投入使用不久，所有设备都是全新的。几台转椅泛着冰冷的金属光芒，像一个个刑具，自带紧张感。

“池月！一号转椅。”

“沈岚！二号转椅。”

“刘若男！三号转椅。”

三个女生背着手，一字排开：“是！”

池月径直走到一号转椅旁，提了一口气，直挺挺地坐上去，抬头平视前方，双手轻轻放在扶手上。两个工作人员连忙跟过来，将她的双脚合拢、捆住，在她的腰上系好安全带，将她的双眼蒙住。池月眼不能视物，世界顿时陷入黑暗中。这有点儿像游乐场里小孩子玩的太空舱，软绵绵的，人坐上去就会有失重感。只不过供大家娱乐的太空舱是不能和航天训练的转椅相比的。这椅子不仅可以三百六十度顺时针、逆时针快速运转，还能同时上下前后地摆动，普通人坐上去不用十秒就得吐，能坚持一分钟就是好汉。但是，对航天员的要求是在高速运转的转椅上连续旋转十五分钟。

池月来自航校，空乘专业也有前庭功能训练，但要求完全不一样。在航校的训练中，坐上转椅，两秒一圈不心慌出汗、不呕吐就算过关。但在这里，就像沈亚丽说的“有下限，无上限”。

“都准备好了吧？三、二、一，开始！”

转椅慢慢开始运转。一开始速度不快，十来圈后，越来越快……两秒一圈，两秒两圈，两秒三圈……顺时针、逆时针，转椅疯了一样地转动，人在高速运转下，好像与椅子合在一起，变成了圆柱形。

“一分钟！”

教练在边上掐秒表。

“坚持！”

没有人说话。室内很安静，只有转椅转动的声音。

直播镜头前的观众也屏气凝神，连弹幕都少了。

“两分钟！”

众人都舍不得眨眼睛，摄像机镜头在默默记录着。

“三分钟——”教练拉长声音，“选手可以随时按停！”

转椅上有个按钮，就在她们手边，只要有人承受不了了，按一下按钮就可以随时中止这场残酷的比赛。同时，她也将失去当选“天降奇兵”的资格。

刘若男的状态最不好，一张脸惨白如纸，额头上冷汗密布……但她咬紧牙关坚持着，只是唇齿止不住地颤抖，仿佛她正行走在死亡的边缘。

“再提醒一遍！选手可以随时中止比赛！”

赛前教练已经就相关事宜与选手做了说明，刘若男其实很清楚这一点，清楚自己比不上别人，“天降奇兵”也不会是她。但她不想停，不想停。

“长得丑还要出来吓人”“丑人多作怪”“颜控表示看到刘若男就好烦，能不能不要播她的镜头”……网上那些云淡风轻的评论像攻心的毒药，腐蚀了她的自尊，让她宁愿选择死，也不愿意选择停。

可是，人的肉体又岂能完全受自己控制？三分五十八秒，噗的一声，刘若男喷出一口秽物，头往下一耷拉。

“三号停！”在教练的喊声里，工作人员按停转椅，早已准备好的医务人员冲上去，从转椅上解开刘若男，对她进行了急救，然后把她抬上了担架。

刘若男此时没有一丝力气，手软软地垂着，不省人事。这样的她换来了一些善良人的怜悯，他们心疼她这么拼这么努力，担心她的身体。但是，还有更多的不理智的声音出现。他们分析利弊，骂她“自作自受”“不识好歹”“没有自知之明”“自己找死用不着同情”“浪费工作人员时间”“死了算了，活着浪费空气”……

网络仿若法外之地，常常没有温情可言。

幸好刘若男看不到，池月也看不到。转椅已经高速运转五分钟了。五分钟是池月能达到的极限，她开始耳鸣、恶心——

训练室里落针可闻，每个人都紧张地准备着。一旦有选手中止或者出事，他们就冲上去急救。池月恶心到了极点，很想吐，但一直忍着。因为在转椅上呕吐会让身体产生某种记忆，下次再坐上去就会条件反射地眩晕、呕吐，就像晕车的人只要坐车就会有恶心感一样，这是前庭器官的反应……

“提醒：选手可随时选择中止。”

教练怕她们听不见，又高声重复一次。

池月听到了，浑身都被汗浸湿了，像脱离了自我的限制。

手指边就是按钮，只要按下去，这非人的痛苦折磨就结束了。可她紧紧抿住嘴，一动不动，试图唤起一些别的记忆，让自己忘掉转椅……渐渐地，她再也听不到任何人的声音了，更不知道在她身边的另一个选手沈岚还在不在。整个世界都已经模糊了。

“放弃吧！”这个念头从她的脑子里一闪而过。

这个念头像恶魔一样在提醒她——如果走不到终点，她吃的所有苦头都是白费的。

“池小姐很优秀。”

“我相信自己的眼光。”

“人的生命是有限的，宇宙的秘密却是无限的，探索世界的乐趣、探索宇宙的边界，是我毕生的追求。”

“池月，你一定可以……”

“能来参加比赛，你一定是最优秀的航天人才！”

有一个声音不停地在她的脑子里反复出现。

池月深深地吸气，咬紧牙。有意义的，她做的一切都是有意义的。只有坚持下去才会有月亮坞的重建和改造。一旦她失败了，乔东阳还会继续投资吗？不会。他是个精明的商人，不会做亏本的买卖。池月的意识仿佛进入了一片混沌的天地。月亮湖的水清澈见底，月亮坞的天湛蓝湛蓝的，妈妈在教她幼时的儿歌。

月亮湖边一头牛
摆摆尾巴湖边凑
哞——

撒开蹄子一声叫
仙女落在水里头
水里头

“七分钟！”教练的声音微颤。

前庭功能是每个人都有的，有天生的基础，但航天员都得经过后天训练才能达标。池月和沈岚都来自航校，算是专业对口的选手，但到这个程度已经是正常情况下的人体极限了，没人能想到她们可以坚持到第七分钟，但两个人谁也没有中止比赛，转椅还在转着。

乔东阳此刻就在星空航天城里，距离池月不到一百米。他没有出现在比赛现场，而是坐在导演组的工作室里观看直播。

“是不是八分钟了？”郑西元坐在乔东阳身边，“我这手心都冒汗了。转椅上这二位也太可怕了。”

乔东阳的眉头微蹙，他一言不发。池月能坚持到现在，在他意料的范围内，这个沈岚倒令他有点儿意外。

“哇！快看，沈岚动了……”

随着一声惊呼，郑西元站了起来。几个工作人员都坐不住了，齐刷刷地站起来看镜头。镜头里有一个时钟不停地在走，气氛紧张到了极点，每个人都屏住了呼吸。

镜头里，沈岚的手在慢慢移动，指头几乎就要按向按钮——

台前幕后的众人都盯着沈岚，然而沈岚停下了，她的手指蜷曲着，身体在转椅中微微颤抖。两个人在拼命。走到这一步，谁都不肯轻易放弃，沈岚的状态不好，池月也好不到哪里去。大颗大颗的汗珠从池月的额头滑落到腮边，惨白的脸上一丝血色都没有。

郑西元看了看乔东阳的表情：“阿乔，心疼了吧？”

乔东阳：“怎么可能？”

郑西元轻笑：“你都快把镜头瞪坏了。”

乔东阳不理他，眼睛一眨不眨。已经到了关键时刻，胜负在此一搏。场上的选手紧张，他也紧张。

郑西元摸着下巴：“我感觉这两位都快挺不住了。是哪个没有人情味的家伙制定了这么残酷的赛制？过分呢……刘若男三分五十八秒的成绩已经算顶级了，结果，居然还有这样两个狠人……"

郑西元说个不停，乔东阳突然转头："你刚才说什么？"

"刚才？"郑西元愣住。

"上一句。"

"哪个没人情味的家伙制定的赛制……"

乔东阳的脸黑下来："再上一句。"

"我说这两个人再坚持下去，怕是都挺不住了……哎，我说你去哪儿？"

他的话还没有说完，乔东阳已经掀椅子离开了。导演组的工作人员面面相觑，不知道他说了什么引起乔东阳这样激烈的反应。

郑西元摊了摊手："金主爸爸就是这样，说风就是雨，脾气不好。嗯，我也过去看看……"

郑西元站起来，突然一怔，又坐了回去。

比赛结束！镜头的画面里，人群一窝蜂地拥了上去。池月和沈岚体力不支，达到生理极限，双双在转椅上晕厥过去："这怎么算？不分胜负？"

这样的画面也极大地刺激了观众。

"池女王 666666666！"

"沈岚！人美还低调，我宣布粉她啦！"

这一轮转椅比拼确实吸引眼球，破了"天降奇兵"开播以来的观看纪录，相关话题很快挤上了头条、热搜。节目能有这么好的收视率，沈亚丽很兴奋，亲自指挥大 V 炒话题。

乔东阳是黑着脸走进医疗室的。

目前三名选手都在这里接受治疗。刘若男的输液瓶已经挂上了，人还没有苏醒，池月和沈岚刚刚被推进来不到三分钟，她们正在接受检查。几个医务人员忙碌着，好一会儿才检查好。医生把开好的单子交给护士，然后取下手套，看着众人。

"每个人的前庭神经受到刺激时，耐受性都有一个限度，这个限度就是导致晕厥的阈值。三位选手的情况差不多，血压下降，超过了晕厥的阈值，昏迷不醒。但是，这两位的情况稍稍好些，只要休息一会儿就能恢复。而这一位选手……"医生的眉头紧锁，目光看向刘若男，病床上的刘若男毫无生气，身子偶尔无意识地抽搐几下，看上去有些吓人，“情况还不好说，等血液分析结果出来吧。”

不到三分钟，池月就醒过来了。刘若男就在她身边不远处的另一张病床上，依旧没有苏醒，两个医生正在商量治疗方案。

池月看到了乔东阳：“若男什么情况？”

乔东阳黑着脸：“你还是多关心一下自己吧！闭嘴，休息！”

池月：这么多人在呢，干吗凶她？

她不解，在场的工作人员更不明白。乔先生坐在这里已经很奇怪了，还凶巴巴地训池月，这到底是关心选手，还是对选手的做法感到愤怒？

转椅比赛直播结束后，池月的微博新增了几万个粉丝。

一群人在网上吵翻了天。“天降奇兵”未分出胜负，比赛就不结束。接下来就要进行下一个环节了，这就是沈亚丽说的“比赛无上限”，谁支撑不住，谁就退出，剩下的一个人就是胜者。这样的残酷性极大地挑战着观众的神经。从决胜局直播开始，观看人数就不断增长，屡创新高。

池月下了病床，第一件事就是到教练面前报备：“我可以了。下一轮比赛什么时候开始？”

教练看了一眼脸色惨白如纸的沈岚，回头问池月：“不用再休息一会儿？”

池月：“不用。”

沈岚的脸猛地沉了下来。她当然希望池月再休息一会儿，这样也可以恢复得好一些。可是都拼到这一步了，池月当然不会给对手休息的机会：“继续吧。”

教练询问沈岚：“你还可以吗？”

沈岚不情不愿地站起来：“可以。”

如果她说不可以，那就等于自愿中止比赛，所以，能不可以吗？

接下来的科目有旋梯、弹性跳跃网、秋千、浪木、固定滚轮，等等。刚从转椅上下来的她们，身体机能还没有完全恢复，再进行高强度的训练是非常危险的。

池月进入更衣室，换好衣服出来后正准备去赛场，就看到乔东阳站在门口。一米八几的高个儿，倚在器械边上，冷漠的表情与金属表面的冷光融合在一起。哪怕他的脸臭臭的，样子却是帅帅的，完美的颜值。

池月很想无视他，可这个人就是有让人无视不了的能力。

“池月！”

乔东阳的声音很有磁性，即便不带感情，听上去也很有感觉，仿佛他在叫“心肝宝贝”。沈岚是和池月一前一后走出更衣室的，闻言转头，看到了他：“乔师兄？”

乔东阳微微点头：“我找池月说两句话。”潜台词是，你可以走了。

沈岚是个聪明人，当然明白乔东阳话里的意思：“好的。乔师兄，再见。”

她一走开，池月的脸就沉下来了：“乔先生有事吗？”

乔东阳：“你没问题吧？”

“有问题的是你吧？”半路截她的道，不说缘由，这人什么毛病？

池月看了一眼渐渐远去的沈岚：“我马上要比赛，如果你没有特别重要的事儿，回头再说，行不行？”

她不想分心。可乔东阳看着她拒人于千里之外的样子，不乐意了，脸臭臭的，把一句关心的话说得生硬无比：“我是想来告诉你，比赛第二，身体第一。”

池月一怔：“我有分寸。”

乔东阳哼了哼：“我看你根本就没有分寸。刚才在转椅上，你是准备拼到死啊？”他说到这里，目光严肃起来，“你那个朋友刘若男，情况很不好……医生说可能是电解质紊乱诱发了癫痫……”

池月的眼皮狠狠一跳：“怎么会这样？情况严重吗？”

乔东阳说：“已经送医院了，等检查结果出来才知道。我想说的不是她，是你。”他怕池月上场就硬扛，又不好在这个时候打击她的积极性，“你记住我的话就行，比起身体，其他的都不重要。”

周围空无一人，全是没有感情的金属器材。这样的空间是冰冷的，但乔东阳的话是温热的。

池月想了想，问他：“如果我没能成为‘天降奇兵’，没有成为你期待的那种选手，你对月亮坞的规划和承诺还会兑现吗？”

乔东阳想不到都这个时候了，池月还有工夫在乎这个。他不知该哭还是该笑：“池月，你怕不是个傻子吧？现在是谈这个的时候吗？”

池月很严肃：“我在问你呢。”

乔东阳被她气笑了：“当然会兑现。我乔东阳说过的话什么时候不算数了？”

“那就好。”池月松了口气，“在今天之前，我没想到会遇到这么强劲的对手。是我小瞧沈岚了，她的表现让我非常意外。说实在的，我已经做好了被淘汰的准备。”

池月在乔东阳的心里一直是自信到令人发指的女人。这样的话，是他第一次从她的嘴里听见：“不会。你不会被淘汰。”

池月一笑：“难道乔先生想给我走后门儿？”

“做什么美梦？”乔东阳瞥了她一眼，“沈岚的表现，我也没有想到。比赛前，我们调取过所有选手的资料。在我的印象里，沈岚除了履历很精彩外，测试能力远不及你……”

池月微微一愣：“这是超常发挥？”

乔东阳嗯了一声：“绝对超常。”

“明白了！谢谢你给我的鼓励。”

池月说完，朝乔东阳挥挥手，笑着走了。

乔东阳站在原地没动，琢磨着这句话。也许她认为他这样说是为了鼓励她，其实不然。乔东阳办这个节目的本意是为了选拔人才。他尊重比赛，尊重节目，不会为了安慰她就在她面前去贬低另一个选手。

比赛已经开始，接下来的几场比赛都是在室外进行的。从浪木、秋千到旋梯，几个科目车轮战一样地比下来，两个人的身体都开始疲乏，而下一个科目是固定滚轮。节目组一直在关注选手的状态，旋梯科目一结束，教练马上走过去：“我和节目组商量了一下，只要你们两人都同意，可以申请休息，休息好了，再进行下一个科目。”

比赛比的是什么？是能力，也是耐受力。这是节目组出于安全与收视率的双重考虑决定的，但是对选手来说是有利有弊的。休息固然可以让自己舒服点儿，也同样会给对手恢复的机会。

沈岚紧盯着池月，池月看到了她目光里的期待，于是唇角一勾：“不愿意！”

赛场上有很多人，他们都以为累成这样的她们会去休息，沈岚也这么以为。

她听到池月的话，脸色一变：“池月，大家都挺辛苦的。不仅我们累，摄制组的老师们也累……”

池月哦了一声，微笑：“你累了的话，可以选择退赛！”

你可以选择自己中止，但没理由要求另一个人陪你休息。这是大家都明白的道理，但沈岚不能理解。她盯着池月，满脸的不高兴。

池月不看她，大步走向固定滚轮，一秒不停。

见状，工作人员为难地看向沈岚：“池月不肯停，继续吧？”

关于休息的建议，其实是沈岚向节目组提出的。换了别人，一般不会随便得罪人，教练让休息也就借机休息了。只可惜池月不给她面子，工作人员也很无奈。

固定滚轮是航天城的比赛器材之一，可以调速，人固定在滚轮上，四肢固定，身体三百六十度旋转运动，这是飞行员和航天员的固定训练科目。这种器材池月和沈岚都不陌生。

池月拉了拉滚轮，让它慢悠悠地转了起来。沈岚看着她镇定的样子，再看看那转动的滚轮，胃里一阵翻腾，突然有点儿害怕，不敢走近。

“开始准备！”教练在她们后面催促。

沈岚的脸色惨白，她明显不如池月淡定。她走上前，站在池月身边：“你就不怕吗？”

池月：“怕什么？”

沈岚：“人的耐受力是有极限的。”

池月面无表情：“你可以选择放弃。”

“大家都休息一下，不好吗？”

“不好。”池月侧头看着她，“你在拖延时间，为什么？速战速决不好吗？”

“我只是想劝你，你赢不了我的，何必白白牺牲？”沈岚发狠地说完，毅然迈过横杠，做好了准备。

池月勾了勾唇，似笑非笑地跟上，用余光一瞄，突然看到坐在场外的乔东阳。

他怎么来赛场了？

沈岚：“站着干什么？来啊！这么喜欢拖延时间？”

池月微微提气：“看谁笑到最后吧！”

“一定是我。”沈岚的目光里有一层很重的戾气，她几乎咬牙切齿地说道。

只不过观众看不到她的表情，导播组也不会把这一幕放给观众。

沈岚的粉丝一口一个“池 ×”地叫着，纷纷为沈岚打气，要她在固定滚轮这个环节把池月灭了。

竞技比赛之所以吸引人，一是因为结果的不确定性，二是因为这种氛围可以对肾上腺产生强烈的刺激。而且这样的比赛比常规的竞技比赛更为残酷，刺激也是翻倍的。

一轮一轮、一圈一圈，固定滚轮的速度很快。在选手的特写镜头里，明显可以看出她们的状态变化。

“三分钟！”

“五分钟！”

教练一直在报数，这个过程好像比在转椅上时还要漫长。此时此刻，台前幕后无数的视线同时定格在她们的脸上。这是一个高速运转又仿若静止的画面。池月的天空在旋转，她觉得她像一只动物园里的猴子，被绑在固定滚轮上，任人围观、讨论、嘲笑。但她不能停。

快！太快了！快得她看不清眼前的一切。而她的脑子却运转得很慢，她盯住一个点，转瞬即逝，然后又飞了回来。过了好久，她才能确定那是什么东西——而她一直靠着这样的心理来强迫自己转移注意力。一圈，看那个点；再转一圈，找那个点。那是赛场上的标志点，背后是航天城的主体建筑，宏伟、庞大。

池月看的那个“点”背对着航天城，也一直在看着她。

那是乔东阳。

池月以他为参照，一直在转圈中找他。她看不清他的表情，滚轮转得太快了，所以，并不知道乔东阳的眼底阴云密布……

“太可怕了，现在的女人太恐怖了！”郑西元站在乔东阳身边，双手撑着他的扶椅，不停地念叨，“为什么都这么拼呢？就不能有一个人服软吗？”

乔东阳听得不耐烦了，忍不住瞪过去：“你能不能站远点儿？”

“不能啊！我怕我的心脏受不住，会晕过去。”郑西元握紧扶手，“挨着你近点儿，要是我被她们吓得晕倒了，你还能接住我。”

“我接你个鬼……”

乔东阳话没说完，赛场上突然传来一声尖叫。

“啊！”声音刺耳，划破长空。乔东阳看过去，只见沈岚的固定滚轮变慢了，直到渐渐停下。

工作人员把沈岚从滚轮上放下来。一阵呕吐后，她整个人失去了意识，倒在了教练的怀里，几个医护人员跟上去，把她抬走了。池月的滚轮还在转，大家都去关注沈岚了，没人注意她。

乔东阳冲过去：“比赛已经结束了，还不快停下？”

看他着急，郑西元叫来工作人员：“结果已经出来了，执行方案一。”

节目组为了应对最后可能出现的结果，准备了几套不同的方案。池月胜出就启动方案一。

“池月！池月！”

“恭喜池月成为‘天降奇兵’！”

“有内幕吧？！为什么沈岚突然大叫一声，就切掉了镜头？”

此时，节目组的镜头集中在池月身上，她成了万众瞩目的焦点，但她的脑子里一片空白。她从滚轮上下来，脚步不停地在晃，好不容易站稳后，面色苍白地微微一笑：“谢谢！”

“恭喜你啊！”工作人员纷纷表示祝贺。

池月保持着笑容：“我很荣幸——”话未说完，她一个失神，扶了扶滚轮。滚轮被她一扯，突然转开，池月被转动的滚轮一带，身子倒了下去。她没法控制身体，原以为会摔下去，结果却结结实实地砸在一个男人的身上。很熟悉的感觉，她一抬头，看见了乔东阳：

“谢谢。”

“医生！”乔东阳搂住她，回头大叫。

池月觉得腰都快要被他折断了，他却丝毫没有察觉。他把她抱上担架，送往医疗室。

摄像师的镜头完美地记录下了这一幕。

沈亚丽看着镜头，突然觉得脑袋涨疼。她按了按太阳穴，镇定下来：“掐掉这一段！”

导播一怔：“总监，这个镜头拍得很好，可以增加话题性，提高收视率。”

沈亚丽哼了一声：“我们的人气是靠炒作来的吗？我们靠的是质量！”

于是乔先生“冲冠一怒为红颜”除了在场的人以外，无人得知。“池月险胜沈岚，成为‘天降奇兵’”的话题热度飙升，转瞬间，池月获胜的消息已是全网皆知。孟佳仪、刘芸等与池月交好的选手纷纷在网上表示祝贺，就连一些平常与池月没有交往的选手也转发了微博，向池月表达了祝贺。然而，万众期待的官宣却迟迟没到。

《星空行者》官方和“天降奇兵”的官微同时选择了沉默。活动结束，直播结束，各种对选手的赛后采访在继续，就是没有“天降奇兵”的官宣。

“官方哑巴了？不是说好结果出来后，官方要搞活动抽奖的吗？”

“为什么迟迟不官宣，不会有什么变化吧？”

“小道消息，池月那儿出问题了。好像是她吃了药才赢了沈岚，节目组现在正紧急商议处理方案呢。”

这一条不知谁发出的小道消息夹杂在众多言论中，很快被顶到了评论第一条。无数人询问博主更确切的情况，但这个人发了这条消息后就消失了。不回复，不解释，不补充，所有发给他的私信一律无视。网友纷纷涌到节目组的官微上寻求解答，可节目组依旧保持沉默。这操作实在耐人寻味。

越来越多的人开始相信爆料人的说法。“池月吃的什么药？”上了热搜，引来无数专业人士的科普。“专家们”一致认为，镇静抗吐类药物可以使大脑皮层中枢神经高度兴奋，对前庭系统产生抑制作用。

事情突然反转，池月从光芒万丈的“天降奇兵”变成了众矢之的。除了孟佳仪和刘芸，无人再公开声援她，那些之前转发微博的选手都默默删除了与她有关的微博。外面发生了翻天覆地的变化，池月一无所知。从赛场下来后，她就在航天城的医疗室接受治疗。乔东阳以她需要静养为由“收缴”了她的手机，不许她关注网络上发生的事儿，还把天狗带到了星空航天城。

于是，她只能与天狗聊天。

“天狗，乔先生呢？”

“乔大人正在办公室里努力认真辛苦地工作哦……”

池月小声说：“能不能让他把手机还给我？”

“不能哦。乔大人说你的身体受了损伤，不能劳累！”

池月看着小机器人，无奈地说：“你是电脑吗？”

“我不是电脑，我是天狗。”

“我是说，你可以当电脑使用吗？”

“我不可以随便使用的，我只能由乔大人使用。”

池月捂脸，看不出来，它还挺忠心。尽管池月认为看手机不会劳累，但没有和天狗争辩。毕竟再聪明的机器人，也不是人。

池月这么想着，闭上了眼睛，一动不动。

“不好了，乔大人。”天狗发出清脆的童音，连惊慌都那么萌，“池月小姐姐又晕过去了，救命！”

乔东阳来的速度比池月想象中快，同他一起进来的还有几个医护人员，他们一个个表情紧张，抢救病号似的风一般“卷”进来，然后与池月面面相觑。

“大概是判断失误。”天狗的脑袋摆了摆，“她使用了反机器人的非正常手段，迷惑了我的智商。”说到这里，它摊了摊手，“抱歉，乔大人，我不知道人类这么狡诈与邪恶！”

“天狗？”池月哭笑不得，望着它蓝汪汪的双眼，“我再也不和你天下第一最最好了。”

“很抱歉。池月小姐姐。”天狗的声音可爱又呆萌，“我的心是向着你的，但我的脑子属于乔大人。我没有能力控制我自己。”

池月服气了。她收回视线，把手伸向乔东阳：“我的手机！”

乔东阳：“充电。”

“理由完美，但我不信！”池月问他，“到底什么情况？”

此时医疗室里只有他们两个，乔东阳在她锐利的目光里无法回避。

“池月。”他的声音沉下来，他盯着她的眼睛，“如果你不是‘天降奇兵’了，你会怎么想？”

池月坐直身体，冷笑两声：“乔先生在开什么玩笑？我坚持到了最后，为什么不是我？”

乔东阳赶紧扶她躺下：“你先别激动。没说不是你——只是中间出了些状况，我正在处理。”

“你说清楚！”池月冷着眼，“如果你们有内定的选手，应该早一点儿告诉我。如果要我配合演戏，只要给的演出费够多，我可以。但不能在我拼尽全力后告诉我这个结果。你们这样戏耍我是什么意思？”

“你误会了。”乔东阳的眼睛一眨不眨地看着她。

他一直看着她，似乎在思考，就是没有下文。

池月的脾气上来了，她傲然回视，嗤了一声：“收回你的眼神！难道我说得不对？”

乔东阳：“你当真不知道为什么？”

这话把池月问愣了：“我知道还问你？”

乔东阳松了口气：“那你就不用操心了，我会解决的。”

“乔东阳！”池月的心火都被他勾出来了，她又拿他没办法，于是扯过枕头就朝他丢了过去，直接砸在他的胸前，“你给我说清楚！”

她母老虎似的发威。换作平时，乔东阳肯定与她撕起来。可今天，乔东阳瞅了她一眼，默默地捡起地上的枕头，放了回去：“你的血液样本里检验出了东莨菪碱成分。”

“那是什么鬼？”池月一脸震惊，隐隐觉得不妙。

“镇静类药物，可以防止眩晕、呕吐……”

“什么？”池月愣了片刻，气得眼泪都笑出来了，“这是编的什么烂借口？我早该料到，这种节目所谓的公平就是个幌子。是我偏不信邪，以为这是直播，那么多观众看着，出不了幺蛾子。没想到，众目睽睽之下也能被人栽赃……”

乔东阳盯着她：“你确定没有服用过类似的药物？”话音未落，他看池月变了脸色，又连忙解释，“我的意思是，你有没有因为别的，在不知情的情况下服用了类似的药物？”

池月：“没有。除非是有人陷害我。”

这个可能性乔东阳也想过，可惜最后都被排除了：“你的饮用水和食物我们都查过，没有问题。”

池月一愣，笑了出来：“那可能是见鬼了吧。也行，乔先生，我自己的事儿我自己来处理，你把手机还给我！”

“我说我会处理，你需要休息。”

“被冤枉的人又不是你，关你屁事？”池月不耐烦了，拔掉输液的针头，不顾手背上流出的鲜血，“手机。”她的语气冷冷的，没有气愤，只有令人发指的冷漠。

“你疯了？”乔东阳变了脸色，一把摁住她出血的手背，和她面对面地互瞪了两秒，一激动，把她勒入了怀里，凶狠且霸道地说，“你能不能好好休息？能不能？我说我会处理，你为什么就是不肯信我？”

“我为什么信你？”池月推了他一下，推不开，抬起头望着他，“乔先生，你是我什么人？凭什么这么对我？嗯？”

乔东阳被她问愣了，双臂僵住。在这之前，他没有想过这个问题。

他松了手，慢慢地将她从怀里“释放”出来，然后低头盯着她黑漆漆的眼珠，嘴皮动了动，无话可说。

池月回视他，冷冷地一笑，不以为意地理了理衣服：“说不出来了吧？你是想要一个优秀的选手，还是想要一个女朋友？如果只想要一个优秀的选手，你管得未免也太宽了点儿。如果想要一个女朋友，你是不是该征得我的同意，再对我动手动脚？”

乔东阳始料未及，喉结微微滚动：“我想，有个女朋友陪在身边也挺好的吧？”

这次换池月愣住了。以乔东阳的性格，她以为打死她都不会听到这样的回答。

这时已是深夜，医疗室狭窄的空间被夜灯照得分外氤氲，忽明忽暗的光打在两人的脸上，让隐藏的情绪无所遁形。尴尬，或是怦然心动。

“该你说话了。”乔东阳不打算放过她。他的嗓音沙哑，就像一个打开了潘多拉魔盒的巫师，把矜持与傲娇都丢掉了，他紧紧地盯着池月：“告诉我，你是怎么想的？”

池月抿了抿唇，手掌轻轻贴在膝盖上，慢慢地摩挲着。她望着手指，不看他灼灼逼人的视线：“我没想什么。”

头顶的视线更炙热了，池月莫名地觉得他肯定被气得在磨牙。这样一想，她的情绪有一丝诡异的亢奋。她不是第一次被人表白，但如此心乱如麻却是第一次。

“池月，你是不是弱智？”乔东阳的声音拔高了。

“我怎么了？”池月抬头，尽量冷静地看着他。

“你听不懂吗？”

“听懂什么？”

“我在问你话。”

“问我什么话？”

“问你——”乔东阳说到一半，无语地望着天花板。他这辈子从没有遇到过这样尴尬的时刻，更没有想过会有这样一天，被一个女人无视得这样彻底。其实到现在为止，他也没想明白自己为什么会说出这些话。只是当他全程观看池月参加“天降奇兵”的比赛，看到她在转椅上面色惨白的样子，看到她在固定滚轮上的坚持和倔强时，他的胸口就埋着一团火，难以抑制，需要疏解。是荷尔蒙的力量太大了吗？他居然说出来了！

“好，我再说一次。池小姐，你给我听好了。”

乔东阳站起来，严肃地看着她。他用双手扼住她的肩膀，见她不肯配合，又直接把她的下巴抬起来，让她面对自己，脸上一副风流少年郎的表情：“我问你，需不需要一个男朋友？嗯，可以带你上天的那种？”

池月的瞳孔微变，心跳如擂鼓："你是乔东阳？"

"……"

"还是你这儿……"池月指了指脑袋，"出故障了吗？"

"池、小、姐。我很严肃！"乔东阳是真的在咬牙。

"哦。"池月被迫仰着头，慢慢地问他，"我很好奇，是什么改变了你？"

乔东阳勾住她的下巴，往上一抬："你想说什么？嗯？"

池月："我记得有个王八蛋曾经说，打死都不会看上我这种的。"

乔东阳心里咯噔一下。回忆片刻，他皱眉："不能吧？你告诉我，那王八蛋是谁？我去打死他。"

"是你。乔大人！是你！乔大人！是你！"天狗在背后看了半晌，像解开了一道复杂的数学题一样，终于明白这两个人在说什么了，两只大脚板跺来跺去，"乔大人是骗子，乔大人会骗人，乔大人是坏人！"

小机器人跺脚的样子真的好萌。

池月愣怔一下，拍开乔东阳的手，笑了出来。

"这家伙的程序又错乱了吧？"乔东阳哼了哼，反手按下一个控制键，就把天狗制服了。

"再见，亲爱的主人。请你一定不要忘记我，我随时等待您的召唤……"

天狗休眠了，病房里安静下来。

两个人脸对着脸发呆，池月不说话，乔东阳看着她："你没话说？"

池月摇头："没有。"

乔东阳没有追求过女孩子，觉得这简直太难了："池月，我警告你啊，过了这个村就没这个店了。错过我，你就后悔去吧。还有啊，这次你不答应，下次你可就没有机会了……"

池月的眼角挂着笑。她就那样看着他，一直看着他。

"池、小、姐！"某人第二次咬牙切齿地喊道。

他英俊的脸颊上有淡淡的红晕，池月觉得有趣："哪有这样的？这么大的事儿，你总得容人想想吧？"

“想什么？”

“考虑一下。”

“考虑什么？”乔先生的傲娇劲儿被她勾出来了，“我……乔东阳问你愿不愿意做我的女朋友，你居然说要考虑？池小姐，我再问你一次，你的脑子还好吧？”

池月翻了个白眼，有气无力地躺下去：“看你这态度。行，那算了，我就不考虑了吧。”

乔东阳的笑容僵在了脸上。

他不够优秀？难道过去那些排着队等他宠幸的女人全是假的？乔东阳的智力开始下降。

“太突然了。”池月没想到乔东阳会突然发神经。她不是个矫情的人，但面对乔东阳时，内心深处的感受是不一样的。她得承认，即便她相当厌恶男人，但面对乔东阳的时候，防线还是常常失守。他是不一样的，与谁都不一样。任何男人触碰她都会让她产生心理上的厌恶，像吃了苍蝇一样，但对乔东阳就没有。

从某种意义上来说，池月认为自己应当珍视这种“唯一性”。可是理智告诉她不能这么仓促决定。感情的事儿不是过家家，如果决定要在一起，两个人就得付出百分之百的努力去维持这种关系。她可以，乔东阳可以吗？

“你到底要考虑什么？”乔东阳憋不住了，“你敢说你对我完全没有感觉？”

池月点点头，格外冷静：“我对你有感觉，可不知道这种感觉是什么。究竟是因为你资助月亮坞产生的感激，还是因为你的地位、金钱、慷慨……所产生的复杂情绪？你知道的，没有女人不喜欢有钱有地位的男人，万一只是我的虚荣心在作祟呢？”

“错！”乔东阳舔一下牙床，气得不轻，“我还很帅。”

“好吧，你还很好看。可是，我仍然需要考虑。”池月似笑非笑，眼睛如同弯月一样。

“行行行，你想考虑就考虑吧。”乔东阳受不了她这眼神，妥协了。虽然很没面子，但这里没有外人，连唯一的旁观者天狗都已经被他弄死了，他还怕什么？

“考虑考虑吧。给我好好想一想，做我女朋友有多少好处，还有哪个男人比我更适合……”他像个兜售自己的商家，被池月似笑非笑的眼神一瞅，又觉得没面子，站起身就走，“你接着考虑，我去叫护士过来挂点滴。”

池月终于拿到了手机。与她想象的差不多，消息快挤爆炸了。王雪芽、邵之衡、孟佳仪、刘芸、刘若男，还有一些熟悉的老师和同学。但凡与她亲近的人，知道消息后都纷纷发来慰问，顺便八卦一下。倒是母亲没有发来信息，她大概是不知情，也没有给池月打电话，池月松了口气。家人是她的底线，只要不伤害她的亲人，怎么冲她开火都成。

池月将消息筛选一遍，只回复了几个真正关心她的人，然后给邵之衡打电话：“邵哥，你找我？是不是范维的事儿有消息了？”

郑西元刚走进星空航天城的办公室，就看到办公桌后面的乔东阳那张漆黑如墨的脸：“阿乔，这么急着找我过来，什么事儿？”他拉开椅子坐下，“哟，谁招你惹你了？”

乔东阳冷笑，将一沓资料丢到他的面前：“你给我解释解释，这是什么？”

“什么啊？”郑西元翻开资料，面色一变，“这，你从哪里拿到的？”

“是我在问你，还是你在问我？”乔东阳平常不是严肃的人，严肃起来就不是人。郑西元打小就认识他，太明白他黑脸的时候意味着什么了。

“阿乔，这个是昊光内部的业务联系……正常工作，没，没什么吧？”

“你竟然告诉我这是正常工作？”乔东阳冷笑，“你的教养吃到狗肚子里去了？”

郑西元受不了他的眼光，觉得剥皮抽筋一样难受：“阿乔，你是搞科技的人，做的是高大上的事业，可昊光是做传媒、做娱乐的。你不知道现在的网络生态环境有多恶劣，咱们这也是人在江湖，身不由己……”

乔东阳给他的是昊光的内部资料，其中有一部分是关于《星空行者》的推广、策划、宣传的公关内容。当然，也包括“天降奇兵”这个环节。其中涉及的内容算商业机密，用江湖上的话说，其实就是炒作知名度，包装和打造明星选手，把竞技选手像明星一样包装、推广。选手们有了支持者，节目就有了热度，公司才能获得利益。

“这是双赢的事情，谁也不吃亏。”郑西元试图向乔东阳解释娱乐传媒的生态链。

乔东阳却没有耐心听他扯：“我只问你，这些肮脏的事儿，你知不知情？”

这个问题极难回答。身为公司的领导，郑西元不能把锅丢给下属，一问三不知。身为乔东阳的朋友，郑西元应该向他如实陈述，并请求他的原谅。可是郑西元明白，即便照实说自己不知情，更不知道节目组对池月和王雪芽做的事情，也未必能洗清自己。

“大概，也许……是知道一点点的吧。平常他们会向我汇报一些工作上的事情，但是阿乔，我做惯了甩手掌柜，有时候汇报了也没太注意，是我的失职……”郑西元想求个两全，话说得模棱两可。然而，他的委曲求全只换来乔东阳的一声冷笑：“可以啊，你们昊光干得漂亮。”

“阿乔……”

乔东阳猛拍桌子，打断了他：“是东阳科技给的经费不够吗？你们连这种昧心钱都要赚？也不怕让人知道了戳脊梁骨！”

“这个圈子就这样，大家心知肚明，阿乔……”

“别叫我！”乔东阳指着他的鼻子，“去！马上把沈亚丽给我叫来！”

“叫她？”郑西元觉得乔东阳的目光不善，生怕他冲动之下做出什么出格的事情，“她的问题我回头会处理。你消消气，这事儿我肯定给你一个交代……”

“交代？你给得起吗？”

郑西元被他凛冽的目光一扫，头皮隐隐发麻：“杀人不过头点地。是，沈亚丽做事是过激了一点儿，方法太极端，但她是个女人……”

“说得好！”乔东阳打断他的话，“杀人不过头点地，我今天就要她头点地。”

郑西元隐隐感觉到不妙：“你想做什么？不，这沈亚丽到底做了什么？”

乔东阳冷冷地扫了他一眼：“你不知道沈亚丽和沈岚是亲姑侄？”

“不能吧？”郑西元吓了一跳，显然不知情，“你有没有弄错？”

乔东阳冷笑：“理论基础考试的时候我就奇怪沈岚居然能考第一，结果你猜怎么着？”

这一次，郑西元真被吓到了：“你是说，沈亚丽故意泄题给沈岚？”

乔东阳说：“这还不是最恶心的。最恶心的是沈亚丽纵容沈岚吃药，参与不正当竞争。被发现后，沈亚丽居然偷偷调换选手信息，试图栽赃给池月。郑总，我问你，这不是变相杀人又是什么？”

服药后的沈岚可以与池月打平手，甚至战胜池月。以池月的性格，她拼了命也要与沈岚一拼到底。这真的是会出人命的！

郑西元低低地骂了一句，马上打电话：“让沈亚丽马上给我过来！”

第八章

仙女落到水里头

到了这个地步，郑西元不好再为沈亚丽求情了。他是了解乔东阳的行事风格的。从网上传出关于池月的不好的言论开始，乔东阳就一直隐忍着，现在突然发作，肯定是有证据了。而且沈亚丽这事儿办得连郑西元都鄙视她。

郑西元从不认为自己是个好人。为了达到目的，他偶尔也会使些非常手段。但像沈亚丽做的这样有损阴德的事儿，他做不出来。所以，沈亚丽该承受的必须得承受。

沈亚丽走进办公室，看到两张阴云密布的脸时，心里已经有了计划，于是当场服软："乔先生，如果我做错了什么，您大人不记小人过，我给您道歉……"她顾不得面子，一边告饶，一边用眼神哀求郑西元，希望他替自己求情。

可惜，郑西元面无表情，沈亚丽看他这样，内心近乎绝望。她是个聪明人，很快就明白过来乔先生突然发作是为了什么。

乔东阳对池月的关心她是亲眼看见的，只可惜她知道得太迟，不该做的都已经做了。

“乔先生，我错了。”她扶住桌子，腿脚发软，“我不知道池小姐跟您的关系。我发誓，如果我事先知道，您就算借我一百个胆子，我也不敢这么做啊……”

乔东阳冷笑：“是吗？你说说看，你是怎么想的？嗯？谁给你的胆子？！”

沈亚丽咬住下唇，眼泪掉了下来：“沈岚是我的亲侄女。我哥去得早，嫂嫂一个人带着她，特别不容易，这好不容易长大了，我这个做小姑的，怎么着也要帮一把的……”

乔东阳：“这就是你泄题和栽赃的理由？就你家的孩子成长不易，别人家的孩子都是风吹大的？”

“不，我不是这个意思。”沈亚丽拼命摇头，“我是说，我一时鬼迷心窍，就想帮帮我侄女。我知道池月的实力，沈岚拼不过她，我给沈岚泄题，只是想尽一份心意……但我保证，沈岚吃药的事儿我不知情，事后知道时也晚了……”

“你倒是撇得干净。”

沈亚丽泪流不止：“我在昊光这么多年，郑总知道我的为人，我……我的作风是狠辣了些，但从没干过伤天害理的事儿。况且，我要是知情，哪敢随便给孩子乱吃药？吃坏了怎么办？我是事后发现……孩子哭着求我，我只能孤注一掷了。”

“你这不是孤注一掷，是其心可诛。如果你为了洗清自己的侄女是亲情使然，那借机制造舆论，一面给池月泼脏水，一面看着收视率唰唰地上涨，稳赚业绩，这就是坏，坏到了骨子里！”

沈亚丽低下头，不敢面对乔东阳的目光：“是，我不是人。求乔先生看在我也是无心之失的原因上，饶我这一次——这样，我去和池小姐求情，求她原谅我？”

“求她？”乔东阳的面色突然变得温柔，“你以为她会心软原谅你？做梦！你求到她面前，她可能会说……拉出去打死吧。”

“乔先生，我真的知错了，求求你，求求你了……”说着说着，沈亚丽抬手给了自己一个耳光，看乔东阳不满意，又接着抽了一个、两个、三个……直到双颊通红，出现指印才停下来，“乔先生，你能不能高抬贵手？”

乔东阳冷笑一声，回头问侯助理："都录明白了吗？"

侯助理满脸堆着笑："录得太明白了，高清、完整。沈总监不打自招，炒作流量，陷害选手，自抽嘴巴。这些要是放到网上，怎么着也能上个头条吧？"

沈亚丽的面色一变："你、你们……"

居然偷拍？她见鬼般地看着乔东阳。

"对，我没有证据。"乔东阳扶了扶额头，转头看着同样大惊失色的郑西元，似笑非笑地夸奖，"郑总，你这个总监是个人才啊，做事麻利，滴水不漏，又狠又绝……要不是她自己承认，我真找不到证据给她定罪呢。"

郑西元还能说什么？玩阴谋诡计，乔东阳就是祖宗啊！

"不！不是这样的……郑总，你帮帮我，我做这些事儿都是为了公司啊！"沈亚丽垂死挣扎，扑过去扯住郑西元的袖子，想求他网开一面。

可惜郑西元都自身难保了，哪顾得上她："恭喜你啊！你快要上头条了。苟富贵，勿相忘！"郑西元冷冷地一笑，把袖子从她的手中扯出来，"就当这是你为公司做的最后一次贡献吧。"

为了"赎罪"，为了让乔东阳消气，这一次的舆情处理，郑西元没有再做甩手掌柜的。

在他的亲自督促下，半个小时后，《星空行者》官方就官宣了三件事：一是"天降奇兵"的最终获胜者为池月，PK（对决）视频为证。二是昊光传媒自曝丑闻，总监沈亚丽泄题，沈岚服药栽赃。昊光传媒表示，他们已经与沈亚丽解除劳务合同，并已交由法务处理。三是从今天开始，为了庆祝"天降奇兵"圆满落幕，《星空行者》节目组将举行一系列庆祝活动。除了各类互动抽奖，还会有直播颁奖环节。届时，"天降奇兵"的前六名选手（除沈岚）都将获得神秘大奖。

消息一出，舆论哗然。事情反转得太快，吃瓜群众表示脑子很晕，智商严重不够用。刚刚网上还在传播"池月表情包"，一堆人吃着黑瓜，笑逐颜开地宣布从此粉上了沈岚，结果加入沈岚粉丝团的人板凳还没坐热，池月就逆风翻盘了。

沈岚的粉丝能服吗？网络这东西就是一把双刃剑，有说好的，就有说坏的。像池月这种长得漂亮，性格直率，极有个性的女生，喜欢她的人会特别喜欢，讨厌她的人也是讨厌到极致。因此，不论官方怎么解释，仍然有一部分人蒙着眼睛说瞎话，污蔑池月和高层有不正当关系。

侯助理很着急："乔先生，咱们什么时候放视频？网络喷子太可怕了。"

"不急！"乔东阳看了看时间，"晚上 8 点再放出去。"

侯助理："……"他一脸问号，不懂。

乔东阳瞥了他一眼："黄金时间关注的人多。"

"可是那些人说得太难听了，我忍不了！"

"现在说得有多难听，打脸的时候就会有多疼。压到极点，反弹才够激烈。我们早早甩出视频，对黑子来说不痛不痒。观众也一样，看看热闹就散场了。"乔东阳难得认真地分析完，又点点头，"不曾为她痛心，又怎会因她动心？"

侯助理：这是说网友，还是说他自己啊？

晚上 8 点，一个叫"看不惯你就弄死我"的 ID（账号）用小号发布了一段视频，声称自己是昊光内部的工作人员，知道这件事的始末，但是不能公开自己的身份，也请网友手下留情不要扒他，这是他在办公室偷偷录下的视频，发出来是"因为自己有良知"，但是"因为触及法律的某些条款"，半小时后就要删除，请网友速阅。

半小时足够网友保存、转发了。偷拍不合法，但合情。人们纷纷表扬发视频的人是个"优秀青年"，希望他"多来一点儿良知感召下的爆料"。

视频传得满天飞，沈亚丽的那些话传入了每个观众的耳朵里。

视频有人剪辑过，画面里没有乔东阳和郑西元，只有声泪俱下的沈亚丽。可惜不管她的样子有多可怜，形象一旦毁了，就跌入了地狱。一些之前沉默的网友挺身而出，不愿意再眼睁睁地看着池月遭受网络暴力。虽然事不关己，但他们都恨潜规则，发誓要"屠"

了沈岚和沈亚丽。

于是，池月的比赛合辑被网友制作出来：她在沙漠里时照顾队友，受到欺负选择默默隐忍，带领队伍里的三个人同时出线。在基础知识比赛中，她勇夺第二，而事先得知题目的沈岚只比她多出五分。网友不知道从哪里搞来了试卷成绩，其他网友炸锅了，池月成了受人崇拜的学霸。最后是池月在航天城血战沈岚。一个个镜头被剪辑到一起，展现了她的坚强、执着、超越众人的个人能力……当然，还有她的颜值。配上背景音乐，俨然是一出大剧，引来一大批舔屏的迷妹迷弟。

“怎么办？我看哭了。”

“妈妈呀，我再也不敢随便站队了。脸疼！”

“脸疼心里爽啊！来吧，多出好视频，继续打我的脸。”

“我为自己年轻时的识人不清向池女王道歉，今天已经成熟了。从此被圈粉，池姐姐，给你比小心心哟。”

“听说池月小姐姐被害得很惨，这会儿还在医院昏迷不醒。好想去看看她，嘤嘤嘤，默默看一眼也是好的。”

在网络上黑一个人容易，反转也容易。曾经骂得有多厉害，爱起来就有多心动。曾经喜欢得有多深沉，恨起来就有多激烈。当人们被愚弄的情绪像弹簧一般被压到极点，再反弹起来就演变成了对沈岚的唾弃和对池月的同情。世界从来不缺少善良，黑粉从此成了缩头乌龟，不敢再冒头与正方决一死战！

“这就洗白了？！”

“全民偶像！”

病房里的池月没有因为剧情的反转开心，甚至没有关注网上的言论，更不知道自己已经成了头条女王，她的心思被另一件事拉走了。今天与邵之衡通过电话后，她的脑子就开始充血。她一直在思考要怎么告诉王雪芽真相。

在池月比赛的这两天，邵之衡不知从什么渠道搞到了范维的开房记录。从记录上看，他与沈亚丽的行程没有时间与地点上的重合，也就是说，没有他俩同时在一个房间入住的记录。这样便很难确定范维和沈亚丽有一腿了。不过，开房记录至少可以证明范维已经劈腿了。

对于单纯得像一张白纸的王雪芽来说，初恋折在这种渣男手上，会不会太残忍了？池月恨不得把范维痛揍一顿，撕烂他那张能哄会骗的嘴。可怜王雪芽这傻姑娘，每次提起范维，都是一副恋爱中的小女人模样。

池月鼓了好几次勇气，也不敢直接告诉她。

带着这种烦躁的情绪，池月做了一晚上噩梦，醒过来时，已是天光大亮。她抱住脑袋揉了揉，突然闻到一阵花香，久违的香味让人神清气爽。池月惊喜地转头，看到床头柜上放着一束盛放的鲜花，眼睛瞬间亮了。

女孩子都喜欢花，池月也不例外。成长于沙漠地区的她从不知道世界上竟有那么多好看的花。第一次看到王雪芽买回鲜花时，她都叫不出名字，只觉得自己好像看到了降落人间的精灵。

池月抚摸着娇艳欲滴的花朵，爱不释手。这时，她看到了噙着笑进来的乔东阳："你送的？"

"送什么送？"乔东阳懒洋洋地往她的床边一坐，"这个破地方太没有人味了。摆束花，添点儿活气儿，我坐在这里看着也舒服不是？"

池月还能说什么？

乔先生追求女孩的风格真是别具一格。

"怎么啦？不高兴了？"乔东阳凑近，仔细看着她。

"说送我的很难吗？"池月直视他。

"不难。"乔东阳勾唇，"就是送你的，可以了吧？"

池月在他专注的目光下抬抬眉，满不在乎地哼了一声，但心里……竟有些怪异的紧张感。这样躺在病床上的她，气色肯定很差吧？会不会看起来憔悴无神、丑陋不堪？要知道女人打扮和不打扮完全是两个样子的，再漂亮的女人，不好好收拾自己一样会成为黄脸婆……在乔东阳的眼里，她现在是什么模样？

"这什么表情？嗬，是饿了吗？"乔东阳察觉到她的表情变化，饶有兴趣地凑得更近，温热的呼吸几乎落在她的脸上。

池月一激灵，把脸侧开："嗯，饿了。"

乔东阳抿唇一笑："叫声亲爱的，我给你弄吃的。"

池月撇嘴："好像又不怎么饿了。"

"池小姐，不用这样吧？"乔东阳不高兴了，"当真不饿？"

"骗你有钱赚啊？"她是真的毫无食欲，就像晕车的人没胃口、犯恶心、不想吃饭一样，尤其是挂了点滴以后，更感觉不到饿了。

乔东阳摸摸她的额头："那你再睡一会儿？"

"哦。"池月点头，然后不知道想到了什么，脸色突然一变，"乔东阳，待会儿小乌鸦会过来，你配合我演一出戏怎么样？"

乔东阳狐疑地看着她。

池月润了润嘴唇："她要是哭得厉害，你就说我的身体伤得严重，短时间内都恢复不好，或者你干脆说我得了绝症……"

"你有病啊？"乔东阳眯起眼睛，"王雪芽为什么要哭？"

池月想到范维就烦躁，脸色情不自禁地沉下去了："她男朋友劈腿，我一会儿准备告诉她这件事。她肯定会难受……你想，如果在这个时候我得了绝症，她是不是就不会再去想那件事了？"

乔东阳吸气，一拳敲在她的脑袋上："你看着挺机灵的，怎么脑子总是短路呢？她要知道你得了绝症，不是更痛苦？"

"我只是缓冲一下她的情绪，你懂什么？"池月微微一笑，"男朋友劈腿的事儿是不可逆转的，但是我的病可以啊！等她知道我没事了，是不是会感到失而复得的惊喜？到那时候，什么痛苦是不是都不重要了？至少我还活着啊。"

乔东阳不知该哭还是该笑："王雪芽在你心里是不是比我更重要？"

池月回看他："你怎么知道的？"

乔东阳："……"

池月早早地就把自己收拾了一下，看上去有气无力的样子，可是王雪芽没有在约定的时间过来。池月左等右等，渐渐地有些心烦意乱。她给王雪芽打电话，一直是关机状态，池月又找了刘教官，可他告诉池月，王雪芽早已请假离队了，没有人知道她的消息。

一听这话，池月吓坏了。她拔掉输液的针头，按住手背，下了病床就要去找人。她的动作很迅速，乔东阳想拦都拦不住，气得直接把她抱回来摁在床上——两个人气咻咻地对视着，正准备大战三百回合，病房门就被推开了。

王雪芽站在门口："你们这是……我来得不是时候？"

乔东阳一跃而起，池月也顾不得装病了，捋捋头发坐了起来，尴尬地说："你来得太是时候了。你再来迟一步，我可能就被某人给掐死了。"

王雪芽狐疑地望着乔东阳，没说话，一张脸白如纸片，双眼红肿，明显是哭过的。

池月与乔东阳交换了个眼神，然后走过去扶住她："小乌鸦，你怎么了？"

王雪芽摇头，抿了抿唇："我没事。"说着，她又擦了擦眼眶，"我的手机坏了，身上又没有带钱，好不容易才找到一个好心的大哥把我送过来。"

手机怎么会坏？池月看着她惨白的脸，眼皮跳得很快，正准备说话，就看到王雪芽背后那个一脸尴尬的"好心的大哥"。

"郑哥？"池月看着他。

"人给你送来了，我走了啊！"郑西元知道这两天乔东阳不待见他，所以特地送王雪芽过来，一是举手之劳，二是将功赎罪。他哪敢在乔东阳的眼皮子底下造次？他临走时在王雪芽背后对池月做了一个"流泪"的动作，然后指指王雪芽："你们慢慢聊，我去办点儿事儿。"

池月看到郑西元的暗示动作，谢过他后回头示意乔东阳："你不是也有事儿要办吗？"

乔东阳抬抬眉："那咱们那个戏还演吗？"

池月吸口气，突然发现男人不仅是大猪蹄子，还是榆木脑袋。他看不出来时机不对了吗，还演什么戏？

"回头再说吧。"她敷衍着，就想快点儿打发他走。

乔先生瞄了她几眼，不情不愿地走了。

池月关上门：“小乌鸦，告诉我谁欺负你了？”

没有外人了，王雪芽的眼泪再也憋不住了，她伸手抱住池月，呜呜地痛哭起来。不论池月怎么劝，她都停不下来，话也说不明白。

“你不肯说，我就去问郑哥了？”

池月知道王雪芽好面子，肯定不愿意。果然，一听这话，王雪芽吸着鼻子凶她：“你要敢去问他，我就跟你翻脸……月光光，我今天已经够丢人了，再丢一次我就活不下去了。”

池月：“……”

她安静地看着王雪芽。不问她，也不逼她。

过了好一会儿，王大姑娘哭够了，终于停了下来，只剩抽泣：“我看到范维了。他和沈亚丽在一起！”

这个渣男！池月的胸口闷气上涌。池月本想等小乌鸦来了再慢慢告诉她，至少能给她一个缓冲的时间，哪想到她直接撞见了。

王雪芽泣不成声。她今天向刘教官请了假，原本是要到航天城看池月的。但刚谈恋爱的女孩子对男朋友都很依赖，王雪芽也想趁这个机会和范维见一面，就打电话约他一同来航天城。范维没有拒绝，但告诉王雪芽，他在吉丘还有工作，暂时走不开，让她先去，等办完事儿直接过去跟她会合。

这话毫无破绽，王雪芽没有怀疑。她是个体贴的女孩，范维没有车，单位的车也不是想用就能用的，王雪芽体谅他的难处，他有事儿走不开，她就去等他。他俩的关系没公开，因为范维说两人在一个节目组，怕人家说三道四，不如先保密，等节目录制结束再宣布。到时候尘埃落定，谁也不会再说什么。王雪芽很喜欢这样的小甜蜜，并不觉得偷偷摸摸有什么不妥，欢喜都在心底，哪会怀疑男朋友说的话？

在去吉丘的时候，王雪芽怕范维担心她，影响工作，所以没有提前告诉他，而是在办事处对面的咖啡厅找了个位置坐下，可有时候老天开了眼，这天底下就没有不透风的奸情。她刚拨通范维的电话，就看到他和沈亚丽一前一后地出了办公点。

沈亚丽抱着个大纸箱子，神情落寞。范维跟上去，替她接过东西，送她上车。他低头看了一眼，见是王雪芽的来电，直接挂了。王雪芽都看在眼里，一开始并没有往别的地方想，只认为范维是没有注意到她，然而接下来的情形直接让她傻眼了。

"怪就怪我视力太好……他们没有看到我，我却看到他俩上了出租车，沈亚丽扑到他的身上痛哭，他抱着她，温柔地拍着她的头，还吻了她的头发……"王雪芽想到那扎心的一幕，泪珠子泉水似的往外冒，"我不死心，又打电话过去。这一次他接了，我问他在干吗，怎么会有女人在哭，他说单位有女同事吵架，其中一个被骂哭了，他在劝……还说因为女同事耽误了工作进度，他今天不能陪我去航天城了，呜呜……这个烂人一边搂着别的女人，一边向我道歉，如非亲眼所见，我都不敢相信他会劈腿……你说，他怎么这么坏呢？"

池月道："所以，这就是他的报应。"

王雪芽撇嘴："哪有什么报应？人家风流快活得很呢。"

池月冷笑："失去你这么好的女孩就是他的报应！至于沈亚丽……啧，能不能风流快活还不知道呢！"

王雪芽抬起泪眼："月光光，你是不是知道什么？"

池月没有回答她，而是反问："你的手机怎么回事儿？打不通你的电话，把我急死了知道吗？"

王雪芽吸吸鼻子："我一气之下把手机砸了。"

池月挑了挑眉梢，又是气她，又是心疼她："王总可真是能耐啊，用别人的错误惩罚自己，是钱太多？"

"呜……你别说了，我都快难受死了。"王雪芽趴在她身上，哭成了泪人，"男人怎么可以这样坏呢？一边说爱我，要永远跟我好下去，要跟我结婚生子，一起规划我们的人生，一边跟别的女人卿卿我我、搂搂抱抱……无耻！"

她边哭边骂，手指扯得池月肉疼："你知道吗？他平常对我是真的很好……在我面前时他总是在笑，我生气他就哄我，哪怕我无理取闹、耍小脾气，他也不生气……他知道节目组的伙食单一，会偷偷给我带好吃的。他把我的每一张照片都做好了记录，某年某月某日，我当时说了什么话，什么表情，他又是什么心情，全都写了下来……他说要一直记录到我们老了的时候，最后把二维码嵌在石碑上，来祭奠我们的人扫码就能知道我们的故事……呜，这样哪怕我们进了坟墓，我们的爱情也会永生……”

这中央空调似的暖男技能，得是从多少女人身上练出来的？对涉世未深的女孩子来说，这种男人的杀伤力太大了。

池月看着王雪芽伤心欲绝的样子，那些本来已经不准备告诉她的事情，突然不想再隐瞒了。左右都要疼一次的，下猛药说不定能让王雪芽好得更快呢？如果不和她说清楚，万一过几天她又被范维哄好了怎么办？

“小乌鸦。”池月认真地喊住她。

“嗯？”王雪芽抬头。

“我有一件事情要告诉你。”

王雪芽一吸鼻子：“什么事？”

“你先告诉我，我和那个渣男谁更重要？”

“当然是你。”王雪芽咬牙切齿地骂，“他算什么东西？他也配跟你比？”

嗯，池月抱了抱她，然后抽出一只手，翻开邵之衡发的图片：“哭了这么久，你的眼睛应该洗干净了吧？看清楚了没有，这就是范维！”

王雪芽微怔，瞪大了眼睛。这上面有范维的资料，作不得假。那些与他开房的女孩子，其中有三四个都曾是《星空行者》的选手，只是这些人现在都已经被淘汰了：“这个浑蛋怎么这么恶心？！”

王雪芽的脸一下子涨红起来，她像是受到了极大的欺辱，身子不住地颤抖。

池月观察着她的表情：“你老实告诉我，有没有跟他去开房？”这话问得太直白了，王雪芽又羞又恨：“没有。”

池月：“那他要求过没有？”

王雪芽没脸看池月，重重地点头：“我没有同意。我是喜欢他，但是……我不敢。他说他不逼我，可以等，为我守身如玉，等我愿意的那一天……这个浑蛋，浑蛋！他怎么不去死呢？”

池月看着她愤怒的样子：“大概是人渣太多，阎王爷收不过来吧？”

“呜呜，月光光，我恨死他了。浑蛋！”

“骂人得换新鲜词，浑蛋太单调了，不符合他的渣位。”

“渣位？”王雪芽抬起泪流不止的脸。

池月轻轻地替她擦拭泪痕：“对于他这种渣位的人，全方位问候比较好。骂的时候记得多运用比喻、拟人、排比、夸张、对偶、设问、反问、对比、借代等修辞手法……参照物除了动物，也可以是植物、微生物。用词不必讲究华丽，但要尽量避免脏字，这样会显得比较有格调。”

王雪芽听得一愣一愣的，忘了悲伤：“比如？”

“比如：人家一年一次春，他一年四季都发春。这样的特殊基因，怕不是家里数代与畜生结合改良的结果。他家四世同堂，全是兄弟；五代共居，不分长幼。要没有这样其乐融融的家庭，怎么会有这样得天独厚的传承——排泄器官全长在脸上，不干好事专下蛋，苍蝇啥样他啥样……”

“扑哧！哈哈哈哈，月光光，盘他，盘他，盘死他！”

这一整天王雪芽都跟池月在一起，待缓过劲儿，就不怎么提范维了。不知道是王雪芽藏在了心底，还是放下了。两个人嘻嘻哈哈，就像在学校的时候一样。一晃到了下午，池月征得乔东阳的同意，带王雪芽去参观航天城了。

《星空行者》下一个阶段的比赛就在这里进行。王雪芽提前来参观，看得开开心心，满脸是笑，玩得兴起，还特地让池月帮她拍了几张和比赛器械的合影，可是，刚刚看到照片，又伤心起来，眼泪像不要钱似的，哭得池月丈二和尚摸不着头脑。

“怎么了这是？刚刚不是还好好的吗？怎么又哭了？”

“呜，难过……”王雪芽抹眼睛，“再也不会有人把我拍得那么好看了……”

池月看着自己的杰作，一脑门儿问号：“所以，你哭是因为嫌弃我拍照技术不好，不方便你发朋友圈？”

王雪芽用亮晶晶的双眼盯着她：“好像是吧……”

“王总，咱能不能老老实实失个恋，认认真真哭在点子上？”

池月不是热情的人，如果和她不熟悉，可能很难见到她的笑容。但她其实八面玲珑，能言善辩，如果诚心想哄谁，可以把人哄得舒舒服服。这会儿王雪芽就享受着这个待遇，原本还一把鼻涕一把泪，转眼就笑了：“月光光，我是不是特丢人？”

王雪芽想到那点儿事儿，有点儿糗，又不甘心：“我倒不是有多伤心，就是难堪，没面子，想不通怎么就瞎了眼，遇到这么一个人渣呢？我更生气的是，这事儿……我都跟我爸妈说了，现在让我怎么收场？”

池月有点儿意外：“你是认真的？”

王雪芽不敢直视池月的眼睛：“我是认真和他谈的，我爸问我有没有男朋友，我又不会撒谎，就说最近谈了一个，回申城的时候就带回去。”

小乌鸦的单纯池月不是第一天领教，乖孩子哪会瞒父亲啊？

“没事的，叔叔阿姨会理解的。”

“我只说他是节目组的人，没说别的，也没告诉他们他叫范维。”王雪芽说到这里，不知道想到了什么，脑袋越垂越低，“其实让我生气的，还有一个事儿。”

“还有什么？”池月被吓住了。

“难以启齿。”

“那你就别说，憋死算了。”

“别嘛！”王雪芽来拉她的袖子，说得挺小声，“说了你不许骂我啊。”

“预防针无效。”池月赏她一个白眼，“该骂就得骂！”

王雪芽擦擦鼻子，哽咽着说：“节目还要录很长一段时间，范维说他没车不方便……我本来是准备……准备先给他首付，让他提个车用着的，我觉得一个男人天天在外奔波，也挺辛苦……可我还没有来得及告诉他，就这样了……”

“啊！”池月气得敲她的脑袋，“他是怎么给你洗脑的？”

“没有，是我自己傻。”

“你傻是真的，他给你洗脑也是真的。”池月恨其不争，不停地敲她，“王小姐，我拜托你，不要总把人想得那么好行不行？你的钱是大风刮来的啊？实在花不完，去月亮坞给我种树去！”

“我错了。月光光，别生气嘛。”王雪芽躲开池月的夺命连环敲，又抱住她的胳膊，将小脸贴过去，“这件事他不知道的……我们两个聊天从来不提钱的事儿。那时候，我还觉得他人品不错呢……”

池月瞥她：“他不知道你有钱？”

王雪芽摇头：“在节目组大家都一样，他应该瞧不出来吧……”

池月冷笑：“幸亏没瞧出来，要不你能被人骗得渣都不剩。不过，你说他要是知道他为了一颗烂芝麻失去了一座金山，会不会哭死？”

王雪芽撇嘴：“我以后再也不敢相信男人的鬼话了……”

“吃一堑，长一智。但咱也不能因为一颗老鼠屎就怀疑所有的汤都有问题。对范维这人，也不能就这样饶了他——”

王雪芽吃了一惊：“你想干什么？”

池月看着她的脸色：“王小姐，你该不会还想等他浪子回头金不换吧？”

“当然不会。我也是有原则的。”王雪芽狠狠地一咬牙，“我要找一个比他帅，比他高，比他会疼人的男人，好好洗洗他的眼睛。最重要的是比他有钱……他最缺的钱，最想要的钱，这一定能让他嫉妒得发狂发疯。”

池月不说话，盯着她，突然一巴掌拍在她的头上：“幼不幼稚？长点儿心吧。”

“又打我，又打我，我的头都被打坏了！”

“不打你不晓得长心。”

两个人在一块，时间过得特别快。经过一天的开导，池月不敢保证王雪芽能马上从失恋的阴影里走出来，但相信王雪芽至少不会再砸手机、寻死觅活，做出过激的事情了。

王雪芽是天黑前离开的，还是坐的郑西元的车。郑西元上午来航天城说要处理一些正事，后来池月才知道他是来找乔东阳，争取宽大处理的。结果，事情办得不太顺利——乔东阳不理他。所以，郑西元是苦着脸离开的，脸色比失恋的王雪芽还难看。

以前王雪芽和郑西元一直不太对付的，但今天很不巧，郑西元不仅撞见了她被男友劈腿时丢脸的样子，还好心地载她去找池月，王雪芽还在他的车上痛哭了一场。该丢的人都已经丢尽了，底线压低了，她再看到他时，虽然别扭，但是少了一些讨厌。

王雪芽走了不到五分钟，乔东阳就到了病房：“怎么样？我的情敌被你安抚好了吗？”

“想不到你也那么八卦！”池月没好气地瞪了他一眼，“减分！”

“这可就乱来了啊！”乔大人拉下脸，用漆黑的眼珠子瞪着她，完全没有王雪芽描述的范维追求女人时的小心翼翼，甚至看着还有点儿凶，“我从头到尾都没理他，就他一个人在那儿说……池月你讲不讲道理？”

“对裁判大呼小叫，还得扣分。”

“你说扣分就扣分？”

“呵呵，也不看看解释权归谁？”

“你——”乔东阳的声音戛然而止。

两个人大眼瞪小眼。

乔东阳那股劲儿很快又缓过来了，他捏一下她的下巴，邪恶地一笑：“那你说吧，扣多少分？”

池月好像在思考：“本来是要扣五分的，看你认错的态度不错，暂且扣个两分警告一下。”

“两分？”乔东阳咬牙，想顶她，转眼又想到现在的不平等地位，马上就乖了，“行行行，扣就扣吧。不过，你得告诉我怎么样才能加分吧？”

池月：“看表现喽。”

“哪方面的表现？”

“有找监考老师问考题的学生吗？”

乔东阳绞尽脑汁，突然眼前一亮，抓住她的手腕：“走！我带你去个地方！”

航天城有个观星台，玻璃锅盖似的大罩子罩在主体建筑的顶层上。这个地方占地一千多平方米，防潮隔热，将风沙挡在了外面；整体做工精湛，不知道是采用的什么清洁技术，每日被黄沙吹拂却明亮如新，抬眼看去也没有异物感。人站在这里宛若置身于苍穹之下。遇上好天气，头顶是一片璀璨的星空，似乎一抬头就能探索到宇宙的奥秘。

乔东阳是科技爱好者，这个代表了他的风格的观星台俨然成了科技展览馆。里面有直径十几米的大型望远镜，几米长的小型望远镜，还有各种各样的赤道仪和观测仪器，这些都是池月在别处从来没有见过的。

她看到这些，眼睛都挪不开了："乔东阳，这也太神奇了吧？你说这只是你的爱好？"

"业余爱好。"乔东阳拉了两张活动凳过来，把池月按坐在一台折射望远镜前。

"这么多专业设备，你居然说是业余爱好？"池月牙根有点儿痒，突然明白了那句流传于网络上的话——有钱人的快乐，你想象不到。乔先生可以为了他的"小爱好"以玩票的姿态入市，大搞航天科技研究，顺便赚个盆满钵满，当然也可以为了业余爱好搞出这么巨大的观星台。

"嫉妒！"池月用带着火焰的双眼瞪向他，"我在想，你这么拉仇恨的一个人，是怎么长大的？"

乔东阳挑挑眉："这些不算什么，还有设备没有运过来。这里什么都好，就是环境差，交通不便……"

池月转了转凳子："嘚瑟！"

乔东阳淡淡地瞄了她一眼，笑笑："想看星星吗？"

"能看得到吗？"那台巨大的望远镜的主镜伸向天空，漆黑的镜身带着金属质感，威风凛凛的样子很有未来感。

池月把凳子挪近，摆弄一下，凑过去瞅了瞅。里面黑漆漆一片，什么都看不到。

乔东阳低笑一声："我来。"

他拍拍她的脑袋，在她身边坐下，开始教她操作仪器，然后为她讲解了很多常识性的知识："观星最重要的是什么，你知道吗？"

池月抬头看了他一眼："什么？"

"耐心。"

"我像是没有耐心的人？"

"你一秒钟看我三次，像是有耐心的人？"

"我一秒钟看你三次，有可能只是因为你长得帅——"

乔东阳正在用赤道仪自动定位，闻言，扶着目镜的手微微一僵，然后慢镜头般转头看着池月，沉默一会儿，笑了："真的？"

池月的脸色不变："什么？"

乔东阳："说我长得帅。"

池月："你长得帅是真的，我没耐心也是真的。"

"你是想否认在偷偷看我，还是想暗示我，因为我长得帅，你已经迫不及待……嗯？"

池月白了他一眼："乔先生，你一天不自恋就浑身痒痒是不？"

"当然不是！"他只是看见她面不改色的样子，心里有点儿痒痒，"池小姐应该明白，长得帅只是我身上微不足道的一个小优点。往后你会发现更多优点，不用着急，慢慢来。"

池月望着他："你这样让我的心情很复杂。"

"哪里复杂？"乔东阳的视线从她的脸上慢慢往下移，"要不要我帮你理顺理顺？"

他很专注，眸子里仿佛有火光在跳动，那是一种在面对喜爱的事物时自带的光彩。毫不掩饰的情绪将他那张本就生得好看的脸渲染得更加英俊。

池月很想说点儿什么，却口干舌燥："我有点儿口渴，想喝水……"

"水在这里呀……"乔东阳微微一笑，手越过她的肩膀，拿过操作台上的水。这个小动作刚好让他温热的唇擦过她的头发，在她的一颗心变得火热起来时，他已经直起了身子，把那瓶水在她眼前一晃："喝吧！"

这个人真是，拿个水搞得这么暧昧！池月白了他一眼。

"你脸红了。"乔东阳戏谑地看着她，"怎么不说话？是在心里给我加分，不会算了吗？"

“乔东阳！”池月咬牙，“你再这么靠着我说话，信不信我揍你，然后给你减到零分？”

乔东阳挑挑眉，似笑非笑的脸上带着一丝委屈：“唉，还以为你喜欢这样呢。看来是我错了。”他噙着笑又转过来，拍拍望远镜，然后把目镜拉向池月，“来吧，你来试试？”

池月拧着眉头：“好。你让开！”

乔东阳笑着错开身子，让池月过来，手臂自然而然地圈住她的肩膀，温热的体温与呼吸透过毛孔渗入她的发肤，撩得她耳朵滚烫，又不能出声，因为他在认真地帮她调试仪器。

池月的一颗心胡乱地跳了好久，她发现他没有动静，猛地回过头，只见乔东阳正在看着她笑。这双仿佛看透一切的眼睛让池月一阵燥热，大为恼火：“你干吗一直看我？”

“笨是笨了点儿，但长得还是很好看的。”

“这话很不利于团结。”

“我是说机器，不仅笨，操作难度还大。”

池月懒洋洋地瞪了他一眼，不再理会他，专心看着那台望远镜：“花这么多钱搞来的装备，就只能看看月亮上的坑吗？”

听她嫌弃的语气，乔东阳哼笑：“想看什么？”

池月想了一下：“宇宙、太空、星云图，电影里那种画面……”

“那得去电影院。”乔东阳漫不经心地说着，拉着她的手走到另一边，“要看星星，用这个仪器。”

“哦？这也是望远镜？”

两台望远镜仿佛倒扣的梨，以一种古怪的造型立在那里。这台口径约有十五米，观测结果需要用设备导入电脑查看……乔东阳一个个指给她，仿佛在介绍他的大玩具。

池月一边听着，一边感受着望远镜那冰冷的质感，心里涌起一种怪怪的感觉——此刻的观星台仿佛远离地球，变成了一个巨大的飞行器飘浮在太空中。宇宙寂静，只有他们两个，彼此的呼吸很近，触手可及。星河就在她的眼前，那是她从来没有见过的景象，不像观看图片那样有距离感，而是真真切切地存在于眼前，是一个未知的世界，一个她无法探索，却充满了好奇的神秘领域。

“有一天，我想到那里去。”乔东阳在她的耳边轻声说着，用手指着电脑导出来的图片，“这里，还有这里……”

“这是哪里？”

“这是距离地球五百二十光年的地方，在星云表中排第44号，因为形状酷似蜂窝，所以被称为蜂巢星团，又叫鬼星团。”

池月哦了一声：“明白了，这就是巨蟹座。”

乔东阳低头看着她。

池月:“我早就说过了,我对天文学是有研究的,十二星座都懂。”

“喀！”乔东阳深吸一口气，“你是想笑死我？”

池月挑挑眉梢：“乔东阳，我突然有点儿明白了。”

“明白什么？”

“明白你为什么对探索宇宙这么感兴趣。”

乔东阳哼笑：“不，你不知道。”

池月：“你肯定是巨蟹座，因为对自己的星座感兴趣，所以想上去看看，是不是？”

乔东阳沉默了许久：“我是什么巨蟹座？我是喂狗座的。”

好，齐活了。天狗座、打狗座、喂狗座。

池月笑笑，正想说只差一个吃狗座了，就见乔东阳突然沉下了脸：“探索宇宙，探索未知，是因为我恐惧。”

恐惧？

池月重新抬起头来，认真地看着他，似乎想从他的脸上看到一丝玩笑的意味。可惜并没有，乔东阳很认真。然而，恐惧这个词怎么会从他的嘴里说出来？他那样的出身与成长环境，不是应该让他成为天不怕地不怕，横着走竖着走都不怕的混世魔王吗？

她的指节轻叩了一下桌子：“你还是乔东阳吗？”

“你说呢？”

“你不会是突然接收到外星人发来的宇宙电波，发生了某种基因突变吧？”

乔东阳一把抓住她的手，顺势握在掌心。他不解释，也不看她，只是盯着从望远镜里导出的画面，用一种低喃般的声音说：“恐惧不值得大惊小怪，每个人都会有。”

池月：“你恐惧什么？”

“未知。”他说，“人的恐惧一般都来源于无能与未知。而解决未知的唯一方法，就是去了解它。”

池月抿抿嘴，不吭声。

乔东阳瞥了她一眼，神色平淡：“举个例子，小时候我外婆总爱讲鬼故事，我听完不敢一个人睡觉，怕黑暗里会突然蹦出鬼来……后来我就懂了，怕什么就去看什么，看明白了也就不怕了。再后来我越来越坚信这个道理，要战胜恐惧，就要去接触它，研究它，征服它。”

“好像有点儿道理。”池月的眉梢挑了挑，“那么，为什么你会畏惧宇宙？”

乔东阳没说话。

池月一笑，指着他：“你不会告诉我，你真的是外星人吧？”

乔东阳瞥了她一眼：“大概是因为除了宇宙，我找不到未知的领域了吧？”

狂得可以啊，哥们儿。

池月都快被他狂出尴尬病来了：“所以，你拐弯抹角说了这么多，就是为了告诉我，你乔东阳先生已经无所不能，无所畏惧了？”

乔东阳哼笑，掌心搭在她的肩膀上，把她往自己的方向拉近了一点儿。他翘起的嘴角像抹了一层暖阳，声音温柔好听：“我是想告诉你，你为什么没有安全感，因为你恐惧。而你的恐惧——如果不是因为无能，就是因为未知的东西。”

她没有安全感？她恐惧？她无能？她有未知的东西？池月冷冷地看着他。

乔东阳：“你把自己包裹得这么严实，让自己变得这么强，拼命学习，努力赚钱，是为什么？无非是因为你没有安全感，你对这个世界感到恐惧。”

池月的眼神渐渐变得黯淡。

他还在说：“你没有力量，就让自己变得有力量。你没有安全感，就从知识、金钱、生活等方方面面中去获取安全感——当你对生活的本质了解得越多，你未知的东西就开始变少……”

“乔东阳！”池月打断他的话，笑了，“看不出来你还是个心理学家？”

“你是在讽刺吗？”

“是。”池月抬了抬下巴，“我不是宇宙，不是星云图，不是你的未知……收起你的望远镜，不要对我有兴趣！”

乔东阳看着她变化的脸色。过了很久，他慢慢地一叹：“行！我不说了，一会儿又要扣分了。”他轻抚着她僵硬的后背，像是在安抚她深藏的情绪，又像是在为自己的“演说”做最后的总结，“池月，每个人的感受不尽相同，你可以没有恐惧，但我希望我的出现能减少你的不安全感，给你多一些力量。”

池月眯起眼。

他忽地一笑，揉揉她的脑袋：“我说人话好了。有事儿不要一个人扛，尽管用我，我挺好使的！”

观星台笼罩在一片夜色中，星河在望远镜里静静地流淌着。这是一个普通的沙漠中的夜晚，似乎与池月曾经在这里度过的许多个夜晚没有什么不同，但它分明又是不同的。不同于那些她听着叫嚣的风沙，紧紧攥着被角不敢出声的夜晚；不同于那些她听着母亲压抑的哭声，无法入眠的夜晚。因为有个人说，从今往后他可以给她力量。这话不太真实，但他是真实的，她闻得到他身上的气息，阳刚、馥郁，像杯烈酒。她只是闻闻，就有些醉了。

池月深吸一口气，望向巨大的玻璃镜面：“你这观星台没有窗户吗？”

她的话题十分跳跃，幸亏对方是乔东阳：“只要你需要，明天就给你造一个！”

星空航天城位于吉丘县的沙漠地带，海拔高，是最佳的天文观测圣地，而观星台在航天城的最高处。在这样极端的沙漠气候条件下，它的设计不仅具有强烈的科技感，还很人性化——恒温、自然风流通，冬不冷、夏不热，人在里面待着很舒适。可它确实没有窗户，窗户这东西在沙漠里就是个负担。

池月不是不懂，可还是问了。

乔东阳也不是不懂，可还是顺着她了。

他们对视一眼，池月突然有点儿想笑。这是典型的没话找话，很尴尬。

她想了想："我也给你讲个故事吧。"

乔东阳挑挑眉梢："讲。"

池月不看他："从前有个孩子，没有伞、没有鞋、没有衣服。她淋着雨，迎着风，赤着脚，奔跑得很快……后来，有人看她可怜，给了她伞、给了她鞋、给了她衣服，给了她舒适的生活环境……"说到这里，她漫不经心地转头，"你猜，后来她怎么样了？"

乔东阳皱了皱眉："当然是从此脱离苦海，过上了好日子。"

"错了。"池月移开视线，"后来她在一场暴雨中生病死了。因为那个给她这一切的人随时都有收回的权力。当人家收回给予她的一切，当她再次变得一无所有时，她淋雨会生病，迎风会流泪，赤脚不能走路……她失去了生存的能力。除了死，她还有什么出路？"

乔东阳的目光沉了下去："你想说什么？"

池月抚摸着望远镜："别人给的安全感，不是真正的安全感。别人给的力量如果不能转化为自己的力量，那还不如一开始就不要。"

空气突然凝滞。

明月高悬于苍穹之中。那个距离地球三十八万四千四百千米的地方散发着淡淡的光辉，那光芒温柔、皎洁，像一个美丽的镜面一般映照在宇宙中。那些心跳、激动、紧张渐渐趋于平静……没有狂热的爱与不爱，没有年轻男女干柴遇烈火的情窦初开，只有通过默默凝视，看清了彼此打开的心扉。

池月缓缓地一笑，为了乔东阳眼里的释然，也为了自己说得清楚，而他也听得明白。这就是遇见了对的人。

"其实，你真是个不错的对象。"

"所以说，是加分了呗？"

"嗯，加分！"池月坦然地一笑，"一分。"

"吝啬！减分和加分的比例不对等。女人啊！不讲道理。"

"没办法，这是一个世界级难题。"池月大方地笑着，然后坐回去，又认真地看着他的星云图，"《星空行者》项目的最初设想就来源于此？”

“算你懂我。”乔东阳的脸上满是笑意。

“现在的技术怕是达不到吧？”

乔东阳用修长的手指点着星云图，慢慢地勾画着：“现在的技术达不到，总有一天可以。《星空行者》的计划是十年……特殊情况下，项目可以延长至二十年。在这二十年里，我会尽我所能。”

池月恍惚想起自己过去二十年经历的时光变迁，背景模糊得……她几乎不敢相认。二十年，确实什么都有可能发生和改变。她点点头：“如果二十年都做不到呢？”

乔东阳：“还有二十年、三十年、四十年、五十年……”

池月挑挑眉，一个人是没有那么多年可以挥霍的：“你确定那个时候你还去得了？”

乔东阳望着她，扯扯唇角：“到那时候，让我们的儿子代替我们去。儿子不行，还有孙子。”

他们的儿子、孙子？

池月被他的目光看得有点儿燥热，心态差点儿崩了：“乔东阳，你的儿子和我的儿子……或者你的儿子和我的孙子，他们一起上天好像不合适吧？”

乔东阳叩叩她的脑门儿：“调皮！你明明知道我的意思。”

池月清了清嗓子，望向星空。她没去想两人怎么就说到了生孩子的事儿，反而想到了一些玄妙的东西——比如，此刻偌大的宇宙里都在发生些什么事情？有没有流星划过，有没有陨石在撞击某个星球，有没有外星男女也像他们一样，坐在某个仪器下絮絮低语？

“乔东阳，你说有外星人吗？”

乔东阳看了她一眼：“你应该问有没有外星生命……也许他们不是人呢？”

“外星人不就是人类对地球以外的有智慧的生物统称吗？”

乔东阳深吸一口气：“好吧，算你说对了。”

池月没想到他这么没有战斗力，微微一愣，然后开启了她的“智慧幻想课堂”三百六十问：“如果有外星生命，这样的生命是不是和我们一样，有喜怒哀乐、恩怨情仇，还有贪婪的欲望……”

“或许有，或许没有。”乔东阳的脑壳疼。就算他是百科全书，也很难回答池小姐的问题啊。

池月又问：“你说外星生命吃什么呢？他们会不会开店？赚了钱需不需要纳税？他们会不会也有无数个国家，会不会有战争……他们会不会也像我们一样，正在考虑……另一颗星球上是不是有生命？是不是也有别的外星人正在思考怎么探索他们、了解他们……”

乔东阳有点儿手痒，想敲她的脑袋：“池小姐，你今天的问题有点儿多。”

“问你哪！”

“行！等我见到他们帮你问问？”

“是有的吧，贪婪与欲望不是生命的标配吗？”

“据我所知，在这个地球上，只有人类……才有那么多贪婪的欲望。”

乔东阳认真地看着她，突然，扼住她的手：“就比如我对你——”

池月低头看着他的手，吓了一跳。

“怕了？我只是在告诉你一个事实。”乔东阳看她兔子似的闪躲，忍不住翘起唇角，“在这个丛林里，女人努力变强是为了获得安全感，而男人变强是为了获得交配权。”

“喀喀喀——”

不行了，不行了！

池月没办法和科技狂人讨论下去了。任何羞羞的话题到他这里，都能被当成学术论点来讨论，她受不住：“乔东阳，我饿了，我得去吃点儿东西。”

“急什么？我还没有说完呢。”

“不用说了，不用说了，我都懂，都懂！”

池月从来没想到，这一夜观星的结果竟会是她落荒而逃。她的脸皮这样厚，在乔东阳面前居然一败涂地，真有点儿不甘心。她怎么就不能淡定一点儿呢？怎么就不能与他探讨一下生命的繁殖与传承问题呢？

晚上，池月一个人躺在医疗室的病床上，觉得自己可能有点儿飘了。在乔东阳离开后的两个小时里，她的脑子里只有一张脸——他的，他的，还是他的。可是仔细想，她又想不出来他脸部的轮廓是什么样，不去想，脑子又自动描摹着。她是快疯了吧？

启明星已探出了头，她却心乱如麻，精神得很。失眠的滋味谁试谁知道，池月瞪着眼睛一遍遍看时间，在床上辗转了无数个来回，天还是不亮。

她睡不着，罪魁祸首怎么可以睡？池月半眯着眼，看了许久手机屏幕，终于按了下去。

“喂……”乔东阳声音暗哑，像是从睡梦中被吵醒，语气很不耐烦，“你最好有天大的事儿！”

池月想到他生气的样子，居然有点儿想笑：“乔东阳，我明天可以不用输液了吧？”

“大姐，是你啊……”乔东阳打了个哈欠，语气缓和不少，可睡意依然很浓，“你过的是美国时间吗？你看看现在几点？”

“哦，原来找你还得挑时间啊？那麻烦乔总给我预约个时间吧。”

乔东阳的声音马上降了几个调：“大半夜发什么疯？”

“我想回家。”

“想家了？”

“倒不是很想，我就是想着等进了星空节目组，怕没时间回去……”

“后天有颁奖典礼。”

“我知道啊，所以打算明天回去！”

乔东阳想了想：“我让司机送你。”

“不用，我自己坐车。”

“别跟我倔！就这样决定了。快睡……困死了。”他打了个哈欠，语气变得有点儿含糊，像在自言自语，“说你矫情你不信，还半夜想家，家有什么可想的……”

“乔东阳，你就从来不想家吗？我很少听到你提起你的家人……”

“是吗？”乔东阳似乎快要睡着了。过了很久很久，久到池月以为他不会回答了，突然，她听到他低低的声音：“大概是没有什么值得提的吧。”

池月就是那个习惯了在雨里淋着雨奔跑的小孩，从小就是个小牛犊子，生病不用打针吃药，流两天大鼻涕就自己痊愈了，比姐姐池雁好养得多。在医疗站养了一天，她起床收拾完东西就走了，没有坐乔东阳安排的车。

她在家里只能待一天，所以回去前就已经做好了计划，想把该添置的东西添置了。马上就要入冬，她给妈妈和姐姐买的衣服要一并拎回去，羊肉汤锅妈妈和姐姐都喜欢吃，今天也要做一锅……当然，钱也要留一些。

池雁的情况时好时坏，她清醒的时候像正常人一样，除了不爱说话以外，不会做出过激的举动，可一旦发起病来，就是个意识全无的疯子，会闹会砸，也会折腾。这些年，于凤都不允许池雁出门，怕她吓着村里的小孩子，也怕她被人打骂。所以，池雁活动的最大范围也就是家里这块方寸之地。

池月最心疼这个姐姐，把账上能取的钱都取出来交给了母亲，并嘱咐母亲一定要对池雁好点儿，再好点儿……尽管有些话说出来显得啰唆，但池月总是不厌其烦。一个人长期照顾病人，精神压力可想而知，心理状态也会受影响，哪怕需要照顾的那个人是自己的亲生女儿。时间久了，累了、烦了，免不了发脾气。池月曾经亲眼看到池雁被于凤骂得缩到床角瑟瑟发抖的样子。

没有对错，只有无力。而钱是好东西，有句话说得好，这世界上百分之九十九的问题都可以用钱来解决，有时候亲情也一样。于凤拿到池月给她的钱，掉了一会儿眼泪，说池月命苦，然后又老生常谈，催促池月找个好女婿，过好日子，不要再被这个家拖累。

池月只是笑笑。她在家里吃了晚饭，赶在天黑前出了门，辗转到达吉丘时已是凌晨。

夜里风大，路灯闪着幽幽的冷光。

池月拎着个包，孤零零地从出租车上下来，就看到了站在寒风中的乔东阳。

室外的温度很低。乔东阳站在风口，穿得很少，一条牛仔裤，一件薄薄的外套，倒是显得人精神好看，就是不抗冻。他看到池月的第一眼不是问好，而是打了个大大的喷嚏："你可算到了。再不回来，我就得去丈母娘家接人了。"

池月被"丈母娘"的称呼逼退了："要点儿脸啊！"她清了清嗓子，目不斜视地走过他身边，"乔先生穿这么少，是在锻炼身体？"

乔东阳："你眼瞎吗？看不出来我是在等你？"他腿长，迈出两步就追上了她，然后一把扼住她的手腕，"知道我在等你，还这么爱理不理的。池月，你这胆子是不是铁铸的？"

"松开。"明天的庆典就在吉丘大酒店举行，所以今天晚上这里住满了人，大堂这种地方是可以随意拉拉扯扯的吗？池月轻轻地甩开手，瞪了他一眼："不知道自己的手凉吗？"

"嫌弃我？"他哼了一声，把手插入衣兜里，不再靠近她。

池月的嘴角不经意地上扬，她大步走在前面。如果她刚才告诉乔东阳，她是怕被人看见，乔东阳一定不肯放手，甚至会得寸进尺。可她一说他手凉，他就老实了。

池月进入电梯，乔东阳赶紧跟进来。两个人目不斜视，双双看着电梯门，一动不动，等电梯里另一个客人离开，乔东阳才靠近她，用肩膀轻轻地碰她："你这个人不讲道理。"

池月扭头看他。

乔东阳挑眉，带了点儿挑衅的意思。

两个人都不说话，池月歪了歪头，乔东阳也歪了歪头。

池月："你到了！"

乔东阳："……"

池月："不出去？"

乔东阳："我不能去你那里坐坐？"

"很晚了，不方便。"

"我等了你两个小时。阿嚏——"酒店里面暖和很多，但乔东阳刚才在外面吹了冷风，一个喷嚏打完，脸色就不好看了，"行。我去你那里不方便，那你去我那儿吧。我很方便。"说话间，他拉住池月的手腕，赶在电梯门关闭之前一把将她拽了出去。

池月："……"

乔东阳带她进了屋，殷勤地帮她把包放好，请她坐下，又喜滋滋地倒了水，像只花孔雀似的在她面前晃来晃去："池月，你没有发现我今天有什么变化吗？"

池月从上到下地打量他："什么变化？"

"你再看看。"

"看不出来。"

乔东阳像是被噎住了。停顿两秒，他撑着她的椅子问："我好看吗？"

池月认真思考了一下："好看。"

"今天更好看，还是从前更好看？"

这是脑子进水了吗？

池月翻了个白眼，左右观望一下："天天都好看。天狗呢，怎么没看到它？"明明他就在她的面前，她却在找天狗？

乔东阳脸上的笑容一点儿一点儿地消失了，他冷冰冰地盯着池月，就像在看阶级敌人一样："你真看不出来我的变化？"

池月不明白这家伙怎么回事儿："用得着这么严肃吗？不就是穿了条牛仔裤吗？"

乔东阳牙根痒痒："你能不能尊重一下我的精心打扮？"

池月无语地看着他，忍俊不禁："这牛仔裤有什么与众不同的地方吗？镶了金还是镶了钻啊？"

乔东阳吸气，手指头狠狠戳在她的脑门儿上："算了算了，对牛弹琴。"他泄气地坐在她的面前，自个儿消化一下，又漫不经心地斜倚着。他的眼神凌厉，语气却缓慢而温和："我十几年没有穿过牛仔裤了。"

"这么久？为什么？"

"不为什么。"乔东阳似乎不愿意多说，望向天花板，"你就没发现，我今天显得很年轻吗？"

平常的乔东阳确实很少穿得这样随意，她每次见到他都像在看时装展。衣服、鞋子、发型、配饰一丝不苟，虽然看不出牌子，但隐隐透出的贵气就与寻常人拉开了距离。今天他的这一身打扮，确实只是寻常的衣服……只是，他为什么在意这个？是受什么刺激了？

“是很年轻。”池月说，“看上去也就……三十来岁的样子吧。”

“池、月！”乔东阳冷冷地瞪她，“你真不知道我为什么这样穿？”

池月慢慢凑近他：“是乔家破产了吗？”

“……”这个女人嘴巴这么坏，他怎么就看上她了呢？

乔东阳的气愤涌上心头，可不到三秒，又被他自行消化了。他喜欢的不就是这样的挑战吗？只有和这个有趣的女人在一起，余生才不会无聊，老了更不会得老年痴呆症。说服自己后，他漫不经心地笑笑：“是啊，乔家破产了，你养我吗？”

池月认真地点点头：“好啊，我养你啊！”

乔东阳盯着她，像在看怪物一样。

池月却一本正经，丝毫没有开玩笑的意思。

“这天聊不下去了。”乔东阳挑挑眉，笑了笑，“你跟我说说，回家的感觉怎么样？”

池月低头喝水：“挺好。”

乔东阳看着她的头顶，发现有几根头发乱了。他有强迫症，看不下去，伸手替她顺了顺：“我认识几个不错的医生，如果需要，可以把你姐的病历整理一下发给我。”

“用不着。”池月的脸色不好看了。

“池月！”乔东阳瞅着她的脸，“有什么大不了的事儿是不能告诉我的？”

池月沉默地看着他。半晌，她轻轻一笑：“那你家里的事儿为什么要遮遮掩掩？有什么大不了的事儿是不能告诉我的？”

乔东阳的脸色一沉。

两个人对视，池月低下了头。

他们久不出声，空气突然安静下来。

“我明白了。”乔东阳撸了撸头发，叹了口气，慢慢低下头，与池月对视，“我尊重你的想法。你听好了，我无意窥探你的隐私，只是怕你姐的病情被延误。”

池月的心口有些堵：“谢谢！不好意思，是我太敏感了。我姐的身体没有问题，可心理上的疾病很难治。这不是找名医就能解决的，我已经尽力了。剩下的只能靠时间，靠她自己了。”

“嗯。”乔东阳又笑了笑，“你辛苦了。”

池月以为他会生气。她那样生硬地拒绝了他的好意，依他的脾气，就算不把她撵出去，也是断然不会给她好脸色的。可今天的乔东阳不仅没有骂人，还反过来安慰她，她不解：“乔东阳，你又换人设了？”

“是啊。”乔东阳冷哼，“你大乔哥的人设库很丰富，霸道、高冷、邪魅、鬼畜、温柔、暴躁、文艺、双重性格带变态……想要什么款给你什么款！池小姐，欢迎量身定做！”

池月忍不住笑起来：“难道我是拯救了世界吗？”

乔东阳的唇角上扬，他邪恶地一笑：“算你命好，遇上了我。”

池月：“是啊！怎么会遇上这样一个小丑，总是在我情绪不好的时候让我开心呢？”

“喂，池月，过分了啊！”乔东阳严肃起来，“我命令你马上、立刻，一分钟内说三句以上让我开心的话，哄好我。”

乔先生这是要把人笑死？

池月的嘴唇抽搐着，太阳穴笑得涨疼，乔东阳却一本正经：“还剩半分钟。你快点儿！”

池月清了清嗓子，看着他的脸：“你知道我为什么没有发现你的变化吗？”

乔东阳懒洋洋地问：“为什么？”

“你不管穿什么都是好看的。”

这话就顺耳多了嘛，乔东阳的眼里盛满了笑：“你真这么想的？”

“当然。我发现不了你的变化，更看不出来你年不年轻。因为你无论怎样，都是你啊。乔先生，你是世界上唯一的乔先生。”

乔东阳一蒙，差点儿飘起来。他的表情很放松，手指轻轻叩击她的椅子边：“这么会说话，你就赶紧多说一点儿。”

“没有了。”池月扳指头，“三句，刚好三句。一句不多，一句不少。”

乔东阳："……"

第二天是个忙碌的日子。《星空行者》节目组在吉丘大酒店为"天降奇兵"的获胜选手颁奖，同时进行节目宣传。这一天，除了名次排在前六的选手外，一众《星空行者》的选手也会过来出席活动。

王雪芽早早给池月打了电话，告诉她节目组放假两天。两天后再归队时，池月就能跟她一起训练了。池月从王雪芽的语气里听不出太多情绪，不知道范维那件事她放下了没有。但她早早就做好了准备，把房间收拾好，还买了一些王雪芽喜欢吃的东西，等载着《星空行者》选手的大巴一到，就把王雪芽带回了房间。

"胜利会师！"池月开心地拥抱她，"小乌鸦，咱们要不要庆祝一下？"

王雪芽的兴致不高："怎么庆祝？"

池月想了想："晚上找个地方，喝几杯？"

"我们有规定，不能喝酒的。"王雪芽悻悻地坐在床沿上，两条腿摆来摆去，有点儿心不在焉。池月看着她的眼睛坐下来："还没过去？"

王雪芽垂下头，声音有点儿哽咽："哪儿有那么容易？"顿了顿，她又自嘲地笑笑，"我提出了分手，可人家根本就不认为自己有错，对那天的事情矢口否认，我又不敢说开房记录的事儿，怕把邵哥卖了。所以，明明我什么都没有做错，反倒成了犯错的那个人。"

别把邵哥卖了，是池月的叮嘱。毕竟开房记录的来源经不起追究，她怕他们反咬一口。不过，凭什么小乌鸦成了犯错的那个人？

池月蒙了："这渣男怎么跟你说的？"

王雪芽的眼圈有点儿红："他否认和沈亚丽的关系，说我是故意找理由编派他。他说沈亚丽照顾过他，人家要离职了，他就帮着拎拎行李，安慰了几句。更可笑的是，他还让沈亚丽亲自给我打电话澄清，你说好笑不好笑？"

"他真敢说出口。"

"还理直气壮呢。"王雪芽目光幽怨，"明明是我被辜负了，结果他比我还伤心。昨晚他喝多了，哭着给我打电话，念叨曾经对我的那些好……”

“你心软了？”池月拉下脸。

“没有。”王雪芽吸了吸鼻子，“我就是不明白他怎么可以这样？明明是他不对，为什么要把屎盆子扣在我头上？他说我跟他分手是嫌他穷，嫌他没本事！还说我，说我……”

“说你什么？”

王雪芽的目光闪躲，她低下头，一脸犹豫：“郑哥送我回去的时候，他刚好在队上，很多人都看到了，然后……他非说我和郑哥有一腿，说我看上了郑哥的钱，所以才和他闹分手。憋屈死我了。”

“真是贼喊捉贼！”

“他不肯分手，说要缠我一辈子。他不得好，也要让我不得好……”

“啊！”池月的目光冷冷的，她揽住王雪芽的肩膀，“这口气，我一定要替你出了。”

今天事情很多，池月没空儿去思考怎么帮着王雪芽收拾渣男。晚上是“天降奇兵”的颁奖礼，池月是主角。上午 10 点，节目组新上任的总监梅伊就亲自打来电话，和她沟通服装造型和晚会的流程。

有了前车之鉴，梅伊对池月很客气，通话后没多久，两个造型师就到了池月的房间。她们见到池月本人，沟通得很愉快，约好下午的造型时间后，就走了。池月和王雪芽中午没去吃节目组安排的自助餐，自己出去吃了点儿东西，刚回来，节目组就通知池月去会场彩排。

吉丘是个贫困县，平常县里有什么活动都会借用这个场地，所以一切都是现成的，布置布置就可以投入使用。

池月下去的时候，会场已经焕然一新。周围灯光璀璨，音乐动人。工作人员来来往往，渐渐有了晚会的气氛。池月拿到晚会的节目单后听了导演的讲解，又配合众人走了两次台，把流程都过了一遍。

一番折腾下来，池月回去化妆的时间就有点儿紧了。王雪芽早早收拾好，和两位造型师在房间里等她。

这姑娘是个没什么心眼的人。换了别人，看到池月有这样好的待遇，说不准心里就会酸起来，她却完全没有这个意识，还帮着造型师给池月打扮："月光光，你今晚一定会惊艳全场的！太美了！"

"我哪天不美？"

"反正都没有今天美。"

"麻烦把我的美貌形容得准确一点儿。"

"脸呢？"王雪芽看两个造型师都在笑，说，"好吧，说点儿你喜欢听的。你平常的美太含蓄了，今天在造型师姐姐的加持下，美得夺人心魄……"

"我听出来了，你是夸造型好。"

池月平常的打扮清爽干净，看着就是女大学生的样子。今天她这么一打扮，突然变得妖艳起来，眼含情，唇含笑，哪怕不是刻意的，眉梢眼底的光芒也掩盖不住，好像故意勾引人一样。那一身晚礼服更是加分，大 V 领露背，红艳如火。

造型师忍不住夸赞："池小姐是天生的衣架子，这衣服挺适合你的。"

"主要是你们的功劳。"

"还是你底子好，有气质。"

造型师离开后，王雪芽拿过床上的手机，不知道看到了什么消息，脸突然变得臭臭的。

池月看到镜子里的她，走过去拍她的背："你的座位号是多少？"

王雪芽翻出手机签到的座位号，看了看："五排 29 号。你呢？"

池月是去彩排的时候签到的，位置在第一排。

"完了，咱俩阶级不同了。"王雪芽看了看池月的座位号，"还寻思可以和你坐一起呢。"

"会场就那么大，能隔多远？"池月瞄了她一眼，"一会儿遇到范维，你不要理他。不管他说什么，你都当他在放屁。"

王雪芽一怔："你看到他了？"

是的。池月看到了，彩排的时候范维就在现场。

"我不想去了。"王雪芽这两天的情绪波动很大，刚才还很开心，这一提到范维她就想逃避，"反正我去不去也没人会注意的。"

池月瞪她："就为了不见他？"

王雪芽嗯了一声："看到他就烦。"

"躲得过初一，躲得过十五吗？"

王雪芽缩了缩脖子，觉得脑袋隐隐作痛。这两天她被范维缠得快要窒息了。就在刚才，他还发信息说晚会后希望能见面，把他们的事儿说清楚。其实，王雪芽昨天就已经把他的微信、QQ全拉黑了，可这个人就有这样的本事，加了又加，然后用短信轰炸。不得已，王雪芽刚才又把他的手机号码拉黑了。

"我想不通为什么会有这样的人？"

明明是他劈腿在先，居然和受害者角色互换了，搞得好像他才是被抛弃的那个！

"人渣有人渣的能力。我们也必须有收拾人渣的本事。"

晚会7点半开始，池月和王雪芽待了一会儿，正准备去会场，就接到了乔东阳的电话："到会场了吗？"

"还没有，怎么了，有事儿？"

"没事就不能问问？"

池月的唇角控制不住地往上扬："你要去晚会现场吗？"

乔东阳说："本来是不想去的。不过，既然你这么希望我去，那我就勉为其难吧。"

池月突然明白了这通电话的意义，这货就是想找个借口去参加晚会吧？池月忍不住笑了："可是我今天看了晚会流程和与会名单，没有你的名字啊？"

"你把我捎过去呗。"乔东阳开玩笑。

"怎么捎？"

晚会入场的时候，嘉宾需要扫二维码，这个二维码每人一个，不会重复。

池月狐疑："要刷二维码的，你有吗？"

"没有。"乔东阳轻声低笑，"我刷脸。"

颁奖晚会邀请了所有《星空行者》的选手，还特地请到几个昊光传媒的演员来助阵。吉丘县从来没有办过这样的盛会。这里本就是个小地方，风声一放出去，全城都轰动了。吉丘大酒店外的街道从5点开始就实行了交通管制，可看热闹的群众有的是办法。酒店附近的楼顶上、窗台边几乎站满了人。

池月和王雪芽手挽着手入场的时候，碰到了孟佳仪和刘芸。孟佳仪她们住在一个房间，昨晚到酒店就要来找池月，可那时池月还在老家，就没应，现在刚好碰上，几个女生都很兴奋，说说笑笑，一边聊一边往里走。

池月："刘若男来了吗？怎么没看见她？"

孟佳仪摇头："我问过她，说是身体不好，这次就不来了，下次有机会再聚。"

天南地北的朋友，这次不来，又哪儿来的下次呢？

池月这些天忙，没怎么关心刘若男的事儿："她现在什么情况？"

孟佳仪迟疑一下："说是前天出院了。不过，我感觉她情绪不太好。"

隔着那么远的距离，仅靠网络上的交流很难知道一个人的真实生活状态。对于刘若男的事儿，大家叹息几句也就过去了。进了内场，王雪芽和孟佳仪她们分别入座。孟佳仪和刘芸是"天降奇兵"的选手，两人连号，坐在第二排中间靠近过道的位置上，王雪芽一个人去了第五排的左边，与一群《星空行者》的选手坐在一起。

池月一个人往前走，红色的裙裾妖娆美丽。这件裙子就像长在了她身上，把她衬得窄肩细腰，曲线玲珑，拉长了她的腿部比例，时尚又大气。池月本就是空乘专业的学生，走路的仪态甚至微笑表情都受过专业训练。她拿捏到位，像一团火焰一般从大家眼前掠过，但不待空气燃烧起来，又飘然远去；又像仙女掠过湖心，荡起几丝涟漪，美得让人窒息，又触摸不到。

很多不认识的人都以为她是哪个女明星，得知真相后，免不了一阵唏嘘，然后咔咔狂拍。

池月目不斜视，走得很稳。尽管她很少穿高跟鞋，但走路是她专业里的一个科目，所以她走到座位上的每一步都极稳极有范儿。

她的座位右边是一个女明星，最近拍了部大女主的古装剧火了一把。看到池月，女明星友好地笑了笑。

池月觉得她面熟，可叫不出名字，也只能笑笑。池月的左边没有坐人，椅子上也没有贴姓名牌。

她安静地坐着，并不知道自己浑身都在发光。摄像机把她的脸适时地转播在大屏幕上，场内的人都能看到。官网在同步直播这场颁奖典礼，此刻网站上也汇聚了大量观众。

“天哪，池月太美了。”

“女神。我对女神佩服得五体投地，怎么可以美成这样？！好想去现场啊。嘤嘤嘤，吉丘太远，妈妈不让去。”

“池月今晚的打扮太靓太有心机了！张相君坐在她的身边好吃亏，一等一的大美人，新晋小花，居然被池月狠狠压了一头。”

“我是张相君的粉丝，但我……也想吐槽我偶像的打扮，真是输了。”

“某流量小花只是打扮输了吗？呵呵呵，我笑了。”

“讲道理，池月是名牌大学的学生，又不是花瓶，艳压群芳，但从不靠脸，一直是用实力碾压别人的主儿。千万不要拿她和某些靠炒作上位的草包比。”

“别黑我君君，女王粉哪儿凉快哪儿待着去，少来蹭热度。”

“我就笑了，谁蹭谁啊……看到晚会的名字了吗？‘天降奇兵’颁奖典礼……天降奇兵是谁，是谁？哦，难道是张相君？”

名气和非议是一对孪生兄弟。有人气的地方就会有各种非议。此时在网上被传得沸沸扬扬的张相君，就是池月叫不出名字来的那个新晋小花。她是昊光传媒的签约艺人，出道的时候就曾经被传过和郑西元有一腿，是靠傍上郑西元出道的。郑西元这个大猪蹄子的名声本来就不好，绯闻传一回，身边的女人就火一个，然后用不了多久，她们就烟消云散了。

这些事情真真假假，吃瓜群众并不了解实情。此刻坐在张相君旁边的池月更不关心这些。她不追星，没有认出张相君，但一打开手机，马上就知道了。孟佳仪把她和王雪芽、刘芸、刘若男拉到一个小群里。这个五个人的群被命名为“亚洲 5A 级美人区”。

几个人正在群里大呼小叫，讨论着关于张相君的事儿。

孟佳仪直接喊她："池月，一会儿帮我找张相君签个名吧？"

池月用余光瞄了一下身边的人："不好吧？"

"你就和她坐在一起，要个签名不是小事情嘛。"

跟人要签名这事儿，池月从来没干过，觉得拿别人的东西手短。

刘芸弱弱地发了个表情："池月姐，我也想要。我好喜欢张相君演的云舟公主……"

池月发了一串省略号："等会儿看情况吧，不保证一定要得到。"

池月心不在焉地玩着手机，没有看到乔东阳在现场。她又觉得好笑，自己怎么能相信乔东阳的鬼话，甚至对他的到来产生期待呢？果然，有些习惯不能养成。

"各位来宾，各位观众朋友们，大家晚上好……"晚会开场了，两个主持人介绍完《星空行者》，又重点说了一下"天降奇兵"的情况。"天降奇兵"的比赛过程一直是有直播的，所以大家对于获胜选手并不好奇，晚会最大的亮点在于颁奖。节目组的神秘大礼到底是什么呢？

节目一个接一个地演完，主持人卖关子，就是不肯揭晓。有明星站台，现场的气氛很热闹，几个互动环节也很能调动观众的情绪，不过，今天的焦点人物还是获胜的池月，摄像师时不时把她抓入镜头，动不动就是一个漂亮的大特写，引来场内场外的一片叹息。

一件东西的好坏是比较出来的，美貌也是一样。有了池月的存在，张相君顿时成了陪衬，"请池月C位出道"的话题更是不停地被刷上热搜。现场节目不断，网上争执不停。张相君的粉丝哪里受得了这样的诋毁？为了维护自己的偶像，肯定是要下场撕一撕的。因此，池月大出风头的同时，也惹来了不少骂声。只是她本人并不知情，此刻正漫不经心地等着她的颁奖环节，处于半游离状态。

"天降奇兵"的前六名选手，今天只来了四位。刘若男没有到场，沈岚已经被剥夺了资格，所以孟佳仪、刘芸、熊灵一同上台领奖，颁奖人是郑西元。她们每人获得了十万元现金奖励，以及一些赞助商给的实物奖品。这算是一个意外的惊喜，三个姑娘都很开心，疯狂地亲吻着奖杯。谈感言的时候，说到沙漠历险那一段，孟佳仪和刘芸都忍不住哭了起来，说这是她们的人生中独一无二的经历，很感谢节目组。

大屏幕上适时地开始播放沙漠求生环节的画面。温馨又催泪的互动惹哭了很多人。

郑西元今天的打扮很正式，身为主办方的负责人之一，他为她们颁完奖后，又拿着话筒说了一些与节目有关的事情。

场下掌声如雷。

“下面有请我们众望所归的‘天降奇兵’——池月，上台领奖。”

领奖的流程池月今天已经彩排了两遍。从哪边的台阶上去，从哪边的台阶下来，以及有些什么流程她都一清二楚。只是她没想到，为她颁奖的人居然是乔东阳。

下午彩排的时候，颁奖只是个形式，现场导演给她做了解说，预演了一遍，所以她并不知道谁是颁奖人。此刻，看到从后台出来的乔东阳，她不由得一怔。

乔东阳就像是听到了她的心声，唇角上扬，眼里是无尽的温柔。

“有请《星空行者》主办方之一，东阳科技的 CEO（首席执行官）乔东阳先生为‘天降奇兵’颁奖。”

全场掌声如雷。

乔东阳从容地从礼仪小姐手上接过奖杯和证书，双手递到池月面前：“恭喜！”

“谢谢！”池月勾起唇角，接过奖杯，看到乔东阳伸出的手，轻轻地与他一握，又说了一次感谢。两个人都是公事公办的态度。

主持人：“这是一个愉快、温馨的夜晚，也是收获的夜晚。过去的一周，我们共同见证了‘天降奇兵’的选拔过程。池月从这么多选手中脱颖而出，成为走到最后的那一个，不是运气好，而是因为努力。”

场内掌声不断。

主持人说到关键处，突然吸了一口气：“我想大家跟我一样，一定非常好奇我们的‘天降奇兵’将获得什么样的神秘大奖，对不对？大家想不想知道？”

“想！”观众异口同声。

主持人得到了满意的效果。

在灯光的渲染下，池月的俏脸白皙，乔东阳似笑非笑。

主持人：“接下来，我们将要揭晓的是‘天降奇兵’的神秘大奖……不过，广告时间到了。广告之后，欢迎回来。”

全场的人都在笑。

礼仪小姐端着托盘上台，还有几个扎着礼品绸带的箱子被推到了台上。场下观众引颈观看，纷纷开始猜测。

主持人：“下面，有请乔东阳先生为大家揭晓‘天降奇兵’的神秘大礼！”

礼仪小姐将写着奖励内容的卡片用托盘捧到乔东阳面前。乔东阳看了池月一眼，拿过卡片：“奖品很丰富啊，我看着都有点儿嫉妒了呢。”

观众发出一阵笑声，池月却抿唇不语，这家伙坏得很，信他就有鬼了。

乔东阳瞄了她一眼：“在宣读之前，我有个问题想请问池小姐，如果你可以选择的话，你希望奖励是什么？”

这是事先没有预排的流程，池月心塞。就不能直接发一笔巨款给她吗，非得搞得这么复杂？可话筒都递到面前了，她能怎么说？

“乔先生这个问题让我好为难。”池月笑了笑，“不知道乔先生愿不愿意把东阳科技送给我？”

“哈哈哈！”

喧哗，起哄！大家的笑声像在空气里被引爆的炸弹一样。

会场的气氛突然就热闹了起来。无数人拍下了两人同框的照片。

场外人评论：两人的CP感和综艺感都很强。

而台上的两个人你看我、我看你，都有点儿不安好心的样子。

池月把锅甩给乔东阳，反将他一军。

乔东阳扶额，思考了一下：“如果池小姐不介意，不仅东阳科技，就连我整个人都可以一起送给你。”

“哈哈哈哈……”场下又是一阵爆笑。

所有人都把这当成了一个玩笑，池月自然也不会当真。她眉目流转，盯着乔东阳："好啊！那就多谢乔先生了。只是我家的伙食太差，怕养不活乔先生。"

乔东阳深深地注视着她："我很好养的。"

"哈哈哈！"

全程的气氛欢乐搞笑，晚会达到高潮。遇到这样的嘉宾，主持人很欣慰："我们的乔先生和池小姐都很幽默，一个锅一个盖，绝配。就是不知道池小姐家能养几个人，要不要捎上我？不过，玩笑开完了，咱们也别忘了今天晚上的大事，乔先生，麻烦你为我们揭晓'天降奇兵'的奖励吧！"

乔东阳微微一笑，他的目光掠过池月，最终落在卡片上："根据赛制要求，'天降奇兵'只有一位，获奖者将获得节目组奖励的二十万元现金。还有——"他的嗓音很有磁性，很悦耳，听得人浑身激动，可他说到这里突然停下，笑着看向池月，"还有 Crown 公司生产的人工智能陪伴机器人一个。"

"哇哇！机器人？"现场的观众尖叫起来。大家都很意外。

池月也没有想到自己居然会得到一个陪伴机器人，一脸难以置信的样子。

乔东阳笑笑，又念出几家赞助商的礼品，然后朝池月伸出手："恭喜池小姐，喜提'天降奇兵'称号。"

池月握上那只干燥温暖的手："谢谢！"

两人对视，池月觉得这货的笑里内涵有点儿多。

乔东阳又说："池小姐得到这些奖励，有没有想要感谢的人呢？"

"有。"池月看着乔东阳，微微一笑，"我自己。"

"嗯？"他似乎很意外。

刚才那几个人都感谢了节目组，感谢了观众，感谢了所有人……唯独没有感谢自己。

而池月的目光很平静，带着笑："我很感谢我从来没有放弃过并不完美的自己，一直在努力。"

乔东阳勾唇一笑："那接下来的比赛，希望池小姐再接再厉。比起《星空行者》冠军的奖励，这都不算什么。"

“乔先生真是鼓励到点子上了。”

“哈哈哈……”

场下笑声不断，有些人甚至不知道为什么笑。光是看到两个人同框、说话，他们就觉得挺逗。可仔细想一想笑点在哪儿，好像又说不清，就是有喜感。

主持人：“好了，现在请我们的乔先生和池小姐先回到座位上休息片刻。接下来，有请机器人代表天狗先生上台为我们演示 Crown 公司陪伴机器人的智能化互动！”

天狗来了？

池月走下台阶的时候听到天狗嗒嗒的脚步声，条件反射地回头往舞台上望了一眼，可这一不留神，裙摆就突然被人踩住了，踉跄一下，身体当即扑向台阶。

台阶下面光线昏暗，她摔下去的时候全场都在为天狗鼓掌，没有人注意到她的低呼和裙子撕裂的声音，直到乔东阳飞快地冲过来时才有人察觉。

“池月！”乔东阳看了一眼，迅速脱下衣服裹在她身上，“有没有事儿？”

池月摔下了三四级台阶，硌到了膝盖，幸好台阶不高，人没什么事儿，就是礼服坏了。

池月回头看了一眼：“我没事，就是后背有点儿漏风。”

乔东阳不知道该气还是该笑。一个女生在走台的时候摔了，裙子裂了，这个时候不哭就很了不起了，可她呢，好像在说别人的事儿。他帮她捡起奖杯和证书：“去卫生间检查一下。”

池月低头看看他的衣服：“这个直接穿出去吗？被人看到怎么解释？”

乔东阳：“我需要向谁解释？走，我陪你。”

他个子高，西服外套穿在池月身上可以遮到臀部以下，完全不会走光，非常安全。

池月放心地跟着他，他们偷偷地从后台溜去了卫生间。

几个看到这一幕的工作人员一脸不知所措。

池月的裙子裂了。本来是露背装，现在腰间撕开了，她如果不披外套，大概就得露屁股。池月在卫生间检查一下，将裂开的部分束了束，确保不会掉下来后披上了乔东阳的外套，然后面无表情地走出去了。

乔东阳就倚在卫生间门口，看到她出来，迅速直起身："还好吧？"

池月拉了拉西服外套："可以找到我摔倒的视频吗？"

两个人认识这么久，已经相当默契。

乔东阳看她的神色不对，马上就意识到了问题："我这就去找郑西元！"

"不用那么急。"池月阻止他，"你让他注意保存就好。等晚会结束再说吧。"

这台晚会对《星空行者》节目组来说很重要，上次沈亚丽的事情已经给节目组的形象造成了一定的影响，如果再有什么风吹草动，很容易被人上纲上线。

乔东阳懂她的意思："没想到你能这么顾全大局。"

池月嗯了一声："不想给别人添麻烦。"

乔东阳："我不是别人。"

"不是指你。"池月说，"这是无数人的心血和努力。"

乔东阳喜欢飞扬跋扈的池月，而看到此刻忍辱负重的池月，心里就很不高兴："你知道我不在乎这些，就算节目砸了又怎样？"

"你是不在乎，可郑哥在乎啊！"不是能不能赚钱的问题，是这关系到昊光的声誉和形象。

乔东阳是搞技术的人，可以不关心舆论，且生活不会受到任何影响。但郑西元是在传媒圈子里混的，不能总给他找不痛快。

"这不像你。"乔东阳不大乐意，"你什么时候懂得为别人考虑了？"

池月斜眼看他："怎么突然有一股酸味？你闻到了吗？"

乔东阳抬手，狠狠地戳在她的额头上："行！依你。"

乔东阳回到座位上时，晚会已经接近尾声。郑西元收到他的消息就赶了过来，此刻就坐在池月的位置上。

乔东阳坐下来，一眼都不看郑西元。

“阿乔，刚才是怎么回事儿？”郑西元看他的脸色不好，生怕又得罪这个阴晴不定的大爷。上次因为沈亚丽的事情，他们之间的芥蒂到现在都没有消除，要是池月再出事，郑西元觉得自己背一百根竹子去请罪都不行了。

“你还问我？”乔东阳打量他，眼神意味不明。

“我不问你，我哪儿能知道？你又不是不知道，就我这榆木脑袋，除了长得帅，一无是处。”郑西元嬉皮笑脸。

乔东阳被他气乐了：“你倒是很懂得往脸上贴金啊？要是你做事和吹牛一样靠谱，早就是个人物了。”

郑西元用眼睛斜着看他：“这有点儿过分了啊！”

乔东阳看他一眼：“晚会的工作人员都是你安排的吧？”

“是啊！”郑西元刚说完，又赶紧否认，“不是我亲自安排的，是我手底下的人安排的。”

对乔东阳来说，二者差别不大。左右都是郑西元的责任，不会用人是他最大的毛病：“回头好好查查吧，别让人在你眼皮子底下跳大神。喜欢混吃等死没问题，就是要爱惜生命。别真有那么一天被人害死了，你都不知道凶手是谁，到时候我要怎么给你申冤呢？等你托梦？”

这厮的嘴可真歹毒！

乔东阳和池月都是嘴上不饶人的，如今这两个家伙真在一起了，还能有他的活路吗？

郑西元一个头两个大：“我这个人就这么个优点，太善良——我真不知道这些事儿。不过你放心，我保证把人给你拎出来。”

乔东阳懒洋洋地说：“最好是这样。”

他俩说话的声音很小，张相君用余光扫了两眼，一直没有说话。直到晚会结束，郑西元和乔东阳准备退场时，她才施施然站起身：“郑哥，好久不见了。”

池月在房间里翻着网上的照片。

晚会结束了，观众的热情却没有散去。

这些照片大都是现场观众偷偷拍了发到社交平台上的，质量不好，光线不佳，她找了半天也没有找到自己摔倒那个瞬间的照片。

她等了许久也没等到王雪芽回来，却等来了邵之衡的电话：“今天晚上你的表现很不错，可是为什么没有等到晚会结束就走了？是身体不舒服吗？”

池月的心窝一热，只有非常关心她的人才会注意到这些细节吧？

“出了一点儿小事故，提前走了。”

“怎么了？”对邵之衡来说，她嘴里的小事故就是大事故，“又有人针对你？”

他的关切之情溢于言表，池月笑了起来：“没有啦，我这样的人是那么容易被针对的吗？”

“这倒也是。”邵之衡跟着笑了。他们又聊了几句工作上的事儿，然后挂了电话。

他从来不追问，懂得适可而止。这是多年养成的习惯，池月很感激他这份刚刚好的关心。只是她关心的人怎么还不回来？池月有点儿担心王雪芽，拨通了她的电话。

“月光光，我马上就回来……你等我啊。”

池月觉得她的语气不对：“你是不是遇到范维了？”

“嗯……他找我说点儿事儿。”

“啊！”池月有点儿生气，“需要我下来吗？”

“不用。酒店人多，他不敢怎样。”

晚会结束的时候，王雪芽刚出会场就遇到了范维。被人渣纠缠半天，她好不容易脱身，心情很差地回到房间，结果发现池月的脸色比她还差。

“月光光，你怎么了？”

池月瞒不住她，也不打算瞒她，就把晚上的事情说了。王雪芽吓了一跳，拖住她的胳膊在房间里转了好几圈：“真的没有摔到哪里？”

池月摇头。

王雪芽又问：“有人故意整你？可是……众目睽睽之下，谁会有这么大的胆子呢？那台阶就几步，让你摔下来，也就是狼狈一下，又摔不坏，何必干这种吃力不讨好的事儿呢？”

池月瞥了她一眼：“杀人放火这种事儿不是谁都敢做的，但害人出丑很容易……”

王雪芽点点头：“会是谁呢？”

池月的目光幽幽地泛着凉意：“我一不小心就得罪了这么多人，要看我笑话的人可不少呢。”她说到这里，又瞥了一眼王雪芽，“和范维聊什么了？”

一说到自己，王雪芽的脸色更难看了。她颓然地坐在床沿上：“他还是那个鬼样子，死活不同意分手，要我给他个说法。更搞笑的是，他说我浪费了他的青春……他有青春，谁没有青春？”

青春？

池月冷笑：“很好呢，是个有创意的人渣。”

第九章
温柔以待

会场里有无数台摄像机，可以说没有监控死角。

乔东阳很快就拿到了池月摔倒的视频记录，只比网上传的视频快了一点点。是的，就在郑西元发给他视频的同时，一个从其他角度拍摄的摔倒视频就传到了网上。那个视频里光线不好，但可以看到池月匍匐在地的瞬间，她的美背翘臀在摄像机的镜头下美得不可思议，直到乔东阳脱下衣服把她裹住时视频才结束。

这段几十秒的视频火了。同时，“池月在颁奖礼上摔倒走光”“乔东阳是什么神仙下凡”两个话题迅速上了热搜。在很多事情上，当事人的性别不同，结果就不同。对于男性来说，“走光”两个字十分吸引眼球；对于女性来说，神仙下凡的比喻比英雄救美更具有魅力，招人喜欢。于是两个人同时上了热搜，却以不同的方式存在着，一个被人窥视与议论，一个令人向往和崇拜。

那个名为“亚洲 5A 级美人区”的小群里消息爆炸了。

“这个世界对女性太不友好了。”

“长得好看就活该被人八卦吗？气不过！”

池月看到她们为自己鸣不平，反过来安慰道：“别管了，让他们意淫去吧，就当我为社会做贡献了。”

“你真想得开。”

“想不开，我去跳楼你们怕不怕？”

“别！出来吃夜宵吧？狠狠吃一顿，消消气。”

“你们去吧，我还有事儿。”

“什么事儿啊？获奖不用请客的吗？”

“你们去吃吧，算我的。”

“可是我们明天就走了，咱们很久都见不到了。”

池月想了想：“那明天中午我再请你们？”

“起不来床。”

“那就别吃了。”

“不不不，吃，今天吃，明天继续吃……”

几个人叽叽喳喳地讨论吃什么，最后王雪芽被说动，跟她们出去吃夜宵了。

池月带着包和房卡去了乔东阳的房间。

池月很小心，生怕被人发现。她特地换了衣服，戴着帽子和墨镜偷偷摸摸地穿过走廊，四处看看，见没人才去敲乔东阳房间的门。乔东阳正在等她，门一拉开，看到池月的打扮，就笑了：“乔老板，上哪儿发财去了？偷到没有？”

池月进屋，取下墨镜：“偷到了！”

乔东阳打量她：“偷到什么了？”

池月慢悠悠地一瞥：“人。”

乔东阳笑了起来：“你说的是我吗？”

“别说废话了！”池月没时间开玩笑，“视频呢？”

乔东阳倚在她身边，瞅了她片刻：“天狗！出来。”

他住的是一个大套间，天狗在里面听到声音，慢吞吞地踱出来：“乔大人，我在这里。”

郑西元发过来的视频全在天狗的电脑里。天狗乖乖地走到池月面前，把面孔（屏幕）对着她，两只幽幽的蓝眼睛一眨一眨的。

它向她问了好，整张脸慢慢变成了一个显示器：“池月小姐姐，你看我，你快看我。”

池月忍不住摸了摸它的头。

叮！显示器上出现了晚会现场的画面。在音乐声里，天狗上台与主持人互动。场下掌声如雷，爆笑不断。画面上的池月在角落里，那里没有打光，但她的红裙很惹眼。她走下台阶的时候，背后只有两个礼仪小姐，在池月摔倒的瞬间，其中一个好像动了动，随后乔东阳把池月扶起来，那两个礼仪小姐也跟过去扶她。

“是她！”池月指着其中一个礼仪小姐，“肯定是她踩了我的裙子。”

乔东阳嗯了一声：“郑西元找到她了。”

“她怎么说？”

“不承认！”乔东阳看了池月一眼，“给她看了视频，她说是不小心的。”

池月把视频回放一遍：“这个是不是不太好办？”

“最多也只是开除。”

就是踩个裙子，没出大事，没有危害到池月的人身安全，就算那个礼仪小姐是有意的，又能把人家怎么样？这种道德层面上的东西无法上升到法律的高度。

池月明白这一点，恨得牙根痒：“没看视频前，我还心存侥幸，告诉自己也许是我不小心，也许别人是无意的，看了视频……”她冷笑，“不如不看。”生一肚子闷气，还无能为力。

“不高兴了？”乔东阳低下头看她的眼睛。

池月问：“我该高兴？”

乔东阳笑了：“瞧你这小样儿，怪让人心疼的。这样吧，我让人把她打一顿。”

池月哭笑不得：“打女人，你下得了手？”

“又不是我的女人。”乔东阳笑着看她，转了转手腕，“再说了，也不用我亲自动手。”

“可拉倒吧你。”池月知道他在开玩笑，想了想，冷笑道，“可惜我不是警察，要不然一定能把背后的人找出来。”

这个礼仪小姐她不认识，无仇无怨，礼仪小姐不会贸然做出这样的事儿，所以要找到背后这个人其实不难：“乔东阳，你有兴趣玩玩吗？我有办法。”

乔东阳揉了揉她的脑袋：“这种小事用不着池女王出手。”

其实害她的是什么人，池月心里是有数儿的。她得罪过谁，谁又有本事染指节目组，真相不言而喻。沈亚丽被开除了，但在昊光工作多年，难道就没有培养几个亲信吗？池月不相信，郑西元和乔东阳当然也不信。不用池月出主意，他们就把那个踩她裙子的女孩查了个底朝天。那个女孩是昊光的普通职员，主要是做一些庆典、年会、赛事活动、公益活动、迎春迎新晚会等礼仪工作。不过从她入职以来的履历上看，她与沈亚丽的接触不多。唯一的线索是这个姑娘最近的变化。她的薪水不高，最近却突然阔绰起来，听说又是香奈儿又是迪奥的，像换了个人。

郑西元当天晚上就报案了，说公司有财物失窃，怀疑对象就是这个姑娘。

有人报案，警方就得查。这一查不得了，他们发现这姑娘的账户上前两天突然多了十几万。钱是哪儿来的？警方把人带回派出所，审讯不到十分钟，她就交代得清清楚楚——指使她的人，正是沈亚丽。

池月去派出所做了个笔录，乔东阳在隔壁办公室等着她，一个律师也在现场，他正在向侯助理了解情况。看到池月过来，乔东阳站起来：“好了？走吧。”

池月看了看办公室：“不需要我再做什么了吗？”

乔东阳嗯了一声：“交给律师就好。”

池月点点头，出了门，走到大厅时，转头问：“这件事最好的结果是什么？”

“赔偿。”乔东阳说，“没有造成实际的人身伤害，很难定性。能得到一笔赔偿已经是最好的结果了。”可是，谁稀罕赔偿呢？沈亚丽肯定已经想到这一点了吧？她不为别的，就是为了恶心他们。

池月心里憋得慌。明知道人家在整她，但就是拿人家没办法，这让她非常沮丧。在她这些年遇到的对手中，沈亚丽无疑是最厉害的一个。她不仅会玩阴的，还玩得十分克制，不冲动不上头，懂得适可而止，连责任都不用承担。

“还是老话说得好。宁得罪君子，毋得罪小人。”

沈亚丽不仅是个小人，还是个会耍弄伎俩的小人。

下午，《星空行者》的选手都将离开酒店，乘坐大巴前往航天城，准备明天的训练和比赛。不到2点，选手们就陆续拎着行李下楼，上了车。池月和王雪芽站在酒店的楼上，从窗户看出去，目送大家离去。

“月光光。”王雪芽偏头看着她，见池月一动不动，又轻轻扯了扯她的胳膊，“你为什么要请病假呀？”

池月望着远去的大巴：“我有病。心病。”

王雪芽睁大眼睛，把她掰了过来：“怎么了？”

池月眯起眼睛，微微一笑：“晚上带你去捉奸。”

王雪芽一脸茫然：“捉谁的奸？”

“谁奸捉谁！”

整个下午，池月都待在酒店里照看她和王雪芽的网店，复盘算利润，然后与邵之衡讨论实体店的事情。她忙得不可开交，一点儿也不像要去捉奸的样子。王雪芽兴奋地等了一会儿，慢慢就泄气了，一个人趴在床上玩了几把《王者荣耀》，好奇心被勾到了极点，池月仍不肯告诉她。

她好不容易等到天黑，池月还不出门，就连晚饭也吃的外卖。王雪芽深呼吸，不停地走到窗边看天色：“小姐姐，你忙完没有？”

池月埋头于电脑前：“没有。”

王雪芽：“那咱们还捉不捉奸了？”

“时间没到。”

这一等就到了晚上10点。王雪芽正躺在床上打哈欠，池月突然从椅子上站起来：“换衣服，走。”

王雪芽一骨碌爬起来：“去捉奸吗？”

池月把外套丢给她：“赶紧收拾收拾，捯饬得漂亮点儿！”

“为什么啊？”王雪芽哭笑不得，“是捉奸还是相亲？”

池月轻松地一笑：“人穿得精神，吵架有气势。”

她们出门打了个车，池月带着王雪芽去了吉丘县的另一家快捷酒店。前台服务员以为她们住店，热情地上来询问。池月掏出身份证，开了一个房间，拿到房卡却不上楼：“我们先坐一会儿，等个朋友。”

前台服务员微笑：“请便。”

王雪芽小声问：“等谁啊？”

池月不回答，在沙发上坐下来：“一会儿人来了，你就知道了。”

两个人等了十几分钟，有人推门进来了。那是一个陌生的中年男人，就他一个人，没有带行李。他一身风尘仆仆的样子，面露憔悴。王雪芽愣了愣，狐疑地望向池月：“月光光？”

“李先生是吧？”池月迎上去，微微一笑，“我是王月。这是我妹妹，王芽，范维的女朋友。”

王雪芽：“……”

这个中年男人是沈亚丽的丈夫李均培。由于沈亚丽的工作性质特殊，夫妻俩聚少离多，常年不在一块，但他们有个孩子。两人维系感情多年，不咸也不淡，与大多数夫妻没有什么区别，有情，有义。但结婚时间长了，情欲慢慢变得寡淡了。李均培是池月约过来的，如果不说王雪芽是范维的女朋友，很难让他相信她们。

“你们确定我老婆和范维在这里？”李均培有着中年人的警惕性，从他皱起的眉头来看，似乎不太相信沈亚丽会选择这样的快捷酒店。

以沈亚丽的消费习惯来说，她确实不会住在这里。不过现在情况特殊，他们不方便去吉丘大酒店。

池月笑笑：“李先生，这事儿我说了不算，你得亲自去看，看到了，就明白了。”

李均培眉头紧皱，显示出他对陌生人的防范。

池月说：“如果不是为了我妹妹，我对你们家的事情并不感兴趣……可谁让范维招惹到我妹妹了呢？我是不能忍的。如果李先生愿意忍，那就算了，就当你没来过，我们自己去。”

大老远赶来，事到临头，就算犹豫，他又怎会真的不去？没有男人愿意被戴绿帽子，池月了解李均培的心思，轻轻一激，他就妥协了：“走吧，我跟你们去看看。”

三个人一起进了电梯，全程都很沉默。

王雪芽到这个时候才知道池月今天晚上的计划，又是吃惊，又是紧张，更怨池月事先不告诉自己，可是池月的表情很淡定，像是胸有成竹的样子。他们走出四楼的电梯，池月停下来问李均培。

“李先生，如果你太太确实在里面，你准备怎么办？”

对于这个问题，李均培显然没有想好，看了看池月，眉心皱成了一个深深的“川”字。

池月看得出来，这是一个质朴的男人，他和沈亚丽根本就不是一个段位，可想而知他的家庭地位如何了。李均培有没有勇气和沈亚丽正面对峙恐怕都是一个大问题。

看他沉默了，池月就知道答案了：“李先生，有个事情你恐怕不知道，我原本是不想说的，但看你这样，我实在不忍心瞒着你。”

李均培一怔：“什么事儿？”

池月眯起眼：“你那个好老婆可没少在范维那小白脸的身上花钱。他吃的，穿的，用的……比你可有档次多了。”她打量着李均培的衣着，由衷地一叹，“这话可能有些残忍，但我的良心让我不得不说。李先生，我看你是个节俭的人，怕是舍不得为自己花钱吧？可范维舍得，舍得花你老婆的钱，你老婆也舍得给他花钱。”

李均培的脸瞬间变了颜色，右手的拳头紧紧攥到一起。

他被激怒了。

池月观察着他的表情，挑了挑眉。其实成年人谈话，把利益关系都摆出来比什么都管用。老婆出轨固然可恨，但如果根本利益没有被撬动，最终很多人会选择原谅，尤其是弱势的一方。池月拿不准李均培的心思，更不知道他和沈亚丽长期分居后还剩几分情感。但她知道，如果奸夫撬动了他的根本利益——钱，家庭的生存之本，那绝对是他不允许的。

“王小姐，他们在哪一间？”

“419。”

李均培压抑的愤怒燃烧到了极点，他望向走廊：“你都查清楚了吗？”

“我跟踪了他们一个晚上。”

见池月睁着眼睛说瞎话，王雪芽吸口气，不忍直视，同时也更加好奇，池月到底是怎么知道这事儿的？

王雪芽："我去敲门！"

池月做了一个"嘘"的动作："我来！"

这样去拍门，人家能给开吗？

池月朝王雪芽使个眼色，示意她退后，然后走到419房间门口，拿出房卡不停地刷，还不停地拧门把手。这动静惊动了屋里的人："谁？谁在外面？"

池月捏着嗓子，用一种醉醺醺的语气咕哝："怎么打不开？这是我的房间啊！"

又刷了一次卡，不见门开，她狠狠地拍了拍："开门开门，我要进去。嗝……开门啦！"

"快走，再不走我叫保安了。"里面的人吼得大声了些，那人正是范维。

池月回头看了王雪芽一眼，却见她抱着双臂倚着墙，表情很难受……看来捉奸这事儿不仅对李均培来说很残忍，对王雪芽也一样。

也好，索性一次把脓包挑干净。

池月又拍了几次门，范维不耐烦了："我去看看，肯定是隔壁的人认错房间了。"

很快，门被拉开了，范维系着酒店的浴袍气咻咻地吼："房卡拿来我看看！"

话还没有说完，他猛地退后，反手就想关门，却被池月一把撑住，她笑盈盈地走了进去："怎么不请我们进去参观一下你和沈总监的安乐窝？"

范维看着她，以及站在她背后的王雪芽，呆若木鸡。

"沈亚丽！"到底是当事人，李均培的速度比池月还要快，他气冲冲地冲入房间，把正忙着套衣服的沈亚丽抓了个正着。

夫妻俩眼对眼，什么也不用说，什么解释都是多余的。哪怕李均培进门前还有万般顾虑，想着父母，念着孩子，但在看到她衣不遮体的样子，还有那张她与男人一同睡过的凌乱大床时，所有的温情在这一刻也都烟消云散了。

他握紧拳头，整个人都在发抖！

年轻的男人，英俊的面孔，这些会毁掉一个中年男人的自尊，会让他产生自我怀疑，会粉碎他的人格，让他感到疼痛。

李均培疯了！他顾不得有外人在场，一巴掌结结实实地抽在沈亚丽的脸上："你不是说工作很忙吗？"

两个巴掌！

"不是说钱不够花吗？"

三个巴掌！

"不是喝水的时间都没有吗？"

四个巴掌！

"你……你骗我，你骗我！"

一句话一个巴掌！

他愤怒到了极点。老婆被辞退的消息他都是今天才从别人嘴里听说的。同样在这一天，他把老婆和别的男人堵在了床上。羞辱感让他失去了理智，几个耳光打得沈亚丽的嘴角、鼻子全是血。

"李均培，你住手！你是不是疯了？"

"我是疯了，疯了！这日子没法过了，大家都一起疯吧！"

李均培不是疯了，是哭了。他的拳头打在沈亚丽的身上，泪水却从他的眼里涌了出来。

这个画面，池月突然不忍心看了："李先生，请你克制点儿……想想孩子。"

她怕李均培把人打出问题。可沈亚丽听了这话，狠狠地盯着她，恨不得把她咬死："池月，你这个恶毒的女人比毒蛇还要毒……你毁人家庭，你是会遭报应的……啊……李均培，你是不是疯了？你老婆被人整了你不帮忙，你还打老婆，你算什么东西……都是她们害我的，你看不出来吗？"

"是我把你推到男人床上的？"池月冷哼，不再去管他们家的破事，转头看向目瞪口呆的范维："喂，痴情男，你还有什么说的？"

范维的脑子一片空白。到现在为止，他还有点儿理不清头绪："池月，是你……你在整我？"

池月耸耸肩膀："没有啊。碰巧而已。"

范维不信她，痴痴地望向王雪芽："你不是去航天城了吗？为什么会在这儿？"

王雪芽："范维，你有资格来质问我吗？我劝你做个人吧！"

"不是这样的。"范维不能接受这个事实，心虚地看着王雪芽，仍然试图挽回，"你听我说，雪芽，真相不是你看到的那样，我完全不知道这是怎么回事儿……"

被堵到房间里了都能狡辩？

王雪芽被气笑了："该说的我都说过了，不该看的我也看到了。范维，咱们好聚好散，这事儿我不会往外说。"她回头喊池月，"月光光，我们走。"

"雪芽！不要这样，你再给我个机会。"范维看她们离开，想追出去，发现自己没有穿衣服，想回去拿，李均培又在和沈亚丽打架，白着一张脸，手足无措，"雪芽！我是真的爱你，只爱你一个。我知道你很难相信，但今天晚上的事儿，我确实是被人设计的。我不知道我为什么会来这里……"

王雪芽望着上方："别编了！我听得恶心。"

池月出门时回头看了范维一眼："跳梁小丑！"说完，她砰的一声关上门，挽着王雪芽下了楼，告诉正在打盹的前台小姐，"楼上有人打架。"

前台小姐醒了，池月见她打电话叫了保安，才淡定地带着王雪芽离开。

在回去的出租车上，王雪芽一反常态地沉默着。她们快到酒店了，她才转头问池月："你为什么不告诉我？"

"这个很重要吗？"

"很重要。至少让我有个心理准备。"

池月低头把玩着手指："这毕竟是别人的隐私，你不知道不是更好？我不想给你找事。因为我也不知道机器人黑了他们的电脑约他们出来算不算违法。"

天狗，一定是天狗。

王雪芽想到这里，哭笑不得："发消息的是机器人，上床的是他们自己，我们又没有做什么……对不对？"

"是啊，是他说喜欢你、只爱你的，消息你都保存好。既然是范维给了你捉奸的权力，想来也没什么大不了。"池月无奈地摊了摊手，“乔东阳说他的律师会处理。”

王雪芽一愣，然后笑了出来，狠狠地抱住她：“月光光，谢谢你。”

她知道池月都是为了她，可是池月并不承认：“这次不是为了你。我是为了沈亚丽怎么恶心我，我就怎么恶心她而已。”

“不管为了什么，想到今天晚上他们那狼狈的样子……我就想笑。”王雪芽笑得眼睛都弯了起来，“范维但凡要点儿脸，以后都不好意思再找我了吧？”

池月歪头看着她，过了很久才嗯了一声。

可是并没等到“以后”，范维当天晚上就用电话轰炸了王雪芽。这家伙死皮赖脸，把王雪芽气得抓狂。

“我来跟他说。”池月拿过王雪芽的手机，劈头盖脸地把人骂了一顿，“你再敢打过来，我就报警说你性骚扰信不信？我告诉你，今晚的事儿只是给你的警告！看在邵哥的面子上，我不想把事儿做绝，你要再纠缠王雪芽，别怪我翻脸不认人！”说完，她挂了电话。

这一次，世界清静了。

王雪芽委屈地捂住脸：“为什么他就会欺负我呢？”

池月冷眼看着她：“谁让你这么好欺负？欺软怕硬是人的本能。”

“可是我又学不来你那样。”

“学不来，就做好自己。”池月放缓语气，“有我在，不会让人欺负你。”

“月光光……我要以身相许。”王雪芽笑着朝她扑过来。

“别别别。你要真的感动——我的银行账号，你知道的。”

“……”

第二天是个好天气。

乔东阳吃过早饭就回申城了，都没有机会同池月聊几句。饭后，池月和王雪芽坐着郑西元的顺风车一路去了航天城。

路上，池月接到了李均培的电话。这个老实男人可能一夜未睡，声音沙哑：“这么多年了，我一直小心翼翼地维护着我们的夫妻关系，没想到，这一次是彻底散了。”

“你要离？”池月没想到他这么刚。

“她要离，说我家暴……动手打她，还想让我净身出户。”

池月不知道该怎么说。男人打女人她确实不能接受，可沈亚丽出轨在先，还敢让男人净身出户，只能说是个狠人："你常打她吗？"

"结婚这么多年第一次动手。不过也好，我得感谢你，池小姐，你是姓池吧？"说到这里，他苦笑一声，"这段婚姻走到尽头，我也算清醒了。她其实早就看不上我了，我不如她赚得多，不能给她体面的生活，活得窝囊，平常她都是以大龄单身女性自称的……只是我没做错什么，她找不到借口跟我离，这一顿打刚好给了她机会。你知道她怎么说吗？她说她本来还犹豫，不想伤害我，现在我俩扯平了，对我就没有负罪感了。"

池月突然觉得有点儿无力。

她未曾涉足婚姻，却已见鲜血淋漓。

这样的结果，她也是始料未及："李先生，对不起，这是我考虑不周，但现在我也无法给你意见。"

"我不需要意见，已经知道该怎么做了……她不要孩子，我要。她要房子、车子、钱，我都给她。"李均培有气无力地说，像是刚哭过，"我觉得对她最大的惩罚就是让她彻底失去我。她会后悔的。"

池月的心里一阵发凉，很不好受。

婚姻里的男女怎么就不能般配呢？好男人遇不到好女人，好女人碰不上好男人。大部分人是因为相爱才走入婚姻，可为什么最终无法守住初心，以惨淡收场呢？池月的内心隐隐害怕，她陷入了恐婚恐恋的状态。

航天城是吉丘县最大的一个建设项目。他们从吉丘大酒店出发，穿过沙漠遍布的广阔天地，看尽了荒无人烟的茫茫沙海，眼球都寂寞了，汽车才驶入航天城的停车场。离开吉丘大酒店的时候还是早上，气温在零下，冻手冻脚，下车时已是午后，太阳火辣辣地照在他们的头顶上，脚刚落地，灼人的热浪就从脚底升起。

"终于到了！好热。"王雪芽拉下大帽子，透过墨镜看着这个充满了未来感的停车场，"咱们要在航天城待多久啊？"

郑西元漫不经心地笑笑："也许一周，也许三个月。你喜欢时间长点儿还是短点儿？"

王雪芽："当然喜欢长点儿。"

时间长意味着晋级了，时间短意味着淘汰了。王雪芽天真烂漫，只能领会到一层意思，可池月站在边上看着，总觉得郑西元这人动机不纯，小乌鸦得离这个人远点儿。先入为主的观念让池月早早地就给郑西元贴了好多类似于"野兽战斗机""色中恶鬼"一类的标签。她是绝对不可能让郑西元染指小乌鸦的。

"郑哥，谢谢你啊，我们先去报到了。回见。"把行李一拎，她拽着王雪芽就走。

郑西元微微一怔，唇角勾了起来："哎，我说，等一下。"

池月回头："还有事儿？"

郑西元转身打开车门，从里面拿出一个文件袋，朝王雪芽扬了扬："你要的东西。"

"啊，对哦，我差一点儿忘了。"王雪芽马上就想起来自己之前托郑西元要张相君的签名来着，"多谢郑哥！"她满脸喜色地奔过去，想接过文件袋，没想到郑西元抬高了手，故意不给她："这样就算谢了？未免不够真诚吧？"

王雪芽不好意思地缩回手："你说要怎么谢？"

郑西元看着她的糗样，忍不住笑了起来，一把将文件袋塞入她的手里："逗你玩的，小丫头，真的假的都分不出来？"

"哦。"王雪芽捋捋头发，"谢谢郑哥。"

郑西元挑挑眉，像看小朋友似的低下头来瞅她："女孩子太老实容易吃亏。傻一次就够了啊，回去好好洗脑子。"

这是全人类都知道她被劈腿了吗？丢死人了。

王雪芽恨不得找个地缝儿钻进去，再次向郑西元道了谢，飞也似的奔向了池月。

两个女孩子的背影远去了，她们一边走，一边说笑。

郑西元看了许久，耸耸肩膀，笑了。其实他不太明白王雪芽和池月是怎么成为好朋友的，她们完全是两个毫不相干的物种。一个心思缜密，一个毫无心机；一个像是开在窗边的茉莉，馨香、温柔、善良，让人一眼就能看到这个世界的美好，一个如同湖里怒放的水莲，出淤泥却不染尘土，娇娆、艳丽，只可远观，不可轻易染指。

郑西元这样的男人见识过各种各样的女人，对女人自然有他独到的见解，甚至自认为对女人的了解超过了她们自己。然而，这两个女人是他不能理解的。一个让人摸不透、看不透；另一个是太清澈了，违背常理。偏偏这样的两个女人成了生死之交，他一个都得不到，你说气不气人？

池月是“天降奇兵”的胜出者，这是第一次来到《星空行者》的队伍中。她报到后，训练组长就把她划分到王雪芽所在的第五大队，同属刘教官管理。这让王雪芽很兴奋：“月光光，你说是不是乔师兄故意安排的？”

“他哪会为这点儿小事费心。”

“那不一定哟，你的小事就是乔师兄的大事……”

“嘘，小声点儿。这儿是航天城。”

身边不时有穿着航天城工作服的工作人员走过去，她们像在另一个世界里。可不管是哪个世界，人都是带着耳朵的。池月不想惹事。

“好吧好吧，反正有乔师兄罩着你我就放心了。”

池月看了她一眼，叹了口气，这没心没肺的主儿，这边还担心她有心理阴影呢，她却早已经把烦心事丢到了九霄云外，开开心心地找宿舍去了。

航天城占地面积很大，但是可供选手住宿的房间却不多。队里分配给她们的是八人间，都是高低床，看上去就像学校的宿舍一样。池月和王雪芽找到宿舍的时候，里面没有人，只有两张已经铺好的床，显示出已经有人在这里。

“我们就睡这里吧？”王雪芽指着门边的高低床说。

池月笑了起来：“有没有以前的既视感？”

“有啊！”王雪芽笑了起来。

这与她们在高中刚认识时的情境完全一样。那天池月正在铺床，王小姐戴着墨镜，拎着一个行李箱，风风火火地冲了进来，然后把手上的小包往上铺一丢，朝池月霸气地宣布：“我睡你上面，罩着你。”

当时池月没理她。

王雪芽自讨没趣，爬上去了。

一分钟后，她叫池月帮忙铺床。

“不是说你罩着我吗？”

“我说我的帐子可以罩着你。”

池月帮她铺了床，后来又帮她拎了水，帮她打了架，帮她写了作业，帮她做了很多事儿……多少年了，一直在罩着她。

王雪芽想到往事就狂笑不已：“幸亏我机智，那么多床不选，就选了你的上铺。”

池月哼了一声：“那这次我上，你下。”

“不不不！老规矩。”王雪芽拍拍上铺，“你膝盖不好，睡下面。”

“小事。”池月不再推辞，把行李箱打开，开始整理东西。隔壁几个房间全是《星空行者》选手的宿舍，其他选手是昨天来的，早就已经收拾好了。今天还有训练，留给池月她们收拾的时间不多。

池月刚才从刘教官那里了解到，经过几轮淘汰赛，目前队里只剩下六十名选手了。她们来到航天城后，又被重新分成了六个组。这六十个人来自全国各地，全是尖子中的尖子，每个人都不可小觑。比如王雪芽，除了性格单纯，各方面的综合素质都很强，尤其是航天基础理论，比池月只强不弱。而且，池月还有一道坎要过——根据赛制，当选“天降奇兵”的选手在正式入队时，必须与队里的一号种子选手同场竞技。

胜了，留下；输了，走人。

“这不是残酷，这是变态。月光光，刘教官说的是明天吗？刚来就比赛，都不给你适应的时间……”

王雪芽把高低床弄得摇摇晃晃，嘴里絮絮叨叨，全是为池月打抱不平。

池月：“如果需要时间适应，那就不叫‘天降奇兵’了。”

“人家是心疼你嘛。”王雪芽突然从上铺探出脑袋，“林盼这个人很厉害，你别看她平时温柔、和和气气的，其实凶得很。而且你昨天晚上又受了伤……不对！”

她突然皱眉，像是想到了什么，直勾勾地盯着池月：“我突然有个不好的想法。”

“什么？”池月看了她一眼，把叠好的衣服放回箱子，然后拿出刚在队里领到的队服，准备换上。

王雪芽："你说沈亚丽让礼仪小姐使绊子，害你摔下台阶，就只是为了羞辱你，看你走光那么简单？"

池月闻言一怔，脸沉了下去。

两个人对视片刻，王雪芽重重地点头："很可能就是为了明天的比赛。"

如果池月受伤了，在比赛中会不会吃亏？答案显而易见。

"歹毒的女人！"王雪芽恨得咬牙，"昨晚她老公怎么没多给她几巴掌？"

池月看了她一眼："来人了。"

话音未落，门就被推开了。进来的是两个女孩，她们看到池月和王雪芽，愣了愣，马上又恢复了笑容。

"你们好。"其中一个瘦瘦高高的女孩冲她们打了个招呼，坐在靠近窗户的床边。

"你就是池月吧。我们以前见过，你还记得吗？"另一个女孩热情得多。她的皮肤很白，脸圆圆的，看上去有点儿婴儿肥，就是那种什么都不用做，也会让人觉得很可爱的女生。

池月点头："韩甜甜。"

韩甜甜啊了一声，吃惊地看着她，捂着嘴笑了起来："你还真的记得我啊？我们以前好像没有讲过话啊！"

池月友好地笑了笑，不说话。

韩甜甜开心地指着坐在床边的女孩问池月："那你说说，她叫什么名字？"

池月的唇角上扬："汤萍。"

"哎呀！厉害了，果然是学霸！这都记得。"韩甜甜是个热情的人。第一天接触，她试图与池月搞好关系，惊喜的表情显得有点儿夸张。相比于她，汤萍就文静多了。

"谢谢！我是汤萍。"她是个单眼皮的女生，笑起来有一种羞涩腼腆的感觉。

池月看着她们，只是淡淡地笑着。

韩甜甜自来熟，对最近的"风云人物"很好奇，索性在池月的床边坐下，跟她唠起来：“池月，队里那么多人，你不会全都记得吧？”

池月似笑非笑：“当然不是。我只记得长得好看，个人素质高的。”

“哈哈，你太会说话了。谢谢，谢谢。”

“那个时候，我把你们都看作小乌鸦的对手。”池月补充了一句。

韩甜甜的笑容僵在脸上，然后她又狂笑不止：“现在也是对手，不仅是她的，还是你的。”

池月：“非常荣幸。”

“我们也是。池月，我要说我是你的粉丝，你信吗？”

池月看到韩甜甜眼睛里的光芒：“信。”

“谢谢，我超爱你的！”

四个女孩就算认识了。王雪芽问韩甜甜另外几个室友是谁，可她也只是摇摇头。一直等到教官通知训练她们才知道，这间宿舍只住她们四个。因为她们是每间宿舍八个人分配完后多出来的四个人。

“太好了，小间待遇。”

“与众不同的我们，不走寻常路！”

她们高兴了不到一分钟，教官就催了。

韩甜甜呜咽一声瘫倒在床上：“又要训练了。好累、好困，想睡。”

“走吧走吧。等被淘汰了，你想怎么睡就怎么睡。”

外面哨声响起，四个人冲了出去。

“整队，集合！”

这是一个大型的室内运动场，屋顶高，空间大。在东阳科技的财力加持下，运动场被装修得很有科技感和未来感，比起她们第一个阶段所在的营地，环境不知好了多少。大家刚到这里，都有一点儿兴奋，眼睛忍不住乱瞄。

“都在看什么？”

教官严厉的声音打破了女孩们的好奇心。

大家目不斜视地看着教官的脸。

“全体都有，立正、稍息。现在从第一队开始，报数！”

“1！”

“2！”

"3！"

一个个报下去，报到59就没有了。不是说有六十个人吗？

"报告！"一个声音响起，池月没有回头就听出来是朱青了。

朱青大声说："报告教官，林盼肚子不舒服，上厕所去了，让我帮她请假。"

总教官沉着脸："午休时间两个小时，不够她上厕所吗？"

朱青："报告，我不知道！"

总教官冷哼一声："一人违反纪律，全体连坐处罚。俯卧撑一百个，现在开始，预备！"

"是！"选手们习惯了这样的方式，面不改色地俯下身，做好俯卧撑的预备动作。

教练喊"一"，全体人员的动作整齐划一。总教官对训练成果很满意，巡视着俯着身子的女选手们，直到大家快要支撑不住了，方才慢吞吞地喊"二"。

不一会儿，好多人的额头上都渗出了汗。

池月就在王雪芽的身边默默地支撑着身体。

王雪芽咬着牙吐口气，突然歪头，冲池月做口型："气不气人，你说气不气人？气死我了。"

"别说话！"总教官突然低吼，"你，56号，一会儿大家做完，你多做五十个。"

"啊？"王雪芽仰起头，"报告教官，我没有讲话。"

总教官："没讲话你的嘴动什么动？"

王雪芽不敢反驳，嘴唇咬得紧紧的，一脸不服气。

池月瞥她一眼："别再吭声了。"

叫人家不吭声，她自己却吭声，这什么意思？总教官的脸果然沉了下来："59号，你和她一起做五十个。"

池月："是！"

《星空行者》的选手共六十人，分了六个队，编号都是两位数。前一位数代表她们的小队序列，后一位数代表她们自己的编号。池月是59号，代表她是第五大队的第九号选手。大家做完一百个俯卧撑后都去喝水了，只有她们两个留在原地。

第五大队的刘教官痛心疾首地看着这对难姐难妹，咬着牙为她们报数。

“月光光，你是不是傻？”王雪芽累得口干舌燥，还是忍不住瞪她，“明明看到我挨罚了，你还说话，不是找罚吗？”

“对啊，我陪你一起。”池月说得理所当然。

“够义气！今儿都是林盼害的。”

“人有三急，肚子疼能怎么办？”

“疼什么啊？她就是故意的。”王雪芽维护池月，而队里很多人在谣传林盼是乔家的“钦定儿媳”，出于这个原因，把林盼当成了池月的情敌，对她自然有些偏见，“月光光，她就是想给你一个下马威。你没看出来吗？我看这个什么进组就要和一号种子选手比赛也是她搞出来的，不公平。”

池月看了她一眼：“你切记，不要对她表现出敌意。”

“为什么？”

“她帮过你。”

王雪芽的脸瞬间沉了下去。

那是她的人生污点，到现在还没有洗干净呢。哪怕不是王雪芽请林盼来帮自己的，可林盼做了这样的陈述，从道德层面上来讲，林盼就是王雪芽的恩人，任何人都可以说她不好，只有王雪芽不能说：“月光光，你是不是觉得……我很坏？”

“没有。”池月呼出一口气，仰起头，望向那冰冷的屋顶，“你如果承受不住道德圣人的口诛笔伐，就不要轻易挑战规则……”

王雪芽的头垂了下去。五十个俯卧撑做完，她才瘫倒在地，满脸是汗地看着池月：“是，你说得对，发生沙尘暴那天她是来帮了我，但我还是要说一句，如果她不来帮我，或许就不会有后来的事儿……为什么我在沙尘暴里没有受伤？不是因为她的牺牲，是因为你教给我的沙漠知识，我懂得自救……月光光，你觉得我该欠她的吗？一辈子都得欠着？”

池月沉默了。这是一个很难回答的问题，也是一个永远不会有结论的问题。世上没有如果，也没有人去探究如果，大家都只看结果。

王雪芽吸了口气：“说句不中听的，如果没有我，她那天未必能活着等来救援。我想不明白，难道她帮我是帮，我救她就不是救吗？我去捡镜头，应该对自己的生命负责。她来拉我是她的好心，但她的生命安全就该由我负责吗？就因为事情因我而起，我就该承担一切责任？”

她不住地摇头：“这不公平，不是吗？”

池月看着她，突然有些明白了。在小乌鸦心里，范维对她的伤害远远不及那场网络暴力，那件事才是小乌鸦的心理阴影。

“是。这不公平。”池月轻轻地按住她的肩膀，在她身边坐下来，“可是小乌鸦，这世上活得清醒的人不多，不能奢求每个人都像咱们一样。我们要学会放下，不畏流言，内心强大。”

王雪芽的眼圈微红，她闷闷不乐。

池月微微一笑，拍拍她的脑袋，把她从地上拉起来：“喝点儿水，继续训练。”

“池月！”

池月听到刘教官的声音，应了一声“到”，放下水小跑着过去：“刘教官，你找我？”

刘教官打量她：“身体没问题吧？”

池月诧异地挑了挑眉：“没问题，怎么啦？”

刘教官左右看了看，压低声音：“我刚接到上头的消息，说是他们准备把你的资格赛推迟一周。”

“这是为什么？”池月一脸不解地看着他。

“你真不知道？”刘教官狐疑地盯着她，“好像是说你受了伤，没有康复？所以我才问你嘛。”

会认为她的身体没有康复的人还能有谁？乔老板呗。

难为他老人家远在千里之外还能考虑到她的身体。

“池月，我得跟你说清楚。”刘教官是个很纯粹的人，除了抓训练工作，对其他事情一无所知，当然更不可能知道她和乔东阳之间的猫儿腻。他诚恳地说：“如果你的身体确实有问题，推迟一周比赛是可以的。如果只是别的原因，我建议你不要推迟。”

池月看着他，想听听他的见解。

刘教官的表情凝重，有点儿语重心长的意思：“林盼的事儿，想必你是知道的，她也刚返队没几天，身体康复情况如何，没人知道。推迟一周到底是对你有利，还是对她有利，这是个未知数。不过，推迟一周就意味着你在未来的一周里都将处于忐忑和紧张的状态中，会影响你的训练和心理状态，与其担惊受怕，不如一鼓作气……你说呢？”

池月看着这个老实憨直的刘教官，忍不住笑了起来：“您说得对，我也是这个意思。”对她而言，其实不存在影响训练和担惊受怕的问题，但她喜欢速战速决，“刘教官放心吧，我一定不会让您失望的。”

“那我去申请啦，就说你身体没问题。”

“成！你来决定。”

林盼是一队的，她是五队的。刘教官带的是五队，于公于私，他当然都希望池月胜出，希望最后的冠军出自他的队伍。所以他毫不避讳地把自己十几年的经验告诉了池月：“这场比赛严格来说是不公平的。你输了会被淘汰，林盼却不会。因此，你的心理压力会比她大，你要懂得调节。”

“我知道，刘教官。”

“嗯，林盼这个女生还是不错的……”刘教官盯着她，意有所指地暗示，“比赛只是为了证明你当选‘天降奇兵’的资格，但赛制是死的，人是活的……”

哈！这是让她和林盼搞好关系，让林盼放她一马吗？

“我不这样看。”池月莞尔一笑，“如果我是林盼，绝对不会给对手放水。”

刘教官愕然地看着她。

池月的眉梢轻轻一挑：“我和她迟早是对手，与其以后再到赛场上拼命，何不在这个最有利于自己的当口儿把对手击败，省去往后的麻烦呢？”

刘教官皱着眉头：“你说得对。是我欠考虑了。”

远处的转轮在一圈一圈地转着，速度不是很快，有点儿像游乐园里的旋转木马，但那不是木马，而是可以扣安全带的座位。它的旋转速度是旋转木马的数千倍，提速的时候能让人飞起来，是供航天员训练用的。

林盼就坐在转轮上。她身边的两个女生看着池月的方向，其中一个努了努嘴："看到没有，人家有教官开小灶了！"

林盼没吱声。

另一个女生说："盼盼，你明天可得小心些。那个女的给我的感觉不好。"

林盼回头看她："怎么不好？"

女生凑近她："这女的阴得很，特爱使坏。以前的沈总监是怎么被开除的？就是毁在了她手上。还有……我听人说她和大乔哥好像有点儿不清不楚的。"

"胡说八道！"林盼沉下脸，按了停止按钮。等转轮停下来，她瞪了那个女生一眼："咱们的合同怎么签的？教官怎么说的？不懂要求团结是什么意思？别在背后说人家坏话！"

"是。盼盼别生气，咱们就随口一说。"

"是啊是啊，大乔哥的腿是谁都抱得上的吗？"

林盼不管不顾，头也不回，径直去了转椅训练室。这个训练室里一共有三张转椅，其中两张都有人用了，林盼走到剩下的那张转椅旁，坐了下去："五分钟！"

工作人员没吭声，两个在这儿训练的女生却被吓住了："盼盼，第一次就五分钟，你会吃不消的，这个贼厉害，比转轮……"

"五分钟有什么吃不消的？"林盼的脸色已经很难看了。

于是那两个女生都不再吭声了。她们都同时想到了"天降奇兵"比赛时，池月的纪录是八分五十九秒。

第一天的训练强度不是很大，都是让选手们自主选择，但放了两天假再回来，大家都有点儿不适应，虽然一个个喊着吃不消，却又拼了命地在练。池月的状态不错，但她到底不是钢筋铁骨，晚上的最后一轮"加餐"结束，回到宿舍往床上一倒，手指头都不想再动了。

嘀！嘀！

池月听到声音，看了看手机："池小姐，今天是不是很想我？"

池月躺着，懒洋洋地回复："不想。"

“过分了啊。亏我用尽洪荒之力想你。”

池月笑笑：“太忙，抽不出时间。”

“忙什么？”

“训练，训练，训练！”

“累吗？”

“累得手抽筋。”

“没死就好。”

池月发了三个黑人问号脸。

“我是说，人活着比什么都强，注意安全。”

“求生欲挺强的你。不聊啦，我休息了，明天要比赛。”

“等等！”乔东阳发了个“凶狠”的表情。

“又怎么啦？”

“不想看看你的AI宠物吗？”

嗯？她的神秘大礼？

池月的眼睛一亮：“现在就可以吗？”疲惫一扫而空，她迅速从床上爬起来，把枕头垫在背后，靠着墙，端正地坐好，“来来来，给我看看。”

乔东阳发来视频请求，池月犹豫一下，看向宿舍里的人。最聒噪的韩甜甜去卫生间洗漱了，汤萍坐在床上玩iPad，王雪芽在上铺没动静，可能睡着了。

池月把耳麦插上，滑开连接键。

哪有什么机器人AI宠物？屏幕上出现的是一张熟悉的面孔，英俊的脸，淡淡的笑，刚洗过的头发湿漉漉的，凌乱而性感。这是乔东阳的另一面，池月不曾见过。居家的他多了几分亲和力：“池小姐，你的样子看上去很憔悴？”

池月不说话。

乔东阳说：“眼袋都快掉到下巴上了，没睡好是不是？”

池月翻了个白眼，乔东阳一脸笑意：“不过你也别自卑，我又不会嫌弃你。你的灵魂比你的肉体有趣多了。”

池月差点儿被气死，要不是宿舍有人，肯定顶回去。可现在——看了看对面的汤萍，她压着火，低低地说：“别废话。你说的东西呢？”

“你还没告诉我，想不想我？嗯？”

男人的声音很有磁性，从耳麦里传出时，像在她耳边絮语。池月的耳窝一阵发麻，他还在那边猛放电：“看我看傻了吗？问你话呢。喂喂，池小姐，口水流出来了，收敛点儿收敛点儿……哎，这是真傻了？”

“是。我从未见过如此厚颜无耻之人。”这是池月第一次跟男人视频，也是第一次用这样的方式与乔东阳面对面。视频拉近了他们的距离，很奇妙，她的心跳得很快，但表情很平静：“快呀，你说给我看的东西呢？”

“你等等。”

视频里的画面突然黑了下来，乔东阳遮住了摄像头。

池月不知道他在搞什么鬼，耐心地等着。大概过了两分钟，耳麦里传来乔东阳的声音：“可以睁眼了。”

池月吸了口气：“我一直睁着呢。”

“你这没劲的女人。”乔东阳笑着叹口气，“看。”

画面突然亮了起来。可是，出现在屏幕上的那个东西是她的 AI 宠物吗？池月仔细一瞧，这分明是戴着假发的天狗啊。

“你好，池月小姐姐，我是你的 AI 宠物——女版天狗。”

“……”怎么长得和天狗一模一样？不对，机器人是一个厂家生产的，长得一样也不奇怪。池月说服了自己，指了指女版天狗脑袋上那一坨搞笑的假发：“为什么要戴这个东西？”

女版天狗：“因为戴了这个你就认不出我来了。池月小姐姐，乔大人是不是很机智？”

池月差点儿吐血。敢情这个机器人还是天狗啊？

“喂，我没工夫和你开玩笑。不给我看就算了，我挂了。”

天狗：“嘤嘤嘤，你是不爱我了吗？当初相好的时候说要做人家一辈子的女朋友，一转眼有了新欢，就开始嫌弃人家不够帅气了。”

池月：“……”

乔东阳的笑脸出现在视频上，他对着镜头竖了竖大拇指：“天狗说得对。我就是那个新欢。”

池月快被他俩气得人格分裂了："我的 AI 呢？"

"你的爱不就在这儿吗？我是你的了。"

池月捋着头发靠在墙上，彻底失语了。

"生气啦？池女王不会开不起玩笑吧？"乔东阳的笑脸在屏幕上晃动，他实在长得太好看了。

池月发现自己连气都气不起来："没事，挂了吧。"

乔东阳："不会真生气了吧？我是这样想的，你的 AI 宠物等你比赛结束后亲自来选。到时候你还可以定制一些特殊功能，这样不是更好吗？"

"所以，你今晚是在逗我玩？"

"不这样，你怎么肯跟我视频？"

池月哼了一声，看着在他的桌子上走来走去的天狗："天狗，你不是说机器人不会骗人的吗？"

天狗摊了摊手："机器人是不会骗人的，但乔大人会。"

天狗说得真好。她竟无言以对。

第二天早训完毕，大家熟悉了一下流程。在教官的带领下，她们训练了一个小时后就解散了。总教官单独留下了池月和林盼："叫你们留下来，主要是说说资格赛的事儿。"

池月站直身体，竖起耳朵，生怕错过比赛规则。没想到总教官却说："经节目组研究决定，资格赛推迟一周。"

池月诧异地抬头看着总教官。总教官和她对视一秒，挪开了视线，看向林盼："这个决定是节目组考虑到你们的身体问题做出的。池月呢，刚从'天降奇兵'过来，还不太适应。林盼也是一样，身体肯定没有完全恢复，训练强度不宜过大，得循序渐进。你们两个抓紧时间适应，比赛时间就定在下周末。"

林盼看了看池月："是。"

池月喊了一声报告："比赛以什么形式进行？"

总教官看着她："延续'天降奇兵'的惯例，直播。"

其实池月问的是比赛项目和具体内容。想想也不奇怪，"天降奇兵"就是一档直播节目，而将要进行的是"天降奇兵"获胜者参加《星空行者》的资格赛，直播也正常。只是她想不明白，昨天刘教官向上面申请的时候已经得到准确的批复，告诉她比赛就在今天，而乔东阳昨晚在视频里也明确说过不会干涉她的比赛。为什么她睡一觉起来就变卦了？

池月洗了个手，找到王雪芽，两人一起去了食堂。航天城的早餐全是自助餐，节目组的工作人员、选手，航天城的工作人员都在这里吃，伙食都一样。

两个人边吃边聊，没说几句话，韩甜甜和汤萍就过来了。

韩甜甜说："我说你俩去哪儿了呢，原来躲在这里，拼个桌。"

她是个自来熟的性子，不客气地坐了下来。汤萍比她们都腼腆，冲池月和王雪芽笑了笑，斯斯文文地拉开椅子，也坐下来。

"池月。"韩甜甜压着嗓子，确保自己的声音只有她们三个人能听见，"资格赛的事儿，是不是推迟到周末了？"

总教官说这事儿的时候，只有池月和林盼两个人在场，不到半小时，怎么就传到韩甜甜耳朵里了？

池月不喜欢聊这件事，但也不愿意得罪韩甜甜："你怎么知道的？"

韩甜甜："听我们队里的妹子说的，她们还说……"说到这里，她停下来盯着池月，不知是故意卖关子，还是不好开口。

池月看了她一眼，没有问。对有些人来说，守秘密比怀孩子都难。果然，韩甜甜一看没人打听，自个儿憋不住了："当然是为了林盼呗。她们说是乔先生直接下的命令。"

"不是吧？"王雪芽的声音都拔高了，她一脸意外的表情，"你这都哪儿来的消息？瞎扯淡吧！乔师兄怎么可能干涉这事儿？"

"我骗你干吗？"王雪芽的反问不太友善，韩甜甜拉下脸，当即就不高兴了，"又不关我的事儿，你干吗冲我瞪眼？"

王雪芽尴尬了一下："不好意思，我没那个意思，就是太吃惊了。"

听她道歉，韩甜甜也放缓了语气："吃什么惊？队里不都知道吗？人家林盼跟咱们可不一样。不过她确实有本事，这一号种子的头衔可不是凭关系得来的。"

"嗯……"王雪芽的喉头像卡了根骨头一样。她很想申辩，可池月不让她讲，只能忍住。

“你们不知道的事情多了去了，别大惊小怪的。”韩甜甜自以为消息灵通，说个不停，汤萍听不下去了，轻轻碰了她一下：“咱们管好自己就行，别说这些了，让人听到不好。”

女人多的地方是非就多。真正聪明的人都低调而小心。

汤萍特别怕惹事。韩甜甜看池月和王雪芽没吱声，大概也觉得自己说得太多了，毕竟大家还不太熟。为了掩饰自己的不自在，她清了清嗓子，慢慢地在碗里挑饭：“我都是听来的，你们就当没听过吧。”

池月微微一笑：“吃饭吧。”

申城，Crown 公司总部。

大早上接到七八个电话，乔东阳一脸不耐烦。他丢开手机，捧着头，安静地等池月的电话。然而，他心绪不宁地等了半小时，手机一直没有动静。乔东阳揉揉脸，躺在椅子上望着天花板，一个人静了好久。然后，他慢慢地把手机拿起来，拨通了那个他许久没有主动拨过的号码。

“找我有事儿？”电话里那个人的声音十年如一日地严肃冷漠，不带半分感情，就好像乔东阳是令他讨厌的生物一样。

乔东阳勾起唇角，冷笑：“我找你什么事儿，你不知道啊？”

对方沉默了，半晌后才哼了一声：“你不懂分寸，我只能帮你掌握分寸了。”

乔东阳舔一下牙床，他的脸上带着笑，语气却有点儿邪恶：“话说你今年多大岁数了？宝刀未老是吧？你既然喜欢林盼，不如干脆收了她做二房，来年再给你生一个大胖儿子，不就皆大欢喜了？”

“乔东阳！”对方暴怒，“我是你爹！”

“吓死我了。”乔东阳笑笑，“所以呢？你是我爹，就可以强行把你喜欢的女人塞给我？”

“没人要塞女人给你，你可以不喜欢林盼，但是，你喜欢那个叫池月的女人绝对不行！”

乔东阳一怔，脸上的笑意瞬间收敛起来：“你听谁说什么了？”

“哼！”乔正崇冷哼，“就你那点儿破事儿，还想瞒我？”

乔东阳挑挑眉头：“我可从来没想瞒着你。你是谁啊？我凭什么要瞒你？”

这货嘴坏，亲爹没有被气死完全是乔东阳运气好。

乔正崇怒气冲冲：“乔东阳，你最好把我说的话记牢了。你是乔家的继承人，容不得你乱来。”

“乔正崇，你最好也把我的话记牢了。你乔家继承人的身份我不稀罕，我的私事你最好也不要插手，否则别怪我不给你面子。”

“反了你了？”

“说得对，反了我了，怎么样？”

“乔东阳！你什么时候才能懂事？我还以为你这两年收敛了性子，没想到你居然变本加厉！”

“嚷什么嚷？从小到大，你除了跟我嚷嚷，还做过什么？”乔东阳冷笑，讽刺的话机关枪似的扫过去，“早干吗去了你？现在想起来管我了？迟了。”

“你就是要跟我对着干是吧？”

“别太高看自己。你没那么大的脸。”哪里疼就捅哪里，哪句话难听就说哪句话，乔东阳听到那个人气急了的呼吸声，唇角不经意地上扬，脸上露出一抹不知是喜是悲的笑容，“对了，差点儿忘了说正事。我今天打电话来是想警告你——东阳科技是我的，不是你乔氏的。你少来指手画脚！”

“你……孽障！你到底知不知道……”

嘟嘟嘟！

乔东阳直接挂断了电话，然后冲门外大喊。

“猴子，你给我滚进来！”

侯助理在外面早就胆战心惊了，此刻不敢耽搁，低眉顺目地走进去，顺便关上房门，小心翼翼地赔笑：“乔先生，我的脖子已经洗干净了。您是准备清蒸还是红烧？”

乔东阳的双眼冷冰冰的：“你是不是认为我不敢真的开了你？”

办公室刹那间寂静了。

侯助理慢慢地一叹，点点头：“你敢。我知道你敢。可是，你开了我，就找不到比我更好更忠心的助理了。”

乔东阳哼笑一声，声音里全是冷气：“你个吃里爬外的东西，居然好意思说自己忠心？”

侯助理：“我没有吃里爬外。”

乔东阳被他气笑了，指着侯助理，不停地点头：“好好好，你没有吃里爬外，你吃的一直是乔家的饭。我懂了，行，你滚吧，滚回乔家去，不要跟在我身边碍眼。”

“乔先生——”侯助理的眼圈有点儿红，乔东阳不是第一次让他滚，但这样认真却是第一次，“命令是我下达的没错，借用你的名字也是事实。但我真的是为了你好。”

“为我好？”乔东阳怒目而视，气不打一处来，“你过来，坐到我面前来，好好跟我说道说道你是怎么为我好的。”

侯助理低着头迈着小步走近，还真的拉开椅子坐下了。他看着乔东阳，腰背挺得笔直：“第一，你和池小姐的事情，不是我告诉乔董的。”

乔正崇如果想要查他的事情，不需要通过侯助理。而且乔东阳并没有避讳别人，稍稍去了解一下他的动态就能知道。

乔东阳点头，冷笑道：“继续。”

“第二，乔董可以用一千种你想都想不到的办法让池小姐离开。但是现在他只是要求推迟一周比赛，让林盼有更大的机会淘汰她。相对来说，规则很公平，事情也算公平。你不认为这只是他所有手段里最无关痛痒的一种吗？”

乔东阳提了一口气：“听你这口气，我还得感谢你？”

“感谢就不用了，年终奖多发点儿就行。”

“猴子！”乔东阳体会到了暴怒的感觉。

侯助理咧嘴一笑，正经起来：“你要对池小姐有信心，一定得相信她不会被淘汰。而且你想想，这是不是一个向乔董证明她的能力的好机会？她输了，是技不如人；她赢了，大放异彩。错过这个时机，你想让她在乔董面前争脸都难……”

乔东阳皱着眉头看他：“她不需要争脸，我也不用看任何人的脸色。”

“我是维护乔先生您的。”侯助理叹了一口气，“可乔氏还是乔董当家。”

“我怕他？”乔东阳红着眼，“大不了老子不干了。离开了Crown我还不能活了怎么的？”

“你离不开的。”侯助理笃定地看着他，“你看上去什么都不在乎，其实有太多在乎的东西……”

乔东阳眯起眼，紧紧地盯着他。

侯助理也正视着他：“乔氏集团是老爷子一生的心血，是他最看重的东西。当年老爷子病危，乔氏三兄弟争家产……他老人家为什么力排众议，把乔氏的担子交给乔董，而不是你大伯和小叔？你说是为什么？”

不等乔东阳回答，侯助理就笑了：“为了你，他最疼爱的孙子。”

乔东阳愠怒的情绪慢慢平静下来：“为了我，为什么不直接让我继承？”

“你太小了！你家大伯、小叔，哪个不是狠人？当年你要是得到了巨额财产，还不被他们给撕了？你看看乔董就明白了。”

家族企业，明争暗斗。这些年，哪有过消停的日子？

侯助理试图说服他：“你父亲对你再不好，也是你父亲。这些年，他也没有亏待过你——”

乔东阳冷笑着打断他：“那是因为爷爷的遗嘱，要不是有这份遗嘱管着他，你以为他会怎样？”

“唉！”侯助理叹了一声，“老爷子临终前说了很多话，句句都是关于乔先生的叮嘱。他把乔氏的未来都寄托在你身上了啊！”

可惜乔东阳没有亲耳听见。他从国外回来的时候，爷爷已经下葬了，他们没有见上最后一面。

乔东阳的喉咙微哽，他盯着侯助理，过了许久，声音沙哑地问：“你是老爷子的人？”

侯助理看他想通了，咧嘴一笑：“可不就是吗？我早就说过我是靠裙带关系上位的，你以为我开玩笑呢？我这裙带关系硬着呢！”

“……”

沉默了好一会儿，乔东阳摆摆手：“你出去吧。我想静静。”

“静静是谁？”

“是不是我没找你算账，你皮痒了？”

“好的，乔先生。那我就先滚为敬了。”

正常情况下，侯助理确实是一个合格的助理。他站起来，姿态极为恭谦，临走时他还不忘安抚他：“你要相信池小姐，她会赢的。”

“这无关输赢。”乔东阳冷冷地说，“这种事情，我不希望还有下次，明白了吗？”

侯助理点了点头：“不是我不向你汇报，而是你最近太过沉迷……”说到这里，他瞥了乔东阳一眼，眉梢往上挑了挑，“沉迷于感情的男人很难做出冷静而正确的判断，所以我只能帮你做主了。”

“你还有理了？”乔东阳的眼神刀子似的飞了过去。

侯助理立马㞞了：“我错了，下次不会这样了。”

“还下次？滚吧滚吧。”

猴子是滚了，可他该怎么解释这个事儿？从某种意义上说，猴子下达的命令代表的就是他的意思，猴子做的事儿就相当于他做的。至少外人都是这么认为的。

今天是训练的第二天，池月的状态不错。

星空节目组的训练方式与学校不同，这种训练更专业，更有针对性。而刘教官是从一线下来的优秀教官，抓训练、抓思想都是一把好手，就是有点儿大家长作风。对于推迟资格赛的事儿，池月没咋的，刘教官倒是去闹了一次。当然，不会有什么结果。

池月很高兴能在这样严厉、专业的教官手下学习，所以非常拼命。每个人都看得出来，这场比赛，她势在必得，而林盼也是全力以赴。每个训练点，只要她俩同时在场，气氛马上就变得不同了，空气里似乎都飘着一点儿剑拔弩张的味道。

放眼望去，在这六十个人里，小团队就有无数个。“挺林派”“挺池派”“中立派”“煽风点火派”“吃瓜群众”每个派别的角度、观点、立场都不同。

不过，谁都看得出来今天的林盼意气风发。乔东阳照顾她的身体，亲自安排资格赛的时间，这件事长了翅膀似的在队里传遍了。林盼表面上否认，说大乔哥是为了节目效果，但心里的高兴全表现在脸上了。

池月不声不响地走向转轮。

王雪芽在训练，看到她来了，赶紧跳下来，擦了擦额头上的汗："怎么样？还成吧？"

"嗯，还行。"

王雪芽拖住她的胳膊走到没人的地方，担心地说："你还没给乔师兄打电话呢？"

池月："我为什么要打电话？"

王雪芽是皇帝不急太监急："我的小姐姐，你是不是傻？你没看那林盼都跩成什么样了……"

"小乌鸦！"池月的眉头皱起来了，"我不想每天都听到这个名字。林盼林盼，我的耳朵都长茧子了。她跟我有什么关系？"

没关系吗？

王雪芽被她问愣了。

池月捏了捏她的手："我知道你关心我。但你必须明白，她是她，我是我，输赢是看实力，不是靠嘴巴。"

"哦！"王雪芽抿了抿嘴，"可能是我代入了太多情绪。对不起，影响到你没有？"

池月朝她轻轻一笑："我不会受人影响的。"

"乔师兄……也不能影响你吗？"

"不能！"

训练结束回到宿舍，池月刚开机就看到乔东阳的电话。池月的脸色一沉，她直接掐掉了。

王雪芽站在她身边，瞄了一眼："说好的不影响呢？"

"不影响不代表我想接。"

王雪芽有时候是真心佩服她什么事情都能做到无所谓的样子。真乃神人。

叮叮叮，叮叮叮！有视频接入。

屏幕上显示："天狗邀请你进行视频聊天"。

池月没有加过天狗好友，也不记得自己的联系人里有叫天狗的。

"接啊，快接啊！"王雪芽催促她，"接吧，二队的训练还没完，韩甜甜和汤萍都没回来，抓紧时间，我在门口给你守着……”

池月哭笑不得：“又不是在做贼！”

“嘿嘿。”王雪芽出去了。

池月想了想，点开了视频。

“池月小姐姐，你为什么不理我呀？”隔着屏幕，天狗奶里奶气的声音传了出来。

池月看着它，正想要说话，突然看到视频里冒出乔东阳。他的黑眸深浓，脸色憔悴：“为什么不接电话？”

“不想接。”

“为什么不开机？”

“不想开。”

“为什么不理我？”

“不想理。”

“池月，你是不是吃醋了？”乔东阳问得很直接，就像两人没有半点儿隔阂一样，他用指头戳了戳屏幕，“听说爱生气的女人老得快。哟，你是不是长皱纹了？”

池月一言不发。

乔东阳：“你凑近点儿，我看看。”

池月黑着脸：“你到底有什么事儿？”

乔东阳似笑非笑：“不是我找你，是天狗。”他侧过头，把镜头给了天狗。

只见天狗穿着花衣服，头戴大草帽，蹦蹦跳跳地准备唱儿歌。

乔东阳说：“天狗新学的技能，想给你表演一下。快，天狗，唱啊，让池月小姐姐不要生气……告诉她，大乔哥不想看到她不开心。”

“好的，乔大人，我已经要唱了，可是你打断了我。”

“那你赶紧的。”

乔东阳摆了摆手，天狗就又唱又跳起来。它很萌，很可爱，衣服也很搞笑。可是池月没有笑，看着屏幕那头的两个家伙，突然出声：“你以为我会在意比赛时间？”

乔东阳把脸凑过来：“我知道你不在意。你只在意我是不是爱你。”

池月哭笑不得：“我只在意比赛公不公平。”

沈岚的事情让她心有余悸，只要规则公平，就算输了，她也认。她就怕人家背地里使坏，让她防不胜防。

“你放心。”乔东阳想了想，“那个人坏是坏了点儿，但并不屑于搞下三滥的手段。”

“那个人？什么人？”

“一个讨厌的人。”

乔东阳没有向池月解释，更不想说他和乔家，以及乔正崇的关系：“你好好训练，不要太想我。我让郑西元给你带了吃的，你记得吃。”

“怎么，开小灶？”

“男朋友的爱心营养餐……”

“不好意思，我单身。”

“好巧啊！我也是单身，我们凑一对吧？”

池月坐在床边，拉了拉帐子，慢悠悠地说：“我可养不起你。”

“那我养你啊。”乔东阳眼睛里那灼热的光芒像是要从屏幕里钻出来，“池月，做我的女朋友有那么难吗？”

池月沉默片刻：“不是做你的女朋友难，而是做谁的女朋友都难。”

乔东阳皱了皱眉：“所以呢？”

池月说：“我不是针对你。我是说所有男人都是大猪蹄子。”

乔东阳哭笑不得：“池月，你是不是对男女关系有什么误会？”

“没有误会。就是懒。”

“我懂。”以前他也是这样，所以大概能体会到。那是她没有遇到对的人吧？

乔东阳突然笑了起来：“说说，我在你心里多少分了？”

“嗯？”池月想了想，“勉强五十分吧。”

“还是五十分，你这分怎么都不带动的？”

“那降一点儿？”

“别！别动！五十就五十吧。池月，你说你是什么妖精变的？”

“什么？”池月没有听懂。

“我说你怎么就迷住我了呢？我两天没见你，心里就发慌，想飞到吉丘去。”

池月有些始料未及。在她的印象里，男人谈恋爱……尤其是那些自身条件很好的男人，一般都喜欢玩高冷傲慢，因为他们面前有一大片森林，可选择的女孩子很多。哪怕真喜欢谁，他们也会端着，以显示自己与众不同的魅力。乔东阳肯定是男人中的佼佼者，却愿意低下头来示爱。这样的人要么是修炼到极致的渣男，要么就是真正的好男人，感情世界一片空白。

"哎，姑奶奶，你倒是说句话啊？"

池月勾勾唇："你这是单相思综合征，有可能不是因为我，只是单纯的一种病。"

"那你就是我的药。"

太肉麻了。

池月的心脏怦怦地跳，脸一热："你是不是两天没被人骂，欠得慌？"

乔东阳笑了："也许真有点儿那意思呢？来，骂一个：死鬼，讨人嫌的，还不快点儿滚回来？"

池月无奈至极，笑着笑着，不知不觉就拔高了声音："乔东阳，你是不是疯了？"

门在这时被推开了。

韩甜甜和汤萍一起走进来，狐疑地看着池月。

"池月，你在干吗？"

池月的脑门儿有点儿热，血气上涌。

看着"从天而降"的两名室友略显浮夸的表情，她茫然两秒后恢复了正常。

"那个，你们没看到王雪芽？"

韩甜甜摇摇头，看了看汤萍，并没有让池月把话题带偏："池月，我好像听到你在骂……乔东阳？"

乔东阳的名字就这么有震慑力吗？

"哦，是的。"这个时候否认、找借口都不合适，池月慢吞吞地收好手机，睁着眼睛说瞎话，"刚才和一个朋友视频，无意间提到了他。"

韩甜甜是个想象力丰富的人。她一副了解的样子，满脸同情："这事儿你是挺委屈的，我还以为你不在乎呢！这就对了，心里不舒服就要说出来。”

池月挑挑眉，没说话。

汤萍不爱说话，进去玩 iPad 了。

韩甜甜还站在原地说个不停：“其实组里很多人都为你打抱不平，可是有什么办法呢？人家林盼有乔东阳罩着，都无法无天了。比赛时间都可以随便改，还有什么不能改的？我看明白了，我们这些人就是个陪衬，冠军肯定是林盼。”

池月瞄了她一眼:“不用想太多,既然来了,就当是为了学习吧。”

韩甜甜：“你真想得开，可我不是为了学习来的。”

“那为啥？”

“福利。”

东阳科技是个厚道的企业。《星空行者》和别的综艺节目不一样，它需要选手付出很多精力和时间，甚至牺牲健康。因此，选手坚持得越久，最后拿到的福利越多。

为了钱，很好。

池月点点头，不说话。

韩甜甜一个人说了一会儿，觉得没劲了，就转头看汤萍打游戏。

池月给王雪芽发消息：“人呢？”

“马上就回来了。”

王雪芽回来的时候拎了个大箱子。

众人一看，都惊呆了：“你上哪儿搞的？”

王雪芽不敢说实话，撒个谎脸都涨红了：“我爸托人给我寄过来的，那天郑哥去吉丘，我请他帮我拎回来了。”

“雪芽，你真牛，和郑总关系真好。”

“没有很好啦，是郑哥人好，你们托他，他也肯的。”

“那可不一定。”韩甜甜笑着凑过来，“这都是什么啊？”

“大概是土特产吧。”

韩甜甜一听是吃的，眼睛都亮了：“快看看，我也蹭点儿！”

“好，好哇！”王雪芽不停地瞄池月。

看她没什么反应，大概是同意了，王雪芽只能慢吞吞地打开箱子。果然，箱子里除了一些看不懂的营养片，其他全是零食。王雪芽说是她家的土特产，可自己都说不清楚这是些什么。

池月看了她一眼："这些都是适合我们吃的东西，不会影响训练，大家分着吃吧。"

"太好啦！那我就不客气了？"韩甜甜不拘小节，尤其在吃的方面更是没什么节操。自己分到了吃的，开开心心地丢了一点儿给汤萍，然后就喜滋滋地抱走了。

王雪芽松了一口气，坐在池月的床边，把箱子收拾好，无奈地看了她一眼，找个借口把池月叫了出去，背着人才敢开口："东西全是乔师兄给你的。刚才郑哥让我过去拿，说是怕人家说你的闲话……"

池月刚才就知道了，看着王雪芽神神秘秘的样子，为了不破坏气氛，认真地点了点头。

"可我就奇怪了。"王雪芽皱了皱鼻子，一脸不解，"你去拿人家会说闲话，难道我去就不怕人说闲话了？你说郑哥这逻辑是不是不对？"

这小妞儿越来越聪明了，很明显，郑西元只是想让她去拿而已。

池月有了警惕心，但没有说破："你还好意思抱怨？说是帮我望风，结果你私离岗位不告诉我，结果差点儿害死我，你知不知道？"

"这么严重？"王雪芽听她说完那件糗事，笑得快直不起腰来了，"对不起对不起，这也太搞笑了。"

池月白了她一眼："下次再不长记性，仔细你的皮。"

王雪芽吐了吐舌头，突然发出一声幽叹："好啦，我已经受到惩罚了。"

惩罚？

池月从王雪芽的脸上找到一丝不同寻常的情绪："怎么回事儿？是不是郑西元对你做什么了？"

她第一时间想到的就是郑西元那个大猪蹄子。明明是她的东西，他偏偏让王雪芽去拿，肯定是居心叵测，有什么企图。

然而，王雪芽听了一怔，脑袋摇得飞快，否认得更快："不是他。跟他有什么关系啊？池月，你想到哪里去了？"

池月对郑西元的人品没什么异议，但是对他在男女问题上的节操一直不太乐观。毕竟他曾经是她的大客户。

“是范维。”王雪芽的眉心皱了起来，“我碰到他了。”

听到这个名字，池月就不太好了：“他又怎么了？”

“他看到我从郑哥的办公室出来了。”王雪芽的眼里满是阴郁。

“他又纠缠你了？”

“没有。”王雪芽摇头，“就是那个眼神让人怪不舒服的。我觉得他变了。”

在池月的印象里，范维一直是个阳光大男生，有理想，爱摄影，有艺术追求，对未来充满希望，这样的男生看上去人畜无害，因此最初王雪芽和他交往的时候，池月并没有阻止。可对于男人的杀伤力和破坏力，池月有自己的见解。她有时候甚至是悲观的……范维那天被她骂过，之后没有再纠缠王雪芽，但这不代表他已经放下了。

“最近你注意一点儿，看到他躲着走。”

“我们在航天城呢，他不敢怎样的。”

这里到处都是监控，范维就算不服气、不甘心，又能怎样？

“他不敢。这个人胆子小。”

池月点点头：“小心些总是好的。而且，小人的阴招儿为什么总是能奏效？因为他们能想到的，我们想不到。”

当天晚上池月再次失眠了。

她有点儿烦，因为有了期待。有了期待，就会多出一些不属于她的情绪。池月躺在床上看着帐顶，想了很多——从遇到乔东阳开始，她是不是就也在做梦了？

池月把头埋入枕头里，脑子时而糊涂时而清醒，不知什么时候睡过去的。第二天起床，她看到气象信息显示这两天会有沙尘暴，风力 8 到 10 级。对于吉丘这个一年可能会发生十几次沙尘暴的地方来说，只要不是特大沙尘暴，老百姓早习以为常了，但节目组不一样。

有了上次的教训，这次节目组很谨慎，早早就把消息通知到了各队，训练虽然照常进行，但管理严格，不经允许，任何选手都不得离开航天城，也不许请假离队，一切行动必须报告领队和教官。

池月吃过饭后去了运动场。

“小乌鸦，今天我们多做几组训练吧。”

“好啊。”王雪芽的情绪似乎不太好，从听到有沙尘暴开始，整个人就蔫蔫的。

“小乌鸦，你的转椅该提速了。”

“嗯，提吧。”

“受得了吗？”

“试试看吧。”

转椅是训练前庭功能的一种方式，其旋转速度一旦超过人体承受能力的极限，人会非常难受，甚至呕吐晕厥。现在王雪芽的速度是两秒一圈，比当初池月比赛时的速度慢很多。两秒一圈的速度她适应了，就不会有不舒适的感觉，可是如果一直不提速，就不会有提高。

离第一次综合比赛越来越近了。

这个航天梦，小乌鸦比她做得更久。

“为了去太空，加油吧。”

转椅速度越来越快，王雪芽一直在喊航天梦，池月却想到了乔东阳。

那个人的航天梦怕是最精彩的吧？

当天晚上回去后，池月在复习基础理论知识的时候，详细查了五百二十光年的问题。以前她对航天并不感兴趣，知识基础不如王雪芽，在听乔东阳说起的时候也没有想太多。现在，当一组组数据排在面前时，她惊出一身冷汗——

五百二十光年是多远？一般客机的时速是八百多千米，飞一光年需要一百多万年。探路者二号那种探测器的飞行速度为每秒七十点二二千米，时速为二十五万两千七百九十二万千米。即便是这样的速度，飞一光年至少也需要四千年。一光年要飞四千年，五百二十光年呢？这个计划就是一个笑话！

不要说乔东阳这辈子都去不了，就算是他的子子孙孙，离这个梦貌似都太过遥远。

池月突然难受起来。

那天晚上在观星台，乔东阳仰望星空，指着星云图说出星空计划的样子仿佛就在眼前。他眼底炽烈的光芒和憧憬的目光刺得她眼睛发烫。可是，他明知这是一个遥不可及的梦，为什么还要投入这么多精力，烧这么多钱？难道他的初衷真的是如他所言——为了败家？

“照你这么说，东阳科技那么多人，还有我们，以及围绕着《星空行者》工作的这些人所做的全是无用功？所有人都只是在陪一个败家子做着一个根本无法实现的梦？”王雪芽不敢置信地看着她。

“可以这么说。”池月点点头，转瞬又笑了，“不过，星空计划虽然无法完成，但《星空行者》是可以做到的。”

“怎么说？”

“不能去五百二十光年外的地方，可以去月球，去火星啊！”

王雪芽想了想，也觉得好笑：“是贫穷限制了我的想象力吗？乔师兄花费这么大的人力物力，就为了一个无法完成的计划？好奇妙，他真是个有追求的人。”

池月勾勾唇，不说话。

沙尘暴是在傍晚时分来的。

航天城像一个巨大的保护罩，将里面的人保护起来，不受外面天气的影响。从航天城外面的监测塔反馈回来的画面看，今天的航天城就像一只深入沙地里的巨型陀螺，一片黄沙在它的上空飞舞着，将它覆盖、笼罩，天空都变了色，只有它屹立不倒。

“教官通知！晚饭后集体看电影！”

听到这个消息，池月的脑子差点儿死机：“为什么突然安排看电影？”

王雪芽看她：“因为有沙尘暴啊。”

实际上，航天城里面是非常安全的。舒服、温暖，有充足的食物和饮用水，和平时并无不同。

放电影的地方就在航天城这座巨型建筑里面，是为航天城的工作人员准备的。航天城离吉丘很远，处在荒无人烟的沙漠里，出了门就是一望无垠的黄沙，什么娱乐设施都没有，工作人员长期待在这里，可想而知生活会多么枯燥。

池月和王雪芽是最先到达的，找了个适合观影的位置，舒舒服服地躺了下来。

“乔师兄真是个懂得享受生活的人，在他的公司里干活真是太幸福了。”

乔东阳是个古怪的老板，坚持认为“一个人如果不能很好地享受娱乐和生活，就不能认真负责地工作，更不会对公司忠诚”。因此，对于这里的办公环境、生活环境、娱乐设施，他都要求要用最好的。

“我爸说，乔师兄是一个商业奇才。他的陪伴机器人能赚那么多钱不是偶然的，东阳科技能获得那么多专利，能创造出那么多新型实用的设计产品，更是与他的管理分不开……”

王雪芽是乔东阳的迷妹，一边说着，一边拍了拍影院的座椅：“到了航天城，看到这里的一切，我更相信这句话了。”

池月默默地看着她。

王雪芽仰头：“你想想，有这么为人着想的老板，这么高的薪水，这么好的设施，这么棒的福利，哪个入职东阳科技的员工不会拼死效力，恨不得把自己榨干了奉献给公司？”

池月忍不住笑了：“这确实是一个与众不同的资本家。”

“我想好了！”王雪芽的双眼亮晶晶的，她像是做了一个重大决定，“以我的实力，夺得《星空行者》冠军的机会很渺茫，但我的航天梦不能丢，我毕业后要给东阳科技投简历。我要到这儿来上班。”

池月哭笑不得：“你不适合在这里工作。”

“为什么？”

“你那么懒。”

陆陆续续有选手进来，大家三三两两地找位置坐下。

影片很快开始了，池月和王雪芽停止了聊天，专心看片。这是一个讲述航天工作的纪录片，叫《航天人》，影片展现了航天人的梦想，他们的努力，他们从零起步，从无到有，如今能够探索太空，以及一代一代航天人的拼搏，敢想，敢做……

池月又想到了乔东阳。

观星台上的乔东阳。

他指着星云图，说要去五百二十光年外的地方，他的脸居然与屏幕上那一代代航天人的面孔重合了。池月的脑子突然清醒了，她改变了先前的看法。

现在看来，要飞五百二十光年确实是痴心妄想。可是，如果不敢想又哪有未来的成功？当那些逝去的人曾经仰望天空的时候，有几个人会相信有一天人类可以登上月球？

池月的心里一阵灼热。她低头看了看手机，又默默放好。这种枯燥的纪录片不是年轻女孩喜欢看的类型，大部分人没有兴趣，像王雪芽这种又痴又入迷的是少数。影片播放的时候，没有教官在现场，很快就有人小声聊起了天。然后，渐渐有人去上厕所、偷偷离场。

一般人都有从众心理，开始不敢走，但走的人多了，就按捺不住了。到影片结束的时候，六十个人大概只剩下三分之一。

"怎么都走了啊？这么好看。"王雪芽一脸不解，开始跟池月讨论影片内容。

池月随口配合着她，又看了看留下来的人，然后站起身："这其实是一个淘汰片吧？"

"什么？"王雪芽狐疑地看着她，"淘汰片？你说《航天人》啊？"

"嗯。"池月慢慢地说道，"东阳科技怎么可能选择对航天毫无兴趣的人？"

王雪芽像是反应了过来，瞪大眼睛："你是说，这是节目组有意安排的？"

池月摇摇头："不知道，这是我猜的。"

"好吧好吧，反正我们留下来了。"

节目组办公室。

新任总监梅伊懒洋洋地品着咖啡，眯着眼吹了一口气："马上把名单报给郑总。"

"明白。"女助理有点儿不解，"郑总要这个名单干什么呢？"

梅伊耸耸肩膀："怕不是郑总要的。"

"你是说，乔先生？"

"那位总是有些稀奇古怪的想法。"

女助理抿了抿嘴："总监，你说乔先生这么维护林盼，周末的资格赛她是不是赢定了？”

梅伊瞄她一眼：“她是你家亲戚？”

女助理不好意思地红了脸：“好多同事私底下都在说。”

梅伊沉下脸，把咖啡杯重重地放在桌子上：“出了这么多事儿，怎么不长记性呢？少议论是非！”

“是！”女助理退下去了。

梅伊与沈亚丽是完全相反的两种做事风格，或者说，她就没有自己的风格。沈亚丽是铁手腕，什么事儿都想抓一把，有极强的控制欲。她不一样，领导的风格就是她的风格，领导交代怎么做，她就怎么做，不问缘由，只问结果。

沙尘暴在沙漠里肆虐。

航天城的选手们晚上没有别的活动，于是，有些选手选择了去训练室锻炼，其他人早早回了宿舍，上网、聊天、休息。来节目组这么久，这样轻松的日子不多，大家都很开心。

池月去训练室做了几组运动，强度都不大。出去训练时她没带手机，刚回宿舍就看到手机上有新消息：“东西收到没有？”

池月怔了一下，坐下来回复：“嗯。谢谢！”

“你的运动量大，营养片按定量吃。零食不要吃太多，要节制。”

池月的视线落在那个箱子上：“零食都分给大家了。”

一个委屈的表情随即传过来：“池小姐，你真懂得伤人心啊。”

“难道你喜欢听假话吗？”

“不喜欢。”

池月不知道自己的脸上已经带了笑，换了一个舒服的姿势靠在床头，与乔东阳闲聊：“晚上看了个电影，挺有感触的。”

“什么电影？”

“《航天人》，你看过没有？一个纪录片。”

“哦，好像看过，怎么了？”

“还记得你的星空计划吗？五百二十光年，嗯？”

乔东阳不知道在做什么，过了好一会儿才回复她，仍然是那三个字：“怎么啦？”

池月想了想：“之前我对航天没什么兴趣，对五百二十光年的距离也没什么概念。后来查了资料，我吓了一跳。乔东阳，你的星空计划根本就是一个不可能完成的项目啊。我不懂，你为什么要投入巨资去做一个梦……”

这个形容逗笑了乔东阳：“现在理解了？”

“看完电影，我懂了。”手机屏幕的光映在池月的脸上，让她有一种沉淀在温柔岁月里的感觉，“梦想不是用来实现的，是用来追寻的。就如你所说，我们这一代不能完成，我们还有儿子、孙子、子子孙孙……在未来的未来，谁又敢肯定那只是一场梦呢？”

乔东阳沉默了好久：“你总算说了句让人喜欢听的话。”

“嗯？”

“我们会有儿子、孙子、子子孙孙……”

池月无语了。她是那个意思吗？乔东阳关注的重点为什么总是偏的？

池月很恼火，可偏偏就被他带歪了。两个人聊了一会儿，互道了晚安，池月才发现不知不觉中好像与他的关系又近了，谈人生理想、诗词歌赋的人，就算不是恋人，至少也是朋友吧？所以，她对乔东阳的态度是不是太冷漠了？

池月洗漱的时候一直在反省。可是当她回来躺入被窝，拿起手机看到乔东阳的留言时，立马打消了刚才的想法：“池小姐，你喜欢我，为什么不肯承认呢？我这么优秀的男人是可遇不可求的，你清醒一点儿，先帮我加个十分，让我及格，领个资格证，行不？”

他真是自恋得让人牙根痒啊。

池月拉下帐子，躺下来：“乔东阳，你是不是弱智？”

“我智商一百八十八，你多少？”

“……”

“是不是觉得你比较弱智了？”

“哦，是的。及格的事儿等你到了五百二十光年外的地方再说吧。”

“喂，你不讲道理。你智商多少？你不可能比我高。”

“晚、安！”

接下去的几天，池月都是在训练中度过的。

她们在航天城的训练强度比上一个阶段大不少，很多选手叫苦不迭。但实际上，现在她们所接受的训练与真正的航天员相比差距还很大，充其量只是为了提高素质做一些基础的体育训练而已。在训练项目的问题上，东阳科技和昊光传媒的目的是不同的。东阳科技更注重对选手潜能的开发和能力的考察，而昊光传媒更在乎节目的可看性。对于二者如何统一，双方经常发生争执。

结局嘛，往往是以维护金主爸爸的最大利益为主。于是昊光在不得不放弃一些节目的观赏性后，在其他方面找补回来，比如要求选手在训练间隙做一些直播、推广……

选手来之前签了合同，没办法拒绝。

短短三天，王雪芽去录制了两次，心里很烦躁。

去录制节目的时候她总会遇到范维。他们分手的时间不长，范维的变化却很大。有时候王雪芽觉得自己都快不认识他了。人在谈恋爱的时候往往陷入其中，不能正确地认识彼此，看人自带滤镜。以前，范维不论做什么她都觉得好。但分手后他还拎不清关系，处处表现出对她的照顾，甚至在别的选手面前故意向她示好，这就让王雪芽很抓狂了。

范维一副死缠烂打的做派在节目组里传出了风言风语。这么多年轻女孩在一起，谁谁喜欢谁，谁谁又做了什么，都是大家感兴趣的话题。好几个人都问王雪芽是不是在和范维谈恋爱，这让她很生气，她终于炸了。

“谈恋爱的时候，你怕影响你的桃花运，要保密。现在分手了，你倒是恨不得尽人皆知？”

“我错了。”范维看着她，一贯保持着低姿态，“雪芽，请你再给我一次机会。分手后，我想了很多，真的，你是这辈子除了我妈之外，对我最好的女孩……”

“所以你不肯放手是因为你觉得突然少了一个妈，不甘心？”

“不是这样的，是因为我……我爱你。”范维哽咽着说，“我不想失去你。只要想到失去了你，想到你会跟……会跟别人在一起，我就快要疯了。雪芽，你原谅我好不好？”

王雪芽吐了口气：“现在说这些有什么用？”

“我错了。我知道错了。”范维低眉顺目地看着她。

不论她怎么生气，怎么骂，他都认错忏悔。现在的他与恋爱时的他是两个人，王雪芽不明白自己当初怎么就瞎了眼，把人生的第一次恋爱给了这样的渣男呢？

“如果我没有撞见你的奸情，你会认错吗？”

范维低着头，不敢看她：“我会……我其实认识到错了。不瞒你说，我那样骗你，心里的负担也很重，怕你发现，做贼似的，每天小心翼翼……日子过得一点儿都不开心。”

王雪芽冷笑几声：“现在好了，不用怕了。不就开心了？”

范维一脸忏悔：“被你发现之前，我其实就想过要和沈亚丽断了关系……”

王雪芽冷笑。

范维越发诚恳：“可是沈亚丽太强势。我提出来了，她不同意。”

“不同意？怎么，她还想离婚嫁给你？”

“她不想离婚，只是……”范维的眼神闪烁，他不敢正视王雪芽清亮的眼睛，“她只是想和我保持这种不以破坏对方感情为目的的两性关系。”

“不就是炮友嘛，说得这么含蓄？”

范维一怔。

炮友这样的词以前是不会从王雪芽的嘴里说出来的。

他闭了闭眼，叹气：“随便你怎么说吧，雪芽，我已经跟她彻底断了关系。我保证，从今往后只有你一个女人，我发誓——”

他举起手指，赌咒发誓。

王雪芽却是一笑：“跟她断了，那陈欣佳、李思琪、马静、赖文思……这些人，你断了没有呢？”

范维僵住，愣愣地看着她。

王雪芽失望地看着他：“这些话憋在我心里已经很久了。范维，你跟我在一起的时候，同时跟这么多女生交往、开房，累不累？本来我不想再提，都已经分手了，没必要说出来让彼此难堪，留点儿美好的念想不好吗？为什么非得逼我说出来，搞得这么难看呢？”

“你听谁说的？是不是池月？”说到池月，范维一脸戾气。

“不是。”王雪芽否认。

“那你是听谁胡说八道了？”

查到他开房记录的事儿，王雪芽不能随便乱说，憋得有些辛苦，双眼瞪着他，眼里全是憎恶：“要让人不知，除非己莫为。”

范维沉默了很久：“你当真不肯给我机会了？”

“我们结束了，还要我说多少遍？”

“是不是池月教你的？”

“关池月什么事儿？你这个人真好笑，自己劈腿还怪别人？”

“你不是这么狠心的人。”范维一脸痛苦的表情，好像他才是受害者，“如果不是池月教你的，你不会这么绝情。雪芽，你是不是忘了我们曾经说过的话？”

王雪芽无言以对。

这个人的逻辑怎么这样奇葩？

“范维，你是有病吧？”

范维就像听不见她的低吼一样，哽咽着说：“我们不是说好了，不论遇到什么事情，都要好好沟通，如果有一方犯错了，另一方不要冲动地提分手，要给对方留出解释的时间和改过的机会吗？一辈子太长，我们都是凡人，不是圣人，都会有走弯路、错路的时候，如果最亲近的人都不给机会，还怎么活下去……”

“范维！”王雪芽打断他的话，“听你这意思，你和女人睡觉，我必须等你睡完了，给你端杯水，问你辛不辛苦，难不难受，再认真听你解释，体谅你犯了正常男人都会犯的错？”

“我不是这个意思，雪芽……”

“行了。”王雪芽指着他，“我不想再听你说任何一个字。范维，如果你懂得什么叫尊重，就不要再缠着我了。”

王雪芽说完，转身走人，可是，范维根本就听不进去，他马上追了出来：“雪芽，我给你带的饼干你忘了带走了！”

那声音大得恨不得让所有人都听见。

王雪芽气得肝都快炸了，加快脚步，逃也似的走了。

第十章
小心机，资格赛

资格赛临近，池月训练得更加刻苦了。

王雪芽每天都陪着她在训练室里挥汗如雨。

比赛的前一天，林盼接受了一个访谈。在镜头前，她否认了外界对她身体状态不好的猜测，诚恳地说："我的状态很好，并且会在比赛中全力以赴，不让大家失望。"

"我看到网上有很多人评论你是一个善良、大度、好亲近的人，而这个比赛是池月的资格赛。所以，她们认为你会对池月放水……"

"不会。"林盼斩钉截铁地道。

"你那么做，不怕别人说你心狠吗？"

林盼只是笑笑："善良要分场合。这是比赛，我认为端正态度是对池月的尊重。而且我是《星空行者》的一员，有义务为节目把好关。"

"所以，你是节目组的'试金石'，'天降奇兵'得跨过你这道门槛，才有资格和你们同场竞技，是这个意思吗？"问问题的人很刁钻，会找爆点。

林盼想了想，点头："也可以这么说。"

半小时后，工作人员在训练室找到池月。

选手们都吃饭去了，只有她和王雪芽还在训练。范维是同摄制组一起过来的，负责摄像，他的目光像涂了胶水一样一直追随着王雪芽。

池月警告地看他一眼，然后从训练器材上下来，喝了口水，配合工作人员安排的访谈："问吧。"

她散漫随意，对于自己的形象好像并不懂得经营。

工作人员看了看摄像机镜头："需要补个口红什么的吗？"

池月摇头："不用。"

汗水从她的额头上滑下来，干净白皙的一张脸，从容自在，她就像意识不到拍下来的镜头将要面对万千观众的评价一样，毫不在意。一个小时前，林盼为了拍摄这个环节让她的助理忙活了半个小时，还特地换了衣服补了妆，而池月这么敷衍，让工作人员十分意外："就这样上镜，颜值会打折扣的。"

"没关系。"池月笑了笑，"又不是选美，对吧？"

工作人员笑了笑："你不在意就行。那我们现在开始？"

"嗯。开始吧。"池月微微一笑，镜头感很好。她虽然没有特意打扮，但礼貌和专业精神还是有的，而且表情亲切，看不出一丝疲惫。这次拍摄的内容是要在次日资格赛直播前播放的。

工作人员一语成谶，池月的上镜效果太差，与精心打扮过的林盼比起来，就是明星和素人的区别，不论是气色、精神，还是状态，看上去都不太好。于是比赛还没开始，直播弹幕上就有网友惊呼"池月输定了"。

"脸就是一个人的风水，池月的脸写满了她的结局。"

"池女王怎么了？压力很大的样子，心疼。"

"两个人的比赛，只有一个人会被淘汰。呵呵呵呵，别的就不说了，自己想。"

"如果池月输了，星空选手里还有哪个可以和林盼抗衡？我对非东方面孔缺乏感觉，如果林盼赢了，就像外国人赢了一样。不爽！"

“讲道理，池月这是毁容了吗？怎么突然丑成这样了？”

网友各抒己见，三教九流的人纷纷涌进来为比赛热度添砖加瓦，甚至连算命先生都出来了，他说池月面相不好，少贵人多艰难，一生无财，注定孤独，漂泊无依。说来说去，大家一直都是围绕池月的气色和颜值在进行讨论。之前的池月有多漂亮，今天的池月就多让人失望。看脸的人太多，对她失望的人也多。“池月一夜长残”“池月毁容了”也能成为话题，好多人表示心碎了。

对于网上的喧嚣，池月完全不知情，王雪芽却看得一清二楚。如果她没有记错，昨天的访谈是范维亲自拍摄的，至于后期是谁在做，也不难想象。

王雪芽非常生气。她以前只觉得范维渣，没想到他这么小人。池月天生就是美人坯子，脸白得像在发光，就算不化妆，也不可能拍出那样的效果。

这就是得罪了摄像师的后果。

王雪芽看了一眼在不远处工作的范维，然后默默地登录微博，发了一段视频，并配上八个字：“素颜的你，天生王者！”

视频是她昨天偷拍的。工作人员对池月进行访谈的时候她在旁边，因为不想面对范维，所以王雪芽选择了玩手机，正巧从另外一个角度拍下了开头——工作人员问池月要不要补个口红，池月拒绝了，并明确表示“这不是选美”。

不带任何情绪，很客观的一个视频，甚至没有美颜，却为池月进行了最好的辩解。短短几分钟，这段视频就洗干净了网友的眼睛。她气色不好？只是没化妆而已。

“有几个人的素颜这么能打？站出来，我叫她爸爸！”

“你池姐还是你池姐，讽刺人家一夜长残的，快去照镜子。”

看到评论，王雪芽很满意，朝池月做了一个“加油”的动作。

“大家安静一下，现在公布比赛项目！”

原本闹哄哄的场地因为总教官的通知安静下来。

结果却令大家都很意外。除了基础理论知识外，几乎所有的比赛项目都集中在体能部分。例如负重前行、仰卧起坐、游泳、短跑、攀岩等，最后，只有象征性的一个前庭功能和两个失重项目。

众所周知，林盼的强项就是她过人的体能。

她比池月个子高，而且拥有欧美人种的基因，所以一直就是以体能优势碾压众人的。虽然池月在普通人里个子不矮，但比起林盼就娇小了许多，足足矮了半个头。池月的体能也很好，可是从目前的成绩来看，她和林盼仍然有差距。大家都知道，她的优势并不在基础体能方面。

“不公平！”

很多人心里都这么想，但场上一片寂静，没有人说话。

只有网友发的弹幕百无禁忌。大部分人在骂，在为池月鸣不平，认为赛事不公。但也有一部分人认为池月中途插队，本来就需要比别人付出更多才能证明自己，要不然怎么做“天降奇兵”，又怎么对别的选手公平？

总教官：“二位对赛制都没有意见吧？”

池月的眉梢不经意地挑了挑，面色平静：“没有意见。”

林盼看了她一眼：“我有意见。”

应该有意见的人没有意见，最不该有意见的人却有意见。

大家都看向林盼，总教官却回头看了看总监梅伊，只见她垂着头在玩她的指甲，她把它们打理得光洁平整，还涂了指甲油，好像根本就没有听见他们的话。

这老狐狸，什么事儿都不出头。

总教官问林盼：“说说看？”

林盼说：“这对池月不公平。比赛项目大部分是我的强项。”

总教官皱了皱眉头：“这个是节目组从几十个项目里抽签决定的。林盼，你是不是怕人家说闲话？”

林盼：“我只是认为比赛项目应该更为公正、公平。”

总教官有点儿尴尬，看了池月一眼：“你的意思我明白了，我相信这也是很多人心里的想法。为了打消大家的顾虑，我会建议节目组公开抽签视频。”

林盼抬头：“抽签视频？”

总教官嗯了一声：“今天早上，你们一组的郑教官和五组的刘教官在节目组领导的共同见证下，以抽签的方式轮流抽取了比赛项目。”

也就是说，并不存在偏向她的问题？

林盼似乎有些意外：“原来是这样？”

“还有异议吗？”

“没有了。”

总教官看向池月：“你呢？”

人家话都说到这份上了，池月能说什么？不过，对于全场唯一一个为她鸣不平的人，她还是需要感谢一下的。

“我没关系。”她微笑着转头看着林盼，“谢谢！”

林盼目光带笑，十分友好：“不用谢！赛场上我不会让你。”

“好，赛场见。”

镜头捕捉到她们相视一笑的样子。

于是这张和谐友爱的照片就成了官宣图。

赛前有半个小时的热身时间。刘教官过来指导池月：“开始的三场都是比拼体能，你要想好怎么分配体力。田忌赛马的故事不用我告诉你吧？在林盼明显有优势的项目上保存体力，不与之争，在自己有希望胜出的项目上全力以赴。”

池月说：“我会的。”

第一场比赛在航天城的运动场上拉开了序幕。整个场地的各个角度都架满了摄像机，场边的看台上坐满了工作人员和星空选手，为了达到节目的录制效果和活跃气氛，场上甚至拉起了横幅，“林盼加油”“池月必胜”，一队和五队的队员在各自教官的带领下自行组成啦啦队，为她俩打气。

上午这几个项目都是比拼基础体能的。二百米、四百米、八百米跑；负重二百米、四百米、八百米跑。这简直就是把田径运动会项目搬了过来。

选手入场，看台上顿时躁动起来，大家发出一阵欢呼声。郑西元坐在两个美女选手中间，摸着下巴，抿着嘴巴，专注地看着比赛。突然，他听到航天城上空传来一阵直升机盘旋的声音……

这个“陀螺城”的隔音效果很好，所以直升机的声音并不大，几乎淹没在了运动场上的呐喊声里。

郑西元皱了皱眉，站起来笑盈盈地拍了拍身边的美女，在那个美女惊喜地望过来时，只轻轻说了一句“借过”，然后就扬长而去了。

航天城有直升机停机坪。

在停机坪中间有一个大大的“H”，极为显目。

郑西元出去的时候，直升机正徐徐降落。风把他的衣服和头发吹得飞了起来。他在远处站着，等直升机停下，舱门打开，这才迎了上去，亲亲热热地喊道：“阿乔，这是什么风把你给吹来了？”

乔东阳冷冷地看了他一眼：“东南西北风。”

郑西元怔了怔，笑着指他：“幽默！”

乔东阳不理会他，领着两个助理大步走在前面。

郑西元笑笑，跟了上去：“我说阿乔，都这么久了，你还记恨着我呢？”

乔东阳头都不回：“比赛开始了吗？”

郑西元就知道他是为这事儿来的。

郑西元笑着给乔东阳介绍了比赛的情况，看见乔东阳的眉心突然皱起，赶紧举手自证清白：“没有任何人干涉，是节目组抽签决定的。”

“抽签？”乔东阳睨了他一眼，哼笑，“这个池月，怎么这么笨？”

“不是她抽的，是她的教官。”

“她点儿这么背？”

“确实。”郑西元干巴巴地笑笑，“我干着急也没用。刘教官的手有毒，一抽一个准儿，全是林盼的强项。就那两个失重项目，还是郑教官抽的呢。”

在郑西元的带领下，一行人静悄悄地进入运动场。乔东阳今天的打扮很低调，风格休闲，戴着鸭舌帽，乍一看上去，和航天城里的工作人员没两样。场上所有人的注意力都被赛况吸引了过去，没有人注意到他们。

正在进行的是四百米的比赛。

就在郑西元去接乔东阳的时候，二百米的比赛已经比完了。

大屏幕上写着比分。

林盼：24"22

池月：25"30

一秒之差，林盼胜。

乔东阳看了一眼，默默坐下，满脸凝重。

四百米的比赛需要围绕运动场的跑道跑一圈。此刻，她们已经跑了将近一半，池月在外道，林盼在内道，两个人穿着同样的运动服，池月明显落后林盼两个身位。

“这池月，一看就是输相啊。”不知道谁说了一句。

乔东阳拉低鸭舌帽，目光随着池月移动。她今天把头发扎了起来，在脑后编了个大辫子，辫梢随着她的跑动荡出一波波弧线，俏皮、生动。她跑步的姿态很好看，但在林盼的身边显得有些娇小，腿不如人家长，爆发力也不够，似乎她不敌林盼已是板上钉钉的事儿。

“池月加油！”五队队员的吼声很大。

最后五十米了。王雪芽站了起来，嗓子都喊劈了：“月光光，加油，加油！”

乔东阳的双唇抿成一条直线，双眼眯起来，浑身泛着冷气。

郑西元看了看他，呻吟般轻轻地喊了两声：“池月……加油啊，加油啊！”

乔东阳睨了他一眼。

郑西元清清嗓子，声音稍稍拔高一点儿：“池月加油！”

乔东阳的眉头皱了起来，手指轻叩扶椅，表情不悦，郑西元见状，加大了音量：“池月加油！”

乔东阳：“你在干什么？”

郑西元无辜地说：“阿乔，没用了。池月跑不过她，挽回不了。”

乔东阳叩击椅子的手微微一僵：“嗯。”

嗯是什么意思？

郑西元发现金主爸爸的心思好难猜，小声说道：“其实比赛的事儿你要是愿意开个口，咱们是很好操作的……”

乔东阳：“她不许我插手。”

“啥？”郑西元哭笑不得，“这是什么天真的脑子？她不让你插手，你就不插手？我说阿乔，你是不是傻？怪不得单身这么多年！你不知道女孩子说的都是反话吗？要就是不要，不要就是要，懂不懂？”

乔东阳当然不懂：“我不希望她胜之不武。她也一样。”

“好吧好吧。”郑西元呼了口气，“你就没有想过她会输吗？”

“想过。”乔东阳，“比赛有输就有赢。”

“输了怎么办？”郑西元对这个问题很感兴趣。

乔东阳望向已经跑到终点，并且输了的池月：“那我就带她上天，压压惊！”

郑西元感觉自己一头热血撞在了棉花上：“我懂了，最终赢的人是你。”

“接下来是什么比赛？”

“八百米？”

“中途不休息？”

“不休息。”

乔东阳点点头：“我想跟她说几句话。”

众目睽睽之下，他要怎么跟她说话？

“你不介意让人家知道？”

“不介意。”

“她也不介意？”

乔东阳一怔，这是个问题。池月是肯定会介意的。而且，这个时候如果他和她表现得太亲热，就算她侥幸赢了，也会给她惹出很多不好的议论。他抿唇：“确实不太好。”

“这不就是了嘛。”郑西元刚松了口气，就听到他说：“把她叫到你的办公室。”

郑西元的脑袋嗡的一下大了：“我怎么叫啊？”

“自己想办法！”乔东阳压低帽檐，从过道出去了。

郑西元看着他的背影，虚空捶了一拳：“你咋就这么能呢？”

池月连续输掉了二百米、四百米的比赛，大家认为结局基本已经定了，池月输定了，就连梅伊都已经准备好池月输掉比赛的直播预案了。

比赛和战争一样，士气非常重要，而全场的低气压，池月能感觉到。王雪芽很担心她，于是冲到场上去，又是捏背又是捶肩又是安慰：“月光光，你放松一点儿。咱们刚才就差一点点，再努力一把就胜过她了。”

四百米的成绩已经出来了。

林盼：55"35

池月：56"30

林盼的名字是红色的，池月的名字是绿色的。输赢一目了然。

但从比分来看，池月差得不多。

池月的表情很平静，喝水的时候，她看了一眼屏幕：“我没事。”

这话是说给王雪芽听的，可王雪芽不信，紧张得手心都冒冷汗了：“月光光，失重和前庭是你的强项，那三个项目你是一定稳赢的，咱们还有机会。”

“嗯。”池月拍拍她的手，“放心。”

刘教官走过来：“池月。”

池月站起身，淌着汗水的脸红扑扑的：“刘教官。”

刘教官指了指办公室的方向：“郑总说为了直播效果，你和林盼都需要调整一下状态。你跟我去办公室一趟，有些话我得跟你交代一下。”

池月把水递给王雪芽，然后跟着刘教官出去了。

从运动场走过去的时候，她看到林盼也被郑教官叫走了。

池月没再多想，离开了运动场，可没有想到刘教官把她带到了郑西元的办公室。

刘教官站在门口，没进去，贴心地为池月推开门：“进去吧。”

池月：“我？”

刘教官看了她一眼：“我去外面等你。”

池月怀疑地看了一眼刘教官的表情，走了进去。

池月背后的门无声无息地关上了，可办公室里一个人都没有。

“郑哥？”池月心里生疑，汗毛竖了起来，她正要转身，腰上突然一紧，一双有力的胳膊缠上来，狠狠一收，她的身体就偎入了一个怀抱里。

“浑蛋！”池月的拳头飞了过去，重重地打在那个人的肩膀上——

要不是在最后一刻看清了他的脸，她及时换了方向，这一拳大概会让他毁容吧？

“乔东阳，你做什么？”池月低头去拉他抱在自己腰上的手，“我在比赛，你赶紧松手。”

乔东阳看她的耳根都红了，觉得好笑，放开了她：“你不比赛我还不来呢。”

在池月心里，他们两个人并没有亲昵到见面就拥抱的地步，尽管这个搂抱只是乔东阳的捉弄，但还是超出了她的承受范围，让她不大自在。不过，被他这么一打岔，她原本紧张的心竟放松了不少：“你来了有什么用，你上去帮我跑？”

“是个好办法。”乔东阳看着她，“来！衣服脱给我，我去替你跑。”

“得了吧你。”池月瞪了他一眼，“你找我是有事儿？”

在比赛中途把她叫过来，如果什么事儿都没有，那不是胡闹吗？这不是乔东阳的风格。

“没事，就是想跟你说几句话。”

“……”她看错他了。

乔东阳笑着捋一下她的头发：“来，坐这儿。”

他把池月拖过去按在软椅上，池月推开他的手，一秒又弹起来：“我没空儿和你说话，我要比赛！”

“还有半小时。她们在做活动，你休息休息，恢复体力。”

池月看着他的眼睛，讶异不已：“你把我叫过来，就是为了让我在这儿休息？”

乔东阳：“是不是很感动？”

池月的体能不如林盼，如果比完二百米、四百米后不休息，继续跑八百米，输的可能性极大。而且八百米是中距离项目，需要混合速度，对耐力的要求很高，池月只有在体力恢复的情况下才能一拼。想通这一点，她不犟了，放松身体躺好。

“累不累？”乔东阳盯着她问。

池月点点头。

“累还不把眼睛闭上？瞪这么大看着我，不怕做噩梦？”

池月听话地闭上眼。心里松懈了，精神状态也放松下来，在时间的流逝中，池月觉得那个喧嚣的运动场有些遥远，比赛像是上辈子的事儿。

半小时很快过去了，办公室的门被人敲响：“阿乔，快开始了。”

乔东阳看了看躺在椅子上的池月。她的头侧靠在椅背上，神色淡然，那一双凌厉的眼睛闭着，整个人都温柔了，比醒着的时候可爱很多。

乔东阳弓下腰，盯着她的脸，看着她的睫毛：“睡着了？”

“没有。”池月没睁眼，头摆了摆。

“要比赛了。还紧张吗？”

“紧张。”

“怕输吗？”

“不怕。”池月对上他的眼睛，相视几秒，拍拍椅子站起来，“如果我输了，能拿到多少奖金？”

乔东阳在她的额头上敲了敲：“我说把我奖励给你，你又不要。”

池月勾唇一笑，拉开门走了出去。

郑西元站在门口，尴尬地笑了笑：“没打扰到你们吧？”

“没有。”

“又容光焕发了你。”郑西元笑得暧昧，“还是阿乔厉害，这么会滋润人……”

池月似笑非笑：“你这马屁拍得太有层次，我听不懂。”

“选手就位！”

“预备——”

砰！

发令枪一响，池月和林盼同时起跑。跑八百米不像二百米和四百米，不会即时出结果。这是一场力量和耐力的比拼，激情少一些，但挑战性更大。在选手比赛的过程中，看台上的啦啦队不停地叫喊着。

乔东阳和郑西元坐在后面。

这一次有很多人都看到了他们，但乔东阳在大部分人的眼里还是一个有距离感的boss（老板），见他不苟言笑，别人就不敢多话，甚至不敢跟他打招呼。

“加油！”

“加油！”

“池月雄起！”

“林盼必胜！”

与前面两场比赛一样，池月一开始就落后于林盼，但她的节奏保持得很好，没有落下太多，跟得很紧，对于长距离和中长距离的比赛来说，这样的差距只要一个冲刺就能追上去，因此后面的人会对前面的人造成很大的心理压力。

“终于有悬念了。”

“池月跑不过林盼。人家跑一步，她要跑一步半。”

看台上的观众伸长了脖子，眼睛眨也不眨地看着比赛。第一圈林盼冲得很猛，试图拉开距离，但失败了。到第二圈她不得不慢下来，两个人依旧以那样的距离奔跑着。

一圈半了，她们都开始有体力不支的感觉，速度明显下降了。

“还剩一百米了吧？”郑西元小声问道，没人回答他。他探探脖子，凑近乔东阳问：“哎，你刚才都偷偷教她什么绝招了？这一场她跑得很好啊。”

乔东阳：“让她睡觉。”

郑西元吃惊：“兄弟，你连这点儿时间都不放过？禽兽！”

现场的观众大部分是看上去激动，其实对结果并不关心，而乔东阳是看似淡定，其实最为担心。随着她们离终点越来越近，全场的尖叫声不断，很多人离开座位叫喊着——

意外就在这时发生了。林盼依旧在前面，但没能提起速度，而在她背后两米开外的池月却突然加速，一个冲刺就抢在林盼前面冲过了终点线。

“漂亮！”乔东阳握着拳一挥手，从椅子上站了起来，带头鼓掌。

四周的工作人员看到他的举动，愣了愣，然后跟着拍手。

全场掌声雷动。

好事的人在私底下八卦起来，这乔先生到底是偏向哪个啊？

之前他为了林盼改比赛时间，现在又为了池月获胜，毫不避嫌地鼓掌欢呼！吃瓜群众吃不到真瓜，却被人在嘴里塞了一嘴的瓜子。

池月撑着膝盖大口地喘气，慢慢地转过头。

她看到了看台上的乔东阳。他的个子很高，与工作人员站在一起很有辨识度。池月盯着他的方向，额头上的汗水滑入了眼睛里。她眨了眨眼，没有去擦，一直保持着那个动作。

她看不清他，但知道他在那里。

她勾起唇角，笑了一声。

“月光光！你太棒了！”王雪芽冲过来扶住她，“喝点儿水！休息休息。”

接下来还有三次负重比赛。有了这一次八百米的小胜利，王雪芽对池月充满了信心：“你的力量不如她，但你的耐力比她好，接下来的三场比赛，你很有希望的……”

她像个专业老师一样，一直在做技术分析。

刘教官认同地点头：“保持状态，有希望。”

池月喘着气：“谢谢教官！”

刘教官知道她这一声谢里包含了更为复杂的内容，微微一笑，拍拍她的肩膀，没有多说什么，更没有问她刚才去办公室都见了谁，做了什么：“休息五分钟，准备比赛。”

运动场的另一边，林盼的教官也在跟林盼讲话，朱青和另一个女生围在她的身边，捏肩、擦汗、递水，很是殷勤：“盼盼，你刚才是不是故意放水了？”

林盼喝水：“没有。”

“可是你一直在前面的啊。”

“第一圈我没拉开距离，最后半圈我的速度上不来了，可她的节奏很好。”

“不是吧？”朱青有点儿失望，“我们都以为你是给她留面子，故意放水的。刚刚我看直播，很多网友也是这么看的……”

林盼侧过脸，看到了正在和郑西元说话的男人，并顺着那个男人的目光看到了池月，面色微变：“随便他们说吧。”

“盼盼，你可千万别心软。”

“对，不能让她赢。”

林盼笑笑：“我尽力吧。”

短短五分钟很快就过去了。总教官把池月和林盼叫了过去，为她们发放负重背心。工作人员在对着摄像机镜头向观看直播的观众介绍：这一件看上去并不臃肿的背心，隐形重量达到了二十公斤，因为里面装着扎扎实实的铅条。

为了证明背心的重量，工作人员对着摄像机镜头拎了拎：“重！不行不行，我拎不起来。”

好好一个小伙子拎着它都直甩胳膊，两个姑娘却要穿着它跑一千四百米。

“准备吧。”

背心有束带，可以绑在身上，不会影响奔跑。

池月穿上后试了试高抬腿，感觉像是被人捆住了身体，费劲儿。

这场比赛比前三场更有挑战性，有了比拼耐力的因素，池月多了一丝获胜的希望，但林盼的优势依然明显。摄像机镜头跟踪着选手，看台上的观众看着大屏幕，每个人都很紧张——

直播正在进行，导演透过镜头看到了乔东阳。

“给乔先生特写。”

摄像机镜头锁定了乔东阳的脸。导播适时地把画面切给观众，弹幕马上就疯了。

“大乔哥的颜值太能打了！”

“啊啊啊，我的大乔哥，这是什么神仙脸，怎么可以这么好看？”

“我要给大乔哥生小猴子！等我长大嫁给你！”

在刷屏般的评论里，池月刚跑了一百米。她并不知道乔东阳抢了她的镜头，更不知道现场的主持人已经走到看台上，蹲在了乔东阳身边：“乔先生，可不可以请你说几句？”

乔东阳看看她手上的设备：“说什么？”

主持人：“对这场比赛有什么看法？”

乔东阳：“没看法。”

他不冷不热的态度让主持人有些尴尬，不过，她承担着收视率的担子，哪怕不受待见，也必须硬着头皮，笑着和乔东阳兜圈子：“大家都想知道，在乔先生心里，林盼和池月哪个更有希望获胜？”

乔东阳的黑眸微眯：“如果你现在把摄像头对准赛场，相信很快就能看到结果了。”

主持人一笑：“乔先生说得是。林盼和池月都是很优秀的选手，不知她俩谁才是乔先生心里《星空行者》的冠军呢？”

乔东阳瞪着她：“你是在给我拉仇恨？”

主持人一怔。

乔东阳勾唇：“我怕这二位的粉丝掐死我。”

“乔先生说笑了，粉丝最多的人是你呀。”主持人拿这位“太极乔”没有办法，只能退而求其次，“乔先生，可以请您给二位选手说一句比赛寄语吗，或者一句鼓励的话？”

镜头里乔东阳的脸英俊而冷漠：“我说什么，她们现在能听见？”

主持人感觉自己的业务能力受到了挑战：“选手现在是听不到，但比赛结束后，她们看到乔先生的寄语一定会很开心的。”

乔东阳皱了皱眉，不知道被她的哪句话触动了，对着镜头比画了一个胜利的手势，微微一笑：“加油！”

“给谁加油？”这句话在弹幕上被刷得飞起。

主持人代表观众问了。

乔东阳神秘地一笑：“为比赛加油！”

“好吧，谢谢乔先生的回答。”主持人转过身，面对赛场，“负重二百米的比赛就要结束了，林盼和池月这两位优秀的选手，谁会赢得这场比赛呢？现在请导播把镜头切入场内——”

“啊！林盼冲线了！”

“赢了赢了！”

“林盼林盼林盼！”

掌声夹杂着尖叫声，林盼的特写出现在屏幕上。

林盼再一次赢了，满脸是汗，显得尤为自信。

在把负重背心取下来后，林盼对着摄像机比了一个胜利的手势：“谢谢大家，我会加油的！”

这个手势很快被截了图，网友的制图能力很强大，经过制作，这个手势与乔东阳比的那个“加油手势”高度重合，且被做成“同款”传播。脑洞大开的观众产生了很多联想：“不用说了，林盼胜。乔先生的手势已经暗示了结果。”

乔先生的恋情扑朔迷离，池月什么也没做，却无辜躺枪。坐在场内的休息椅上，她许久没有说话，王雪芽为她擦着汗：“月光光，不要难过。二百米负重输了，咱们还有四百……”

“不难过。”池月看着那条长长的跑道，“她比我有优势。”

“月光光……”王雪芽不喜欢池月输，觉得很难过。

她看出来了，池月的体力消耗过大。同样负重二十公斤，她就是比林盼吃力。林盼是胜利者，此刻，满场的观众都在为她而欢呼。可是在王雪芽的心里，池月是无所不能的。认识这么久，她不记得自己看到过池月失败。

王雪芽的眼睛辣辣的，她紧紧抱住池月：“不要怕，不管输赢，你都是我们的池女王。”

池月微微翘起唇角：“嗯。”

下一轮四百米负重，池月又是惨败。

在这个项目里，她基本没有优势，后半圈更是以一种近乎放弃的态度走到了终点。

全场哗然，大家都说池月败局已定。但是他们没有想到，池月保存体力的结果，是在八百米负重的环节中再一次抢在林盼之前十秒冲线，侥幸赢了林盼。

这一次林盼没有准备，她的脸在镜头下很难看，且一脸错愕。

到了这个时候，大家都看得出来，池月是吃亏在比赛项目上。她不是力量型选手，能在两个八百米上胜过林盼，输得不算难看，甚至很聪明。

上午比赛结束，林盼 vs 池月 =4:2。

这是一个无法预判结果的比分。

下午五场，池月和林盼各有千秋，鹿死谁手犹未可知。

于是观众对下午的比赛更加期待。可是没人知道，池月能拼出两个八百米的胜利，体能消耗有多大。八百米负重结束后，她倒在地上躺了足足一分钟，然后才在王雪芽的搀扶下硬撑着爬起来："月光光，你太让我骄傲了。你一定会赢的。"

池月没她那么乐观："说这句话太早了。"

"你连径赛都赢了两场，失重和前庭功能项目不可能输的。"

池月笑着看她："很多人都输在骄傲上。"

王雪芽一怔："你是说林盼吗？"

池月还没有回答，突然觉得有人从身边经过，回头一看，是林盼。

王雪芽的笑容凝滞在脸上，她明明没有说人家的坏话，却十分尴尬。

"池月你很棒。"林盼看了池月一眼，"下午见。"

池月点头："下午见。"

王雪芽看着林盼的背影："她是不是以为我们在说她的坏话？"

"你说呢？"池月从椅子上拿过外套，"不过也无所谓，就算她什么都没听见，也会认为我们在说她的坏话。"

两个人从运动场一出来就看到了郑西元。王雪芽最近对郑西元的为人有所改观，看到他就开心地打招呼："郑哥，你怎么在这儿？"

郑西元帅帅地一笑，冲她点点头，然后看向池月："感觉怎么样？"

池月瞄了他一眼："乔东阳呢？"

"你想见他？"

"不是他叫你来的？"

"啧！"郑西元拍了一下脑门儿，"聪明！"

说罢，他转过头，示意她俩："走吧，他在办公室等你。"

池月没有拒绝："他为什么让你来叫我们？"

郑西元毫不在意地勾勾唇："我不用要脸呗。大家都知道我喜欢勾搭漂亮妹子，是不是？"

王雪芽被他逗得低声笑起来，池月却赏了他一个白眼："你总算认识自我了。"

整个航天城都因赛事而热闹起来，乔东阳的办公区域却很安静。

郑西元把池月和王雪芽带过去，还没有走近，就在走廊上看到了他……还有林盼。

他们两个离得很近。林盼还穿着比赛时那身衣服，因为奔跑而浮上脸颊的潮红还没有退，不知道在和乔东阳说什么，一只白皙的手刚抬起来，在看到池月三人后，就僵在了半空中。

池月看了一眼。她在想，如果他们没有出现，那只手会做什么呢？会搂住乔东阳的腰，还是牵住他的手，或者触碰别的什么地方？这个想法像魔鬼住进了她的脑子里一样，挠得她不得安宁。

五个人一同站在一个走廊上，气氛尴尬。

郑西元笑了起来："你也过来了？"

他在问林盼。他们本来就是认识的，彼此说话很随意。林盼听了他的话，那只手终于有了安放的地方——她的衣兜。

"我来找你，刚好碰到大乔哥，我们就说了会儿话。"林盼看了乔东阳一眼，慢悠悠地踱过来，然后和池月、王雪芽打了一声招呼，又问郑西元，"有空吗？借半小时给我。"

郑西元眨了下眼，笑得有些莫名其妙："对你当然随时有空。"

林盼扑哧一声笑了："那现在去你的办公室？"说到这里，她像是想到什么似的望向池月和王雪芽："你们不会也是找他有事儿吧？借用半小时会不会影响你们？"

王雪芽抿着嘴不说话，池月扬起唇角："你随便用。我是来找乔先生的。"

林盼的眼色微变："噢，好的。"

她那只白葱似的手又从兜里拿了出来，轻轻地拽了郑西元一下：

“走吧！”

郑西元跟着林盼走了，五个人剩下三个人，王雪芽就尴尬了：“月光光，我先回宿舍，你一会儿再来找我。”

池月：“好。”

乔东阳站在那里，一直没说话，直到王雪芽离开，走廊上只剩下他和池月，他说：“走吧，去二楼。”

池月默默地跟着他。楼上没有人，空荡荡的，装饰冰冷，像二次元空间一样，与外面的热闹像是两个世界。

池月没说话，乔东阳把她带到办公室门口，推开门：“进来。”

池月看了他一眼，默不作声地走进去。

门关上了。她站在门边，他也站在门边。

两个人眼对眼地看着对方，有些话已经不用多说。邀请与被邀请，主动与被动都不重要。一男一女愿意单独约在一起，本就有些暧昧。池月不否认，自己并不讨厌这种感觉，也有点儿贪恋乔东阳给她的温暖。人的心理压力越大，精神就越脆弱。今天的她很难拒绝乔东阳。

过来之前她甚至想，如果他再提出交往的要求，就答应了吧？

可是今天她偏偏碰到了林盼，还有那只让池月浮想联翩的手——

“她的皮肤真白。”池月突然说，眼神冷静。

乔东阳一怔：“什么？”

“林盼。”池月低头，看着自己的指尖，“比我还白。”

她的皮肤是白的，从小到大走到哪里都被人夸皮肤好，不像是沙漠地区养出来的孩子。可是林盼比她更白，基因是个玄妙的东西，没法超越。

“你脑子里在想什么？”乔东阳笑起来，“你跟人家比了六场，就关注这个问题了？”

池月的脑子有点儿乱，她不知道该说什么。

乔东阳低下头，把她的下巴抬起来：“问你话呢？”

池月抿唇，沉默几秒：“你跟她什么关系？”

乔东阳的唇角有掩饰不住的笑意：“你希望是什么关系？”

“我哪儿知道？”

“我说没关系，你信吗？”

池月想到林盼离开时看乔东阳那个眼神，觉得此刻追问这件事的自己一定相当丑陋。明知自己不该问，不能问，没有资格问，却仍是控制不住那些话：“大家都说她是你们乔家的钦定儿媳。”

“大清都亡了，我的池小姐，还有钦定一说？”

乔东阳拖住她的手，把她拉近一点儿：“你今天状态不对。”

“是吗？”池月安静地问道，声音没有波澜。

“这些事情不是你该操心的。”乔东阳低下头寻找到她的眼睛，直视着她，“你只需一声令下，让我交代清楚就行。你这样拐弯抹角，让我不得不怀疑——池月，你是不是爱上我了？”

池月猛地抬头，眼神慌乱，有一刹那的迷惑。

这是乔东阳不曾见过的一面：“怎么，我说得不对？”

池月的目光移向他的办公室，她顾左右而言他：“我有点儿累，可以坐下来说话吗？”

乔东阳让她在自己的老板椅上坐下：“说吧，我听着。”

池月沉吟片刻：“你认为感情的事儿是可以控制的吗？”

乔东阳抿了抿唇：“我认为不可以。”说到这里，他笑了起来，双手撑在池月的椅子上，身体前倾，眼里盛满笑意，“如果可以控制，我此刻应该还在纽约看金发碧眼的美女呢。”

“你在航天城也可以看。”

乔东阳笑着看向她：“池小姐，你是在吃醋吗？”

池月安静地坐着，沉默了很久，久到办公室里的空气快要被她的态度凝结成冰了，才慢慢开口：“你是需要一个能配得上你的女人陪你上太空的，对吗？”

乔东阳突然直起身，抱着手臂看着她：“你不是这么吞吞吐吐的人。池月，你到底怎么了？”

“我可能会输。”很直接的一句话，没有拐弯抹角。

乔东阳没说话，他的目光凉凉的。

“乔东阳，我可能会输。”池月又重复一遍，然后移开目光，盯着他办公桌上的一架遥控飞机，淡淡地说，“我运气不好，抽到的都是对我不利的项目。当然，主要还是实力不够，而林盼足够强。”然后她慢慢地说到重点，“我如果输了，你说的话还算数吗？”

乔东阳弯腰看着她：“池月。”

“嗯。”池月不看他，情绪有点儿不好。

“你最在意的仍然是月亮坞，对不对？”

不用池月回答，答案就在那里，她怕输的原因不是怕不能成为“星空行者”，不能陪他一起上太空，而是怕他收回对月亮坞的投资。乔东阳绷着的脸有点儿难看，轮廓分明的五官没了笑意。

两个人沉默了许久。

乔东阳问：“你认为我是个什么样的人？”

池月微微吸口气：“不知道。”

乔东阳审视着她：“既然不知道，你为什么怕我？”

池月一愣：“我不怕你。”

乔东阳：“你怕。你怕把感情交给我，懦弱得连尝试的勇气都没有。”

池月无言以对。

“承认吧。你对我没有信心，怕我有别的女人，怕你输了我就反悔，怕你的月亮坞失去我的资助……”

池月的心里像堵了块石头，她有点儿难堪，有点儿生气，但又无法反驳，因为乔东阳所说的话都是她的真实想法。她问：“那你有吗？”

“什么？”乔东阳一时没反应过来。

“女人。”她说。

“有。”乔东阳说完，突然扼住她的下颌，“不就是你吗？”

乔东阳的力气很大，尤其是在他生气发横的时候，累极了的池月无力反抗，切实地感受着男女体力的差距，并在他咄咄逼人的目光中败下阵来：“你确定是我吗？不是作为星空选手的我，不是作为‘天降奇兵’的我，只是普通人池月，一个兼职开网店的航校三年级女学生？”

乔东阳被她逗笑了，放开她的下巴，没有生气，巴掌轻轻拍在她的脑袋上：“你不是池月，你还能变成天狗吗？”

池月咽了口唾沫，在乔东阳面前难得紧张：“如果我输了，还有什么值得你喜欢的地方？”

“当然有。最起码咱们家以后买保健品很方便。”

池月瞪了他一眼：“我是认真的。”

“我看起来不认真吗？”乔东阳眉目间的笑意轻轻地跳跃着，他突然弯腰，盯着池月的眼睛，“要不要我给你证明一下？”

池月一怔：“证明什么？”

“证明我是认真的。”

“你怎么证明？”

乔东阳舔了舔牙，坏坏地一笑，然后突然欺身过去，把她压在椅子上，他的气息笼罩着她，连呼吸都是压迫的姿态：“就在这里，咱们做点儿可以证明彼此的事情。”

嗡！池月的脑子瞬间充血，耳朵烧红：“你胡说什么呢？起开！”

乔东阳低头看着她红成了樱桃一般的脸，手指突然搭在她外套的拉链上：“出了一身汗，你要不要洗洗？”

池月的身子绷紧。

“办公室里有住宿的套间，很方便。”乔东阳直起腰，松开领口，双眼盯着她，“我陪你。”

他是疯了吗？

池月睁大了眼睛。

乔东阳捏捏她的鼻子，笑得有些邪恶：“要吗？”

池月快呼吸不了了：“乔东阳，你是不是鬼上身了？”

乔东阳挑挑眉，表情镇定，眼底有一丝若隐若现的笑意：“我这是舍命陪君子。不，舍身伺狼。”

谁是狼啊？他俩谁比较像狼？

乔东阳凑近，脸对脸地看着她：“你不就是想睡我，然后就可以证明我是你的了吗，嗯？”

“你无聊。”

“池月，你对我是感兴趣的，是不是？”

“是！”池月猛地直起身盯着他的脸，“那又怎样呢？”

乔东阳没想到她回答得这么干脆，上下打量她：“你感兴趣，我就满足你，这样不是很好吗？”

“不好。”池月调整好状态，从容了很多，连笑容都懒散下来，“你是对的。我畏惧，我害怕。对于无法掌控的东西，我不敢靠近。”

“怎么会无法掌控？”乔东阳的脸上露出一丝笑意，他轻轻拉过她的手，“你可以试试，肯定可以掌控的！”

池月皱着眉心安静地看着他：“男人果然天生就坏。”

乔东阳的笑收敛了一点儿：“这句话我经常听你说，不会是你们家的祖训吧？”

池月的手被他握着，他掌心的温度让她心慌：“你怎么知道？”

乔东阳的唇边挂着笑：“真的不要洗洗吗？我这里比你们宿舍可是舒服很多……”

这话是有一定诱惑力的，池月现在身上黏糊糊的，很难受。可是她知道这家伙就是伊甸园里的那条蛇，一旦她踏入沐浴间，一切就都变质了：“我回去洗，下午还有比赛。我走了。”

几句话串在一起，她说得很快，动作也快，可是乔东阳更快，他一把就将她拉入怀里，在她低低的惊呼声中发出愉悦的笑声：“池月。”

“怎么了……”

“你怎么这么可爱？”

“嗯？”

他的手顺着她的后背，池月的脊背僵硬了。

“逗你玩，还真信了。”

池月盯着他，眼睛有点儿红：“你到底哪句是真，哪句是假？”

乔东阳肆无忌惮地抚着她的脸颊，好像这个动作他已经想了许久，做得熟练而自在，眼里的情绪也仿佛要溢出来了：“喜欢你是真的，逗你玩是假的。我想睡你，大概也是真的。”

池月差一点儿呛住。

这是她听过的最野性的话，还是从乔东阳的嘴里说出来的。她不可置信地看着他，乔东阳却不以为意，眼睛微微眯起，看上去有点儿危险："你什么表情？"

池月："你是认真的？"

乔东阳的唇角扬起了笑意："是呀，是不是很开心？不过，今天饶过你了。去吃饭吧，然后洗个澡，休息一下，下午好好发挥。不要考虑胜负，尽力就好。"

"我知道。"池月想了想，觉得自己这样有点儿矫情，忍不住笑了起来，"我不是输不起的人。技不如人，输了我认。"

乔东阳捏捏她的脸："我知道你不是输不起，你只是怕输了我。"

"乔先生，你知道脸字怎么写吗？"

乔东阳把脸凑到她的眼前："这样写的。要不要亲一下？"

池月看着这张俊美的脸，迟疑几秒，突然在他的脸颊上亲了一下："我走了！"

她溜得飞快。

乔东阳摸着脸颊，脸上被唇片扫过的热气还在，看到门重重地关上，慢慢站直身体，呼出一口气，然后坐在池月坐过的椅子上回想郑西元说的话："要就是不要，不要就是要。那她到底是要，还是不要？"

他揉了一把脸，忍不住笑了。自己这是疯了吧？

下午的比赛 2 点开始。

池月午休完过去的时候，看台上已经坐满了人。下午就要出结果了，现场的氛围比上午更紧张。池月往看台上扫了一眼，没有看到乔东阳，于是径直走向刘教官，在他的指导下热身。下午除了转椅、冲击塔、失重操作三个项目外，还有两个体能小考，仰卧起坐和引体向上，这两个考察的都是基础素质，不是有技巧和临时抱佛脚就可以转败为胜的。

刘教官给池月的要求是保三争一。转椅、冲击塔、失重操作必须胜，两个基础考核争取赢一个。只有这样，池月才有希望获胜。

池月的状态不错，她静静地听完教练的叮嘱，就去热身了。

林盼在与她相距不到两米的地方，她们能清楚地听到彼此的声音。

“你今天找大乔哥是说比赛的事儿吗？”

“嗯？”池月不明白她为什么这样问，转头看她，“跟你有关系吗？”

林盼笑了笑。她走近池月，开始压腿：“你想不想知道大乔哥跟我说了什么？”

“不想。”池月克制着。

“啊？”林盼的心情似乎很好，那双漂亮迷人的眼睛弯了起来，看人的时候似乎会发光，“你就不好奇吗？”

池月淡淡地说：“不好奇。”

林盼笑得更夸张了：“他说你是一个优秀的航天人才，如果今天在资格赛中被淘汰了，将是《星空行者》的损失，十分可惜。我认可他的话，在我们这六十个人里面，你绝对排前三。”

池月微笑，不说话。

林盼的眼风刮过来：“你听懂大乔哥的意思了吗？”

池月看了她一眼：“直说吧，这里没别人。”

林盼压住腿，柔软的腰肢弯了下去，口中发出的声音似乎憋着一股劲儿，听不出真实的情绪：“他希望我放你一马。”

池月的心突然凉了，她看着林盼，不说话。

林盼做了几个动作，直起身：“他是个骄傲的男人，我很喜欢他。说实话，他的要求让我很意外，我以为在他心里你才是赢家。没想到他也和大家一样，认为你不是我的对手。”

上午乔东阳在看台上鼓掌喝彩，不仅池月看到了，林盼也看到了。

“是吗？”池月平静地笑笑，“我也很意外。”

林盼审视着她：“大乔哥的这个要求让我很为难。池月，你和他一样，也是个骄傲的人，我想问问你，你当真愿意让我放你一马？”

池月笑着问道：“你这是攻心战吗？”

“你当然可以这么认为。”林盼不以为意地笑着，“我拿不定主意，想把决定权给你。池月，只要你说一句话，我就可以让你赢。”

池月哼笑，看着这个比她的个子高得多的女人：“你明知道我不可能说出这句话，不是吗？”

“是的。”

“所以你为什么还问？”

“为了乔东阳。”林盼毫不在意她的目光，“我不愿意让他失望。”

池月笑了：“林盼，我们尊重比赛吧。这是竞技，我们要有专业精神。”

“很好。”林盼的眉目都笑开了，“你让我佩服，我很期待接下来的比赛。嗯，不止这场。”

池月散漫地瞥了她一眼。这个时候说什么都是多余的，竞技靠的是真本事，池月并不希望谁让她，更不能理解乔东阳为什么会说那样的话。他不知道这会让她难堪吗？无论输赢，她都要坦坦荡荡。

比赛开始。

第一轮引体向上毫无悬念地结束了，在力量类别的项目上，林盼就像投入山林的鸟儿，轻松自在地碾压了池月。第二轮仰卧起坐是比较关键的一环，也是所有对池月寄予厚望的人最为看重的一场，因为如果这一场输了，池月就被淘汰了。有悬念就会引来关注，这一场的直播观看人数是最多的——

结果池月不负众望，赢了。

于是比分变成了5:3。

池月必须在接下来的三轮中全部获胜，才能赢得资格赛的冠军。

大家都知道转椅是池月的强项，她上次在“天降奇兵”中取得的成绩至今没有被任何星空选手超过。冲击塔和失重操作两人没有比过，但池月比较吃亏。因为林盼接受过专业的训练，而她没有。

这本身就不是一场公平的比赛。但是，既然池月当初放弃了星空选手的报名机会，选择以“天降奇兵”的身份加入，就必须接受这样严苛的考验才能服众。

十分钟后，比赛开始了。

没有意外，池月在转椅上以九分十秒的成绩碾压林盼。

在这个项目上，她是王者，无人能出其右。

池月扳回一分，比分变为 5:4。

受到胜利的鼓舞，池月的粉丝疯了，看台上的观众也疯了，一群人在大声地叫着“池月”，希望她能逆风翻盘。幸运的是，在观众殷切的期望里，池月再一次逆袭，在冲击塔比赛中力克林盼，再得一分。

大屏幕上的比分变为 5:5。

当摄像师的镜头数次以特写的方式将两个“5”展现给观众的时候，整个赛场都沸腾了。

比赛进入决胜局，成败在此一举。场上的加油声如雷贯耳。

工作人员在准备比赛器材，池月在场边休息、喝水。王雪芽不停地叮嘱：“你不要紧张。这个项目需要你稳定情绪，越慌越乱……”

这个失重操作的比赛，简单来说就是选手穿上厚重的航天服进入模拟太空舱，在失重状态下脱下航天服，然后再穿上，最后出舱。这个过程说起来轻松，但在失重状态下，每个步骤都相当艰难：“月光光，咱们太吃亏了。林盼受过专业训练，你没有……”

“刘教官不是给我培训过了吗？”

“时间不够啊，这个要熟能生巧。”

“行了。”池月额头上的汗水还没有干透，眼神却格外锐利，“快开始了。”

这套舱内航天服是东阳科技采用新型材料制成的，它不像老式的航天服那么笨重，但重量仍然达到了二十公斤。两台模拟太空舱并排放在一起，池月和林盼在总教官的发令枪响后，各自拿起放在身边的航天服开始穿戴，然后分别进入了模拟太空舱。

池月对失重空间的状态极不适应，必须努力克制才能让自己平静下来，按照操作步骤一步一步进行下去。很难，从未有过地难。

耳边没有声音，世界一片寂静。舱门是关着的，池月费尽九牛二虎之力才脱下航天服。可是再准备穿上去的时候，她发现带轴承的关节不太灵活了。航天服的设计是极为精妙的，一个环节出现问题就会严重影响她的比赛。

池月渐渐紧张起来，脊背被汗水浸湿了。

她仿佛能听到自己的心跳声，抬一下脚、动一下手都变得很困难。

舱内有摄像设备，场上的观众可以通过大屏幕看到池月和林盼在舱内的情况。入舱和脱航天服的环节，池月领先，可是她的速度越来越慢，林盼渐渐超过了她。

乔东阳坐在看台上，四周不停地传来议论声，陪坐在侧的郑西元也紧张得不行："阿乔。"

乔东阳的喉结一滚："嗯。"

"不容乐观啊。"

林盼一直在有条不紊地穿戴航天服。也许是她没有被淘汰的风险，压力也比池月小，所以在整个过程中，她都面色平静。相反，池月的情况明显越来越不好。

乔东阳沉着脸，没有说话。

时间一分一秒地走过，慢得像蜗牛在爬。

林盼准备出舱了。

观众席沸腾起来，观众发出阵阵尖叫。

"哇！林盼加油！"

"唉！池月输了。"

两种不同的态度和声音交织在一起。终于，在众人的目光中，林盼打开舱门，从容地钻了出来。

郑西元倚在看台的椅子上，捂了一下脸，不敢去看乔东阳的脸色："这个林盼，不是都说好了吗？"

池月是在五分钟后出来的，晚了林盼五分钟，结果不言而喻。

她站在模拟太空舱前，穿着厚厚的航天服，透过头盔的镜片看见了看台上的乔东阳。运动场的灯光像在他的身上涂了一层淡淡的亮色，很好看，很吸引人的目光。

池月看不到他的表情，甚至不确定他有没有在看她。

“月光光。”王雪芽冲过来抱住她，声音有点儿哑，“来，咱们先把衣服脱下来，这破衣服怪重的。”

池月没有动。

“你别这样。”王雪芽轻轻拉她，眼睛都红了，“很多人在看着你，很多很多。咱们要漂亮一点儿。”

是很多。场内场外，无数人在关注着这场比赛。

新晋人气选手池月 vs 一号种子林盼。

“来，我帮你脱。”王雪芽怕她伤心，手都颤抖起来。

失败是一件让人难堪的事儿，而且，这是一场影响命运的比赛。失败和成功会让池月面临完全不一样的人生。很多人都在替她惋惜，池月却有点儿麻木。直到她看到乔东阳起身离开看台，高大的背影消失在人群中。

“小乌鸦。”池月突然出声。

“我在，怎么了？”王雪芽巴巴儿地看着她。

“你见过我哭吗？”

“没有。”

“想不想看看？”

王雪芽愣住，帮她脱航天服的手僵在那里。

池月是弯着腰的，那滴泪落下来的时候，摄像机拍不到，但王雪芽清楚地看见那滴眼泪就落在航天服头盔的镜片上，晶莹剔透。

砰！办公室的茶具摔落在地，被大卸八块，分了尸。

郑西元看着盛怒的乔东阳：“阿乔？”

认识这么久，他还从没见乔东阳发过这么大的脾气，有点儿蒙：“这，这到底是怎么了嘛？”

砰！又一声巨响。

茶具就砸在郑西元的脚边，吓得他跳了一下：“我说阿乔，咱不至于啊，不至于。不就是你的小月月输了比赛嘛！这《星空行者》你是老大啊，不就是你一句话的事儿？你说让她上，谁敢不让？对不对？”

乔东阳冷冷地盯着他，目光里满是杀气。

郑西元吓得肝儿颤："她的个人能力有目共睹，'天降奇兵'输了，咱们还可以搞个'天降奇才''天降奇葩'，不不不，'天降奇迹'……反正你想怎么搞就怎么搞，对不对？再说了，就算她没赢，回头你也是想带谁就带谁，谁还管得着你的床上睡哪个女人？"

"滚！"乔东阳指着办公室的门，"谁让你跟进来的？"

郑西元无辜地指了指门，又指了指自己的脚："门没关，它自己进来的。"

乔东阳阴着脸，像是要撕了他："出去！"

郑西元一脸不解："祖宗爷，你到底为什么发这么大的脾气？一个比赛而已，再想办法不就是了？就算你发脾气，也改变不了结果啊！"

"你知道我为什么生气吗？"乔东阳盯着他。

郑西元扯了扯嘴角，不住地摇头。

乔东阳坐在办公椅上，闷了两秒，突然用双手捧住脸："你出去吧，我想静静。"

"不是，我就弄不明白你这是作个什么劲儿啊？也不是世界末日来了，淘汰了，咱想办法把她招回来不就成了？"

乔东阳："她不会回来了。"

"啊？"郑西元不能理解，"为什么啊？"

乔东阳："她太骄傲。"

他慢慢地抬起头，凝重的目光里有一丝郑西元不能理解的难受："她本就不愿意参加节目，来这里完全是为了月亮坞……"

郑西元叹气："你说咱们当初为什么要制定这么严苛的比赛规则啊？"

乔东阳不说话。

郑西元自问自答："为了服众啊，为了面子上好看啊。你说你，当初对池月多有信心啊，这天底下的女人好像就没有一个比她强的。要我说，你就是被主观意识冲昏了头脑，没有正确认知——"

"不是她不行。"乔东阳盯着他，"把一百多个项目全比一遍，她会不如林盼？"

"成，那要不然咱就把一百多个项目全比一遍？"

"迟了！"乔东阳揉着太阳穴，"她不会接受这样的施舍。"

"这、这怎么能叫施舍呢？她的实力就在那儿摆着呢。"

"一开始没有的，她就不会要。"

郑西元不能理解。

足足安静了半分钟后，他从乔东阳面前拉了把椅子过来，拖到远远的地方坐下："行了，咱用不着那么矫情，没多大点儿事儿，输了咱也能把她留下。"

"怎么留下？"乔东阳问。

"嘿，有些东西呢，女人不主动要，你就不能送到她的面前？山不来就我，我去就山嘛。这个道理你不懂？"

乔东阳冷眼看着他："送到她面前？"

郑西元笑得得意："这事儿你不方便出面，我来！行了，就这样吧，女人呢，你负责安抚，善后的事儿交给我。"

乔东阳瞪着他："你要做什么？"

郑西元站起来，抖抖裤腿，潇洒地笑笑："开会啊！讨论讨论怎么留住池月这个航天人才！"

乔先生沉默了许久："她不会同意的。"

郑西元摇头失笑："你这就不懂女人的心思了吧。她输了，面子上过不去是肯定的，但是只要鱼饵下得好，有什么鱼儿钓不到？"

"……"乔东阳的眉心皱起。

"放心吧，交给我。在女人的问题上我是专家，你听我的就成！"

乔东阳摆摆手："你消停一会儿吧，我自己解决。"

池月在收拾东西。

宿舍里的气氛有些凝重，韩甜甜、汤萍和王雪芽三个人都在。她们能劝的都劝了，能说的都说了，可最后发现这些话大抵只能安慰她们自己。因为从赛场上下来后，池月一直面无表情，并没有因为输了比赛产生什么难受的情绪，看上去比她们还平静。

"池月……那个，我们去吃饭了。"

韩甜甜和汤萍交换了个眼神，对池月说："你要不要跟我们一起去？”

池月看了她们一眼：“我不去了。你们去吧。”

韩甜甜看了看皱着脸的王雪芽，又劝池月：“你不吃东西可不行……”

“我回去吃。”

“回去？”韩甜甜和王雪芽异口同声，诧异地盯着她。就连一向话少的汤萍也吃惊地问了一句：“都这么晚了，你怎么回去啊？”

池月：“我就是吉丘人，回去很方便的。”

韩甜甜哦了一声：“那也不用这么急吧？明儿再走不行吗？”

虽然她们只相处了几天，但都是同龄的女生，彼此又没有恶意，很快就建立起了友谊，要不是池月太过清高，她们的感情应该还会更进一步。而且韩甜甜确实算是她的粉丝。从“天降奇兵”的比赛开始，她每期都会看，最喜欢的选手就是池月。只是碍于大家都是星空选手，韩甜甜不好表现得太明显，但此刻池月被淘汰，要走了，韩甜甜的情绪就爆发了，语气也有点儿不知轻重了。

“这比赛太奇葩了，凭什么赛场上全是她林盼的强项呀？就算她有后台，‘吃相’也不要这么难看吧？当谁是傻子吗？谁不会看啊？有本事就留她一个人好了啦！”

“甜甜……”汤萍冲她使眼色，“别说了。”

她不想让韩甜甜惹事，可韩甜甜是个火暴脾气：“我怕什么？人家都敢做，还怕有人说吗？她林盼有本事就让节目组做一个冠军标签贴脑门儿上啊，装什么大尾巴狼啊……”

“甜甜。”池月放下东西，深吸一口气，“不要说了。竞技比赛就是这样，我输了就是输了，没什么好说的。”

汤萍比较理性，也跟着劝：“是啊，让人家听见了，还以为是池月输不起呢。”

韩甜甜气得咬牙：“谁输不起？只有输不起的人才会改比赛时间，只有输不起的人……”

咚咚！一阵敲门声打断了她的话。

汤萍拉了拉韩甜甜，走过去开门。门一打开，她愣了一下，然后松开手，回头看着房间里的舍友。

尴尬。门外站着林盼，不知道她什么时候来的，又听到了多少。

刚刚在骂人的韩甜甜愣了愣，双颊通红，有点儿下不来台，但话已经说出口了，也没有收回来的道理。她冷哼一声，走到里面，往自己的床上一坐，就像没看见林盼似的，戴上耳机装死。

“不好意思，我打扰到你们了吗？”林盼遭到冷眼相对，却并没有改变友好的态度。她站在门口看着大家，然后望向池月：“今天的事儿，我很抱歉……”

“不用。”池月打断她的话，“竞技比赛，输赢都得认。”

她说完又低下头收拾东西，没有和林盼聊天的欲望。

王雪芽早就看林盼不爽了，见她还戳在那里不走，于是没好气地走过去：“你还有什么事儿吗？”

她是个有礼貌的乖宝宝，就算再生气，也说不出重话。但她相信林盼可以感觉到自己不受欢迎，然后主动离开。然而，林盼没有。

“我知道你们很生气，都认为我不近人情。可这件事我可以解释，有人愿意听吗？”

“不愿意。”池月慢慢抬头，盯着林盼，“你赢了是你的本事，没什么需要解释的。”

王雪芽生怕池月看到林盼再受刺激，气得想撵人：“你走吧，赶紧走吧，我们还要说话呢。”

林盼退一步，朝池月看了一眼：“你是个值得尊敬的选手，我不会用这么明显的作假方法去成全你的星空之路。所以，我今天尽力了。池月，你不该怨我的。”

尽力了是什么意思？大家都看着林盼。

王雪芽看看她，再看看池月的脸色，然后走过去推林盼：“你别再说了，非得让人难受是吧？你走，我要关门了。”

“让她说！”池月的眼神淡然，“你想说什么？说吧。”

林盼顿了顿：“我知道你们不喜欢我，可你们想想，我能怎么做？观众不瞎，我不能太肆无忌惮吧？下午第一轮，我们的体能差距是明摆着的，我要是让你，谁看得下去？第二轮我如果全力以赴，你还能不能赢我，池月，你心里有数吧？接下来的两轮都是你赢，而且赢得很好看。然后，你成功地把比分扳到了 5:5，对不对？”

池月笑了起来：“继续？”

林盼深吸一口气，看看她，又看着屋里的其他人：“你们要讲道理。最后一轮比赛的时候我是看不到池月的，并不知道她的速度和表现。在模拟太空舱里，我已经尽力慢下来了，今天的速度甚至都不如我平常训练的时候快。你们可以回放视频……我出舱前真的以为她已经出去了！”

林盼说得掷地有声，有情有义又无奈，可每一个字都像在扇池月的耳光。

也就是说，要不是她放水，池月在下午第二轮就被淘汰了。更可笑的是，林盼放了她一马，她都没有赢。

池月笑了起来：“除了技不如人，我还能说什么？需要我给你道谢吗？”

林盼被噎住：“不需要。我只是不想让你误会，也不想让他……”她顿了顿，扫了一眼宿舍里的其他三个女选手，“不想让别人误会。”

别人？乔东阳吗？

池月勾唇：“好了，你要说的话我都听见了，还有别的事儿吗？”

林盼一脸无奈：“没事了。”

池月笑道：“那你可以去找别人解释了。我真的不需要。”

她话里有话，别人听不懂，但林盼知道。林盼对上池月的目光，试图从她的眸子里找出点儿什么情绪，可惜失败了。池月的双眼毫无波澜，就好像她不是失败者，失败的人是林盼一样。

“那你们忙，打扰了。”

林盼走了，宿舍里的气氛松缓下来。韩甜甜取下耳机，走过去把门关上。那砰的一声巨响，她相信林盼听得见：“道貌岸然！恶心。”

池月继续收拾东西，王雪芽看了看她：“这事儿就到此为止吧，别再给池月拉仇恨了。”

“这怎么能叫拉仇恨呢？”

“甜甜，我知道你是好心，是真心为池月好，但别人不会这么想啊！咱姐们儿输得起，没什么大不了。可是如果输了再叽叽歪歪的，就着实有点儿难看了。咱们都闭嘴吧。”

韩甜甜似懂非懂地哦了一声，气咻咻地踢床，小声说：“我就是觉得不公平，欺负人。”

池月收拾好行李走出宿舍时已是一小时后了。她走得很快，王雪芽小跑着才跟得上。两个人没有说话，路上遇到一些航天城的工作人员和选手，在他们或同情或探究的目光里，王雪芽憋了一肚子的火，池月却目不斜视，挺直腰背，脚下生风。

从宿舍到办公区，她们几乎眨眼之间就到了。

“月光光。”王雪芽很担心她，又说服不了她，“你一定要今天走吗？”

“嗯。”池月看了她一眼。

“那我去请假！”

“你请假干什么？”

“陪你回去啊。你这样走我不放心。”

“然后我再送你回来吗？”

王雪芽抿抿唇，无言以对。在沙漠地区活动，她的处境确实比池月更不安全：“可是我……你走了，我怎么办？早知道这样，就不撺掇你参加比赛了。”

如果没有参加“天降奇兵”，池月还是她的助理，还可以继续待在她的身边，两个人可以每天在一起。但现在不一样了，池月被淘汰了，再留下来难免会被人指指点点。

“你需要我的时候，我都在。”池月反过来安慰她，然后抬头看了看办公室门口上的“星空行者”几个字，“你回去吧，我自己进去。”

池月摆摆手，自己去梅总监的办公室说明了情况，表示今天就要回家，请节目组派个车。

梅伊安慰了几句，爽快地同意了，还给了她一个大红包，说是节目组的一点儿心意，感谢她为“天降奇兵”节目带来的关注度，期待未来跟她有更多的合作。

这个总监会做人，场面话说得很到位。

池月笑笑，接过红包，说了一声感谢后塞入了口袋里。

看她这么干脆，半点儿忸怩的姿态都没有，梅伊叹了口气。说实话，她也认为池月很优秀，淘汰了可惜，但节目的规则摆在那里，她一个总监也做不了主："你一会儿去停车场等着，我让司机送你。"

王雪芽没有走，还在走廊上等她。看到池月出来，她大步上前："怎么样怎么样，总监怎么说？"

池月看到了她目光里的期待，知道她在想什么，于是轻轻一笑："好消息。"

"真的？"王雪芽激动得差点儿跳起来，"是不是让你……"

"发了个大红包给我。"池月拍了拍口袋，"小乌鸦，我回去拿了行李就走。"

王雪芽低下头，闷闷地嗯了一声："我送你出去。"

为了抵御风沙侵袭，航天城的密封性很好。停车场是整体建在室内的，所有的汽车都停在里面。池月和王雪芽拖着行李箱进去，没有见到节目组的司机，却看到了乔东阳。

他靠在亮晶晶的玻璃门上，目光沉沉，表情隐隐带着一丝阴郁。

池月看了他一眼，点点头，想从他的身边走过去。

"站住！"乔东阳一把拖住池月的胳膊，然后朝王雪芽看了一眼，"我和她说几句话。"

王雪芽看池月面无表情，默默地退了出去。

"就这样走了？"乔东阳握住池月的胳膊，把她转过来面对自己。

灯光下，他的眼睛仿若镀了一层黑漆，有隐隐的恼意，又似乎有着点点光芒。这是一双与众不同的眼睛，每一次的凝视都好像饱含深情，让沦陷其中的人产生错觉，认为自己在他的眼中独一无二。可这双眼看谁不都是一样的吗？看她时深情，看别人难道就不深情了？

池月抬了抬下巴："有事儿？"

这疏离与冷漠的态度和赛前他们在他办公室里的亲昵像隔了一

个世纪。

“池月。”乔东阳艰难地开口，“对不起。”

池月安静地看着他：“你不用说对不起，是我该说谢谢！”

一声谢谢将两人的距离再次拉远，如同那句对不起一样，莫名地成了疏远的潜台词。乔东阳觉得他俩不该这样的，就算池月输了比赛，但从他们感情的本质上来讲，并没有发生任何变化，怎么会突然就这样了呢？他能想到的唯一理由就是池月很在意这次比赛的输赢。毕竟赛前她夸下了海口，现在被淘汰了，面子上过不去。

“我知道你不开心，但这事儿过去了，咱别往心里去了，好吗？”乔东阳的声音不似刚才那样冷硬，带了点儿安抚的意思，很明显，他在安慰她。可是，安慰人这事儿他不在行，一旦安慰不到点上，就会适得其反。

“留下来。这事儿没什么大不了，我说要留谁，没人敢有意见。”

“嗬！”池月漆黑的瞳孔在灯光下闪过一抹异色，“既然是你一句话的事儿，当初为什么绕这个大弯子？搞这么复杂，花这么多钱，弄了个‘天降奇兵’，为了逗谁呢？”

乔东阳愣住了。

为什么搞“天降奇兵”？一是为了服众，师出有名，堵住那些胡说的嘴；二是为了让她名正言顺地进组，不被人诟病。可是这些话现在说给她听有意义吗？

“是我考虑不周。”乔东阳爽快地把锅背在自己身上，像哄孩子似的放低身段，“都是我不好，但我知错能改，再不绕弯子了。我就直接告诉所有人，你是我乔东阳的女人。我就点名要你，怎么了？”

池月缩回手：“不好意思，我受不起。输了就是输了，我没那么大的脸回来。”

乔东阳的手空了，他看着她，没动。

池月克制住情绪，与乔东阳对视：“比赛的事儿过去了就不用再提了，现在我只希望乔先生能遵守承诺。我代表月亮坞的父老乡亲谢谢你！”

池月丢开行李箱，双手叠放在小腹上，朝他端端正正地鞠了个躬。九十度。她弓下去的腰久久才直起来。

“乔先生，你是我们月亮坞的恩人，我没什么能报答你的。但我看了你的计划书，项目规划得很好，前期投入虽然大，但未来肯定会产生经济效益。我会尽全力不让乔先生你亏本的。”

“池月？”乔东阳的眉心紧皱着，他不可思议地看着她，“你就只想对我说这些？”

“还有什么事儿吗？”池月淡淡地问道。

乔东阳的脸色慢慢沉下来：“我在担心你，在安慰你，你就知道你的月亮坞！你嘴里说着感谢的话，却正眼都不看我一眼。池月，你把我乔东阳当什么人了？”

“你是乔先生。航天城的主人，月亮坞的大恩人。”

“我们除了对月亮坞的投资，就没别的可说了？”

池月看着他：“我很感激乔先生，但除此之外，确实没什么可说的。”

停车场突然安静下来，池月几乎能听到乔东阳重重吸气的声音：“在你心里，我是什么人？”

池月张了张嘴，又慢慢合上：“你是个好人。”

“仅此而已？”

“仅此而已。”

乔东阳的眼神落寞又柔软：“池月，我什么都不是吗？”

“你是乔先生。”

“没了？”

“没了。”

乔东阳的声音加重：“我再问你一次，在你心里，我乔东阳究竟是你的什么人？”

他反复问这个问题，像重锤一样一次次地敲在池月的心上，她开始烦躁、混乱，于是不耐烦地抬起头，目光冰冷：“乔先生找我就为了问这个？你无不无聊？你是什么人，自己心里没点儿数吗？你什么都不是！”

乔东阳瞪着她，拳头攥紧，牙齿也咬紧了。他的骄傲快被她磨光了。他说："一次比赛输了而已，就让你这么介意？有什么大不了的，不就是输了吗？池月，你能不能冷静一点儿？你知道这些话多伤人吗？"

他的恼怒在灯光下肆意膨胀，他的脸色看上去有些吓人。

池月安静地看着他。他们之间没有障碍和距离，她看着他英俊的脸，却觉得仿佛隔了很远。

"乔先生的话要是说完了，我就走了。"

乔东阳被她噎住，盯着她无动于衷的脸，原本明亮的眼睛慢慢地变暗了。

池月拉过自己的行李："小乌鸦！"

王雪芽进来了，背后跟着一脸懵懂的司机。

他们都看到了乔东阳——的背影。他走了，头也没回。

池月拖着行李站在原地，她的脸色苍白，看上去却很平静。

这两个人的画面太揪心。

王雪芽听到了他们的对话，但不知道还能说什么："月光光，你太刚了。男人都好面子……"

"男人好面子，那我不要脸的啊？"池月面无表情地冷笑，"我知道你想说什么，不用劝了。天生就不合拍的人根本就不适合在一起。早了结早好，不要拖泥带水。"

王雪芽一脸不解："我觉得吧，你比赛输了和乔师兄也没什么关系啊？你看不出来吗？他也是好心。他在关心你！"

池月猛地转头，目光尖利地看着她："你看不出来他只是在同情我吗？他早就认为我会输，从心底里就认为我不是林盼的对手。好，我确实不如她。可我输了就输了，他凭什么认为我输不起？凭什么啊？"

她吼得有点儿大声。

王雪芽撇了撇嘴，快哭出来了："月光光，你太偏激了。"

池月倒抽一口气，看了看司机："不说了，我走了。"

她招呼司机过来放行李，然后坐上车："回见。"

王雪芽手足无措地看着她："月光光，到底为什么呀？"

为什么要这么偏执啊？这不是她平常洒脱的样子啊！从王雪芽

的角度看，乔东阳就是一个好心来哄女朋友，结果碰了一鼻子灰的可怜家伙。池月心情不好，虽然可以理解，但她不是这样不讲道理的人。

停车场的大门缓缓升起。

那辆车载着池月离开，走远了。

王雪芽一个人在停车场站了好久，最后抹了抹脸，慢慢地往宿舍走。

这时，有消息进来了。

她低头看手机。

月光光："也许是我嫉妒了吧。小乌鸦，我今天简直一败涂地。"

乌云笼罩在月亮坞的上空，晚上风大，看不见黄沙万里，四周尽是孤寂。

池月在村口下了车，谢过司机后，慢慢地把行李拖下来。去她家的路不好走，司机不熟悉路况，她也不想麻烦别人。离开的时候，她从梅总监给的红包里抽出两张递给司机："辛苦你了。"

司机有点儿不好意思，但也没有推辞，看在两百块的额外服务费上，附赠了一句夸奖："今天的比赛看得挺揪心的，你特别厉害，很多人都喜欢你。我老婆昨天还在问我呢，可不可以麻烦你给她签个名。"

池月怔了怔，摇头失笑："多谢嫂子。"

说完，她走了。司机看看她的背影，再看看钱，有点儿纳闷儿："我说的是真的呀。唉！"

夜深了，家里的大门紧闭着。二黄听到动静，汪汪直叫。它还不知道回来的是它的主人，一边激动地吠着，一边扑向门边。平常很温驯的一条狗，此刻为了看家护院表现得格外凶狠。

池月放下行李，拍拍门："妈。"

二黄呜呜两声，停下了，在里头拼命地摇尾巴。等于凤来开门的时候，它嗷的一声扑到池月身上，两只前爪直起来与她亲热。这是一条土狗，养得不好，吃得不好，毛色不光亮，没有宠物狗那么可爱呆萌，但和宠物狗一样忠心。

池月拍拍二黄的头，没有说话。

于凤诧异地看着她：“怎么这时候回来？”

池月：“得空就回来了。”

于凤瞅着她，然后让开了门，过来帮她拿行李。看池月拎了这么多东西回来，出于母亲的敏感，她马上就察觉到池月的情绪不大对。

于凤一边往里走，一边试探着问：“不是在比赛吗？阿俏说前两天在电视上看到你了，还说那个什么网络上有很多你的消息，妈怎么看不到啊？”

看不到好，池月这么想，但没这么说：“比赛结束了。”

“这就结束了？妈还想让阿俏找给我看来着。”

池月进了屋，坐在昏黄的灯光下，看着家徒四壁的房子，慢慢地从兜里掏出一张银行卡，递到于凤的面前：“比赛的奖励！”

钱是个好东西，总能轻易影响人的情绪。

于凤看到银行卡，眼睛一亮：“我闺女真厉害，多少啊？”

“二十万。”

“呀！这么多？”于凤拿过银行卡瞅了瞅，又看看池月的脸色，慢慢地把卡放了回去，“月月，拿了奖金为什么不高兴？”

“没有。”在池月的心里，于凤并不是很好的倾诉对象，两代人观念的不同，就像中间横了一条鸿沟，在很多事情上都无法达成共识。

“我姐呢，睡了？”池月看了看时间，岔开话题。

于凤的目光微微一闪，她嗯了一声，脸沉了下来：“睡了。”

池月不放心地问道：“她还好吧？”

于凤：“好。”

说那个好字的时候，她没有看池月的眼睛。于凤胆子小，藏不住事儿，池月是她养大的，太了解她的为人了，一看就知道她有事儿瞒着自己，而且是关于池雁的：“你说清楚，我姐怎么了？”

两姐妹的感情从小就很好，池雁当年为了供池月读书，下车间进厂房，什么苦都肯吃，池月对池雁也一样，在于凤心里，池月对池雁的关心甚至超过了对她这个亲妈。因此，面对女儿凌厉的视线，她不敢隐瞒：“你姐没事，就是我吧，准备给你姐说门亲事。”

“亲事？”池月愣怔一下，“她这个样子，怎么找对象？”

于凤垂着眼皮，拉了张高凳坐下：“是不好找，但你姐模样好，要不是这病……莫说月亮坞，便是吉丘，也没几个人比你姐长得水灵。”

“我不是说这个。”池月的语气生硬，“你给她找什么亲事了？”

于凤沉默了约莫半分钟：“就我们本村的，杜、杜老三。”

“什么？”池月当即从凳子上站了起来，眼里满是震惊和怒火，“妈，你是怎么想的？怎么可以把姐姐嫁给杜老三？”

杜老三是月亮坞有名的老光棍，快四十岁了都没找媳妇，一是家庭条件不好，二是他自身条件太差——杜老三年轻的时候和人家打架，被打瘸了一条腿，后来为了报仇，又打瞎了别人一只眼，蹲了几年号子，出来就找不着媳妇了。

还有一个于凤不知道的事情。池雁和杜家老五杜明宇青梅竹马，谈了好几年恋爱，要不是池雁突然出事，杜明宇另娶他人，说不定他俩孩子都有了。现在池雁嫁进杜家，让她情何以堪？

池月又惊又气：“妈，是不是杜家给你什么好处了？你怎么会突然想到这事儿？”

于凤期期艾艾的：“哪儿有什么好处？月月，你姐的情况你不知道吗？咱们也别嫌弃人家杜老三，他好歹是个正常男人，除了瘸了一条腿，年纪大点儿，没什么毛病。可是你姐……”

一听这话，池月炸了：“我姐怎么就不正常了？我姐不发病的时候，人好好的，长得好看，脾气也好，怎么可以嫁给杜老三？妈，是不是杜家给你许了彩礼？”

于凤的表情不大自然：“这嫁娶的事儿，彩礼肯定是要的……阿俏昨天过来，说是她三哥给了两万块，让我给池雁添些衣裳。”

“什么？”池月气得脸色都变了，“我懂了。你这是准备卖女儿吧？这么大的事儿，你问过我吗？你征求过我姐的意见吗？”

“你姐能有什么意见？你……你不是忙吗？我没找着机会告诉你。”

“得了吧你！”池月快气死了。一件接一件的事儿让她整个人处于情绪崩溃的边缘，人在气头上，语气无比生硬：“你就是为了你自己。不要以为我不知道，你早就厌烦照顾我姐了。她是你的女儿，可是你烦她！你早就烦她了！”

于凤瞪大眼睛。

孤灯昏黄，母女俩眼对眼。

温情被撕开，彼此的眼里都有伤。

“说得好。”于凤点点头，红着眼指着她，“我早就烦了。要不是为了你们姐妹俩，你以为我愿意守在这破地方天天被人戳脊梁骨吗？我几十岁了，可没有一天活出了个人样儿！”

池月吸吸鼻子，喘口气：“没有我和我姐，你早就改嫁了吧？”

于凤的眼泪突然夺眶而出，她趴在桌子上号啕大哭：“我这是作的什么孽哦！呜呜……这就是我养的好女儿……”

池月站在那里看着她的肩膀耸动，一动不动。

“月月？”房间门口传来池雁的声音。她是被吵醒的，此刻穿着单薄的衣服站在房门口，一脸不解地看着池月：“妈妈哭了，月月，你惹妈妈哭了？”

池月抹一把脸，笑着走过去：“怎么起来了？快去睡。”

于凤听到大女儿的声音，也迅速收住眼泪，红着眼圈看着池雁，勉强地笑笑：“我和月月在做游戏呢，雁雁，你乖啊，快去睡。”

她怕池雁发病。池雁的精神受过刺激，她一旦发作，比池月吓人多了。不过，池雁这会儿很平静。她最近控制得很好，已经很久没发病了。昨天阿俏还给她看了池月比赛的视频，她看到妹妹出现在阿俏的手机上，很开心，也很不可思议：“月月，你是怎么回来的？你是从手机里变出来的吗？”

池月笑道：“是啊，嗖的一下，我就变出来了。”

“你为什么会变？”

“因为我知道你想我了呀，我就回来了。”

池月笑着哄她，然后扶住她的肩膀：“走，我们回房里说话。外面凉，感冒了就要吃药，你不是最讨厌吃药吗？”

“哦，好吧。妈妈不哭……”池雁看了一眼于凤，跟着池月走了。

池雁很听池月的话，在池月面前不像姐姐，反倒像个依赖池月的孩子。池月这一回来，池雁格外兴奋。她们说了好久的话，池月哄了好久，她才睡着。等池月从她的房间里出来时，于凤已经不在客厅了。

灯灭了，她拖回来的行李摆放得好好的，那张银行卡就放在桌子上，于凤没动。

池月拿着那张银行卡，歪着头看了很久，然后收进包里，将行李全部拖回了自己的房间。

夜晚的月亮坞风声很大，鬼哭狼嚎一般在天上呜咽，掠过屋顶时，像是要把房间一起掀翻。池月很久没有躺在自家床上了，看着这间窄小的房间，听着狂暴的风声，内心渐渐平静。

她把电脑抱上床，放在腿上，准备看看自己的网店，但电脑桌面上的文件——《月亮坞生态环境改造工程与建设项目可行性报告》吸引了她的注意力。

那天晚上乔东阳送给她这个U盘，她打开看过后顺手将文件保存在电脑上，隔了这些天再看到它，池月眼圈一热，慢慢点开。

这是一份非常专业的计划书。在近百页的内容里，他把对月亮坞的未来规划阐述得十分完整。沙漠绿洲、生态公园、新型农村，碧波荡漾的月亮湖，拥有灌溉资源的土地，郁郁葱葱的森林，宽敞平整的公路，国家级旅游景区……这是一幅用文字勾勒的理想画面，将池月内心最深处的渴望全部铺于纸上。

这是她穷尽一生也完成不了的事儿。整个工程浩大宏伟，前期投入就高达数十个亿。在沙漠地区打造一个景区，让干涸的月亮湖重新荡起碧波，这是一个普通人连想都不敢想的工程。这个工程需要钱，很多很多钱。

池月的脑门儿靠在电脑上，她沉默了许久，然后给手机充上电。

离开航天城不久，她的手机就没电了，但她没有充电的欲望。

手机一开，消息就跳了出来。

小乌鸦："月光光，你到家了吗？到家给我发个消息呀，我担心你。"

小乌鸦："月光光，不管发生什么事儿，我都会陪在你身边。你至少还有我。"

小乌鸦："你再不回复我，我都想退赛了。去他的比赛吧，咱们一起经营网店，以后我不偷懒了，我帮你打包快递，帮你送货，你让我做什么，我就做什么……”

然后就是“亚洲5A级美人区”群里的聊天，999+刺瞎眼睛。

孟佳仪、刘芸都在群里骂林盼、骂比赛，替池月打抱不平，就连许久没有出现的刘若男都@了池月，给她发了安慰和拥抱的表情。

池月叹口气，在群里发了一条消息：“我没事，已经安全到家，大家别担心。”

末了，她又给王雪芽单独报了个平安。

夜已经深了，群里的人没有反应，王雪芽却是秒回：“你终于回我了。月光光，你好点儿了吗？”

“你还没睡？”池月有些诧异。

王雪芽是个作息规律的人，尤其是在航天城的时候，熄灯时间都有严格规定，现在都快2点了，还抱着手机：“我在等你。没有你的消息，我睡不着。”

池月叹口气：“早点儿休息，明天还要训练。”

“月光光，乔师兄和你联系了吗？我刚才想过了，我觉得你和乔师兄的性子都太刚了，所以你俩老是吵架，谁都不肯服软。但是两个人在一起呢，总得有个人先服软的……”

池月说：“小乌鸦，我累了。”

“那好吧，你先睡。我们明天再说。”

“晚安。”

闺密是用来倾诉的，以往有什么不高兴的事儿，池月也会和王雪芽吐槽。可是今天她什么都不想说。对于一些隐秘的烦恼，没有共情心理的人是不能理解的。王雪芽对她的关心是极为真诚的，但王雪芽的成长环境和她不一样，她们可以分享秘密，但分享不了情绪。

池月看计划书看到凌晨，从迷迷糊糊中醒来时，看到于凤正在抱柴生火。高高叠起的柴堆比她上次离开的时候更高了，都快码不下了。

“妈。我来。”池月过去帮忙把柴火抱到厨房，坐在木凳上生火煮饭。

天已经大亮了，于凤往常不会到这个点儿才煮饭。池月知道她昨夜也没有睡好，内心恻然。但有些事情仍然要跟她说清楚："一会儿我去找阿俏，把两万块退掉。"

阿俏的本名叫杜俏，是杜明宇和杜老三的堂妹，也是池月的小学兼初中同学。初中毕业她就辍学了，去了外地打工，两个人就很少联系了。池月高考那年听说阿俏嫁了人，生了孩子，当时就诧异了一下，再见面的时候，阿俏的孩子已经会打酱油了。

于凤没有说话，看了池月一眼，转身回了房间。

再出来时，她拿了一个包，从里头掏出两万块钱，默默递给池月。

池月很久没有见过这么多现金了，愣怔一下，接过来："一会儿我把银行卡给你，家里要添什么，你和我姐想买什么，都买，用不着那么节省。我养得起家。"

"呜——"刚才还绷着脸的于凤哭了。

早上起来她的眼睛就是红的，这一哭，眼睑更是红肿。

池月默默递上纸巾："别哭了，昨晚是我说话太重。这些年你很辛苦，我都知道。"

当年于凤的长相也是极为出挑的，所以才能生出池月和池雁这一对姐妹花。年轻时的她青春貌美，惹得无数小伙子眼热心跳。可是在池月的印象中，于凤已经很多年没有添过新衣了，护肤品更是从来都舍不得用，再好的基因也经不住这样折腾。

她老了。皮肤没了光泽，眼底失去了光芒，皱纹铺满了脸颊，她成了一个普通的农村妇女。她或许也曾有过梦想，却最终被女儿和岁月磨灭在这月亮坞里。

池月想到这里，放缓了语气："妈，我姐不能这样嫁人。不说对方人品好不好，只说离开了这个家，谁会像咱们一样照顾她？别人要是打她骂她，咱们能知道吗？你舍得我姐去吃苦？"

于凤的鼻翼翕动，她哭得泣不成声："你以为我愿意吗？我也是没有办法。"

池月皱眉："怎么就没办法了？"

于凤吸着鼻子犹豫一下："月月，妈不可能陪她一辈子。妈早晚是会死的，说不准哪天倒下去就爬不起来了。你还要嫁人，我不能让你姐拖累你一辈子……"

"妈！"

"你听我说完。"于凤瞪着她，"妈不能照顾她一辈子，你也不能。月月，你以后会有自己的家庭，得过自己的日子，到时候池雁怎么办？我得为她找个靠得住的人家。"

"杜老三是不成才，没什么本事，年轻的时候还犯过事，可这些年我都看在眼里的，他是个厚道人，家里二老也都过世了，没什么负担，只要他肯全心全意照顾你姐，妈认为他是个好的选择……"

池月闭上眼："妈，我做不到。除非我姐自愿，要不然我不会让她嫁人。"

"她不嫁人怎么办？你养她一辈子？"

"我养她一辈子！"池月斩钉截铁地说道。

于凤红着眼，生气地吼她："你不嫁人了？哪个婆家会允许你拖个疯子姐姐嫁过去？"

"疯子"两个字刺激了池月，她的声音拔高："我不嫁人！这辈子我都不嫁！"

于凤与她大眼瞪小眼："你是不是想气死你妈？"

池月叫了一声"妈"，声音都哑了："我不能做白眼狼。我姐为我做的，我一辈子都还不清。我心甘情愿地照顾她。"

于凤看了她片刻，呜咽着转过身。

星空航天城。

今天恢复了正常训练，气氛一如往常，大家有说有笑，除了王雪芽沉着脸，没有任何人因为池月的离开而受到影响。

郑西元起了个大早，然后就去找乔东阳报到，可还没进办公室就被侯助理挡下了："郑总，郑总，实在不好意思啊。"侯助理回头瞅了瞅，冲他摇头，"我劝你最好别去触这个霉头了。"

郑西元从他的肩膀上面看过去："祖宗爷还没消气呢？"

"唉！"侯助理把他请到外面坐下，给他倒了杯水，然后向他大倒苦水，"这次怕是气大了，哄不好的那种。"

"嗯？"郑西元吹着杯子里的水，眼睛瞄着侯助理，"那他怎么打算的？”

“什么怎么打算？”

“池月的事儿啊。”郑西元把杯子放下，“他不会就这样算了吧？”

“不算了怎么办？那姑奶奶也不是省油的灯，你瞅着她是哄得好的那种吗？”

“也是，尴尬啊。”郑西元笑了笑。

这个事儿侯助理心里也没底。昨天池月离开后，乔东阳就黑着脸不爱理人了。以前他生气，侯助理总有办法哄他，这一次真是束手无策了。

“真是搬起石头砸自己的脚。”这是郑西元的总结，“依我说，你主子就是太嫩了。哪有追女人追成这样的？不是我说他，就乔东阳这三个字摆在那里，恐怕都没人相信他追女人会追飞吧？”

侯助理撇了撇嘴：“是啊，尴尬啊！”

郑西元咳嗽一声：“我今儿来就是找他商量的。我准备让节目组亲自去池月的家里，找个由头把她请回来。”

“别别别！”侯助理拼命摆手，“郑总，你可千万别好心办坏事。我们还不知道乔先生是什么想法呢。”

“他能有什么想法？不就是吃不到嘴里，心慌吗？”

郑西元刚说到这里，门就开了。

乔东阳冷着脸走出来：“你是吃多了，把嘴吃坏了吧？”

郑西元：“开个玩笑，阿乔，噫，你这是上哪儿去？”

乔东阳不搭理他，只把侯助理叫过去：“带上天狗，回申城。”

“喂喂喂！”郑西元跟上两步，“不是说好今天开会研究下一个阶段的比赛吗？这节骨眼上，你怎么就走了……”

“你看着办。”乔东阳头也不回。

以前乔东阳什么事儿都亲力亲为，现在干脆甩给他了？

“什么情况啊？”

第十一章

再见是欢颜

乔东阳一回到申城就去了公司，马不停蹄地召集所有人开会。

月亮坞生态环境改造工程还处在项目论证阶段。项目组刚刚组建起来，目前除了计划书外，还没有进一步的工作计划。而且乔先生这个决定非常突然，很多人心里存有疑问，所以项目组也在观望集团的态度，工作进展缓慢。

乔东阳刚回来就要把项目提上日程，这让项目组措手不及。他们什么都没有准备好，突然被抽查工作，一问三不知。乔东阳又发了好大一通脾气，开掉了项目组组长，扣了全组的奖金，并责令他们三天出计划。

这把火算是烧大了。

乔东阳走马上任以来，第一次做事这样决绝。谁也不知道老板吃了什么枪药，全公司从上到下战战兢兢，大气都不敢出，生怕这把火落到自个儿头上。不时有人来找侯助理打听情况，想从老板最亲近的人嘴里问出真相。可是侯助理只知其然，不知其所以然，比他们还可怜，挨骂最多的就数他了。

这个时候，侯助理真是羡慕天狗。不论乔先生发多大的脾气，天狗都一如既往地高高兴兴，挨骂了死一死，然后又活过来，继续开开心心。

“猴子，乔大人已经有两天睡眠时间低于五小时了，这样会影响他的身体健康，损伤记忆力，降低工作效率，脾气变差。要是再严重一点儿，也许会引发各种心脏疾病，以及高血压、中风、糖尿病、性功能障碍……”

侯助理像在听唐僧念经：“你为什么不自己告诉乔先生？”

天狗：“因为猴子你是乔大人的助理呀！而我只是个宠物。”

“……”真有自知之明。

“猴子猴子！我在说话呢。”

侯助理拍它的脑袋：“请叫我侯助理。”

“猴子猴子！”

侯助理觉得脑壳好疼：“你说你怎么就这么固执呢？我教你的话你都不听了是不是？”

“因为我是机器人呀。因为我是乔大人的 AI 宠物呀！我只听乔大人的话呀！”

“你还有理了？你懂不懂要为人分忧？”

“猴子你在生气吗？不好不好，生气会影响你的身体健康，损伤记忆力，降低工作效率，脾气变差。要是再严重一点儿，也许会引发各种心脏疾病，以及高血压、中风、糖尿病、性功能障碍……”

“啊！你想气死我，然后继承我特助的位置是不是？”侯助理正要骂它时，呼叫器响了：“猴子！进来。”是乔东阳的声音。

一听这话，天狗就叫起来了：“是吧、是吧，我没有叫错的，你就是猴子。”

侯助理瞪它一眼，小心翼翼地推门进去：“乔先生。”

乔东阳一个人坐在办公室里，明亮的落地窗外是申城灰蒙蒙的天空。申城已经很多天没有太阳了，那天气就像乔先生此刻的脸色，阴沉幽冷。

乔东阳看着自己的手：“怎么样了？”

侯助理看着他修长的手指，一脸笑意：“很漂亮，很修长。”

乔东阳收回手，瞪了他一眼：“我问你这个了？”

侯助理茫然：“您问什么呢？”

乔东阳沉默一会儿：“月亮坞的项目。”

“哦。”侯助理站直身体，“项目组正在加班加点地干活，今天上午小郑他们已经飞到吉丘去了，还带了一个专家团队，很快就会有结果。乔先生，这事儿急不来，这么大的工程，不仅可行性需要研究，乔董那边……”他知道这个时候说这话很触霉头，可又不能不说，“乔董那边，您最好提前知会一声。”

乔东阳的脸色一暗：“这事儿我做主。”

侯助理张了张嘴，似乎想说什么，可最终也只是叹了口气。

乔东阳不看他，又一次抬起手，在侯助理的眼前摊开，一张一合：“猴子，你说我为什么就抓不住呢？”

侯助理一愣：“抓不住什么？”

乔东阳没有表情：“我缺什么，就抓不住什么。”

这个话题让侯助理很难接。

不过身为一个马屁精助理，他不能连这点儿事儿都搞不定。

他想了想：“因为乔先生什么都不缺啊。不需要抓什么。”

哼！乔东阳不看他，只看着自己的手。那真是一双漂亮的手，一双可以拥有很多东西的手。

乔东阳：“从小到大，所有人都捧着我，顺着我。所有人都告诉我，我要什么就可以有什么，好像我天生就是什么都不缺的人……”他停顿一下，突然一笑，“可是，我明明缺了个世界。”

“乔先生，你这样让我很忧伤啊。”

乔东阳望着他，沉默许久：“准备准备，我们去吉丘。”

“啊？”不是刚回来没几天吗？你好歹矜持一点儿啊，这样很占下风的。

乔东阳的动作很快，可是乔正崇的速度更快。当天下午他就把乔东阳和侯助理堵在了家里。

这是乔东阳的私宅，老乔平常不会来，乔东阳也不怎么回老乔那个家。父子两个见面就像仇人一样，眼神里都有杀气，在那儿一对眼，旁边的人就觉得空气都变冷了。

“你这是要去哪儿？”乔正崇看着乔东阳的行李。

“吉丘。”乔东阳懒洋洋地说道，并不回避。

乔正崇盯着他，片刻后，摆摆手：“你们都下去！”

几个随从包括侯助理都乖乖退出了客厅。

乔东阳哼了一声，往沙发上一坐，瞄着客厅中间手足无措的女人：“让她也出去。”

“她？她是谁？人都不会叫吗？”乔正崇沉着脸，气不打一处来，“她是你小妈。”

乔东阳扯扯嘴角，似笑非笑：“出去！”

“我出去，你们父子俩好好说话。”女人单薄的身子有些瑟缩，说话的时候显得尤为矮小。她垂着头，不敢看乔东阳：“崇哥，你好好和孩子说，别生气……他年纪还小。”

“他还小？”乔正崇瞪了她一眼，“都是你给惯的！”

女人默默地低着头出去了。

乔东阳看着她离开，也不喊乔正崇坐下：“找我有事儿？”

乔正崇看到他这样就没好气，提提裤腿，在乔东阳对面的沙发上坐下来：“月亮坞的工程，你马上给我停下。”

乔东阳哦了一声：“理由？”

他从来都是这样，不肯好好说话，乔正崇最受不了他这个样子，这总让乔正崇想起当年那个叛逆的乔东阳，那个不服管束，把亲爹当仇人的逆子。他从小到大干过的唯一一件事就是跟他亲爹作对。

“你要做公益，我不反对。花点儿钱提升企业形象，也是一举两得。你要为月亮坞修房造屋、植树造林、捐款捐物，都可以。但你现在做的是什么？在沙漠里造绿洲？再造一个人工湖？乔东阳，你是不是傻？那是沙漠，沙漠！”

乔东阳面不改色：“沙漠怎么了？”

“沙漠里没水。这个改造工程比你建十个星空航天城都困难！”

“哦。我知道。”乔东阳冷冷地一笑，“那里曾经是有个湖的。你看地图了吗？它就叫月亮湖。既然是湖，当然得有水。”

“胡闹！”乔正崇的心窝一阵抽搐，他生怕一口气提不上来，就被乔东阳活活气死了，“你这是被女人迷昏了头。我不同意。”

“你不同意有用吗？”乔东阳冷冷地瞪着他，语气不近人情，“老爷子的遗嘱写得很清楚。我年满二十二岁之后就可以继承乔家的产业。乔董不会忘了吧？还是我需要让律师找你谈谈？”

乔正崇瞪着他，一时说不出话。

“乔董还有意见吗？”乔东阳懒懒地问道。

“你居然这样跟我说话？”乔正崇一脸惊讶，眼睛里又刺又疼，“这就是我养大的儿子。好，乔东阳，你好得很。”

“你养大的？”乔东阳抚着额头笑出了声，“我第一次见到乔董时是几岁，是我回国读航校那年吧？我想想啊，十八，还是十七？乔董，你还记得吗？”

乔正崇沉默片刻：“小时候的事儿你都忘了？”

“忘了。我只记得十七岁那年第一次见到我的亲爹时，他赏了我一巴掌。”

乔正崇的胸腔起伏着，气有点儿不顺：“所以你恨我？因为这个恨我？把你送到国外，我不是为了你好？打你一巴掌，不是因为你不争气？”

乔东阳冷笑：“是为了我好，还是为了撵走我妈，和别的女人乱搞？”

乔正崇的脸色一变：“你竟然是这么想的？”

“不然我怎么想？”

“好、好、好，我明白了。”乔正崇苦笑两声，然后盯着他，目光冷峻，“你长大了，翅膀硬了。这是要拿你爷爷的遗嘱压我，请我让位的意思，对吗？”

乔东阳别开头，站起来：“你别管我的事儿，咱俩就井水不犯河水！”

他大步走出去。

乔正崇紧紧地闭上眼：“乔东阳，你给我站住！”

乔东阳好像没有听见他的话，叫了侯助理，拿上行李就上了天狗开过来的车，等乔正崇和董珊追过去的时候，他们只看到了那绝尘而去的车屁股。

“这个孽障，我怎么生出个这样的儿子？”

星空航天城里，会坐着私人飞机“自驾游”的人只有乔东阳。直升机一到，航天城的人就紧张起来。毕竟他离开那天脸色实在难看。这走了没几天又回来了，大家都是又紧张又小心。

郑西元特地吩咐厨房准备了“接风宴”。可乔东阳好像只是来停机的，一口水都没喝，放下东西就坐上越野车走了。

“什么情况？”郑西元一脸不解，一路跟出停车场，“阿乔，你是不是哪儿病了？最近咋这么奇怪呢？”

乔东阳懒得理他，关上了车窗，让侯助理联系人。

月亮坞工程的项目组也是刚到吉丘不久，进驻月亮坞也是今早的事儿。他们前脚刚到，乔先生后脚就跟了过来，足见他对这个项目的重视。大家得到乔先生过来的消息后就像打了鸡血似的，准备撸起袖子加油干。

乔东阳在车上听项目组汇报完工作进展，就合上了眼。原本准备小憩一会儿，但他此刻心神不定。当初他答应过池月让她参与改造工程，现在项目准备启动了，是不是应该通知她一声？他要去月亮坞了，是不是也应该告诉她一声？可是这么多天了，她都没联系过他，证明人家根本就不在乎，他主动贴上去……丢不丢人？丢人。

乔东阳沉默了很久，在反复删除几次后，终于编辑好了消息：“月亮坞改造工程启动了，你现在还有兴趣吗？”

这是废话。他知道，她太有兴趣了，让这个女人为月亮坞去死，说不定她都会答应。乔东阳心里酸酸地想着，甚至已经猜到她看到消息时激动的样子了。哼！让她得意一下吧。

他点了发送，一个红色的感叹号突然冒出来。

“对方开启了好友验证，你还不是他（她）的好友。”

乔东阳的脸色一变，池月居然把他从好友中删除了。

绝！是个狠人。侯助理看到了老板的表情变化，那阴云密布的脸显示着暴风雨马上就要来了。侯助理赶紧转移他的注意力：“乔先生，这个点儿去月亮坞，晚上赶不回市区。那边的住宿条件也不好，要不然咱们明天再过去？”

“就今天！”乔东阳捏紧手机，“我要去看看她到底有多横，居然敢删我好友？”

不知道为什么，侯助理有点儿想笑。

“这女人真是莫名其妙，欠收拾！看我还理不理她！”

侯助理望天，继续憋着。

他们到达月亮坞时已是黄昏。

项目组早早接到消息，全员出来迎接乔先生。月亮坞这个村子太破，没办法给他们提供住宿的地方，但是项目组这次是准备长期驻扎的，所以短短一天之内，乡镇领导就亲自带着人送来了全县人民的慰问和攻坚设备——工作帐篷、饮用水、生活用品。对吉丘这样的贫困县来说，改造月亮坞的生态环境这种规模宏大的逆天工程，便是背靠财政，招商引资也引不进来。现在有企业主动进场，政府当然要全力做好保障工作。

项目组把大本营扎在村委会那三间砖瓦房外的广场上。这里通村头，也通村尾，交通最便利。项目组一来，月亮坞就热闹起来了。整个村子的人都拥过来打听消息，一传十，十传百，很快，十里八村都知道这事儿了，大家纷纷往月亮坞走，把村委会挤得水泄不通。

今天的村长和村书记红光满面，看到乔东阳亲自来了，更是喜上眉梢，不停地和他握手，欢迎和感谢的话，翻来覆去说了无数遍。

乔东阳看了一眼围观的人群，没有看见池月，笑了笑，没有多说什么。

村委会是最低级别的行政办公场所，在经济发达的地区也是像模像样的，可月亮坞是真穷。屋里只有一张桌子、几条凳子、一个茶几、一张竹编沙发，到处都是灰尘，陈旧不堪。

茶是泡好的，热气腾腾。乔东阳低头看了一眼，没有喝。他客套了一会儿，就把村长哄回家杀鸡去了，然后单独见了项目组组长俞荣。

池月昨晚熬夜给网店上新，今天就赖了会儿床。起来后，她又开始帮池雁洗头、洗衣服，对外面的事情一无所知，直到于凤回来。

“村长说下午 3 点开村民大会，让大家都去。”

于凤人还没到，声音先到了。她推开门，满脸喜色。

池月怔了一下："为什么突然开会？"

于凤拍拍裤腿上的沙子，像是捡到宝似的："咱们月亮坞要变天了。"

"变天？"池月想到了什么，但不太确定。

"可不！"于凤从眉毛到眼睛都在笑，像是突然扬眉吐气了一般，描述起月亮坞的规划就像在说自己家里的一亩三分地，"大老板来投资，以后咱们这儿要建成沙漠生态公园，要建新型农村。他们还去月亮湖看了，要在原址上重修人工湖……听说乡长和支书都跟着呢，这事儿假不了了。"

池月怔了怔，没说话。

虽然池月早就知道这个计划，不过乔东阳的速度这么快，还是有点儿意外。

下午，于凤去开村民大会，回来后就拖着池月，笑得合不拢嘴："你知道发生什么了吗？"

池月摇头。

于凤："咱们要发财了！哈哈哈。"

金钱的魔力是巨大的，昨天还在怨天尤人的于凤今天像换了个人。她看着池月的脸，就像看见了一棵摇钱树。这表情让池月觉得不妙："怎么啦？"

"你这闺女，天生就是做生意的料！"于凤难得这么直接地夸女儿，更难得地表现出真实情感，"村长说了，但凡是在项目圈子里的土地和房子，都可以拿到占地赔偿。大老板会集中给咱们修房子。经济林也要赔偿，村长说赔偿条件都能谈，肯定会让咱们满意……"

这些年月亮坞的土地养不活人，青壮年都外出打工了，村里荒下来的地大部分被池月以低价租回来，全部种上了树苗。这次占地赔偿，她们家可不就是村里的最牛拆迁户了吗？

于凤一脸笑意："我和村长讲了，咱们家种的树一批一批都死了，可花了不少钱呢。村长说大老板表过态，肯定会翻倍赔给咱们。"

池月看着于凤笑红的脸："翻倍？"

“可不是嘛！你是没看到，阿俏妈脸都气黑了。可乐坏我了。”

于凤在村里从来没有像今天这样扬眉吐气过，哪怕是池月当年考上大学，因为需要学费，她也是愁多于乐，而今天，村里的男女老少都高看了她一眼，说她有先见之明，一下子就发了财。

“咱们不能要！”池月的话把于凤吓一跳：“你说什么？”

“我说，月亮坞统一规划是好事，但咱们只要收回成本就行，不要狮子大开口。”

“你傻啊？”于凤一脸震惊，“人家大老板差你这点儿钱？你还高风亮节了？”

“不是高风亮节的问题。”池月盯着她。

她知道于凤不容易被说服，换了个委婉的方式：“咱们支持家乡建设，要从自身做起是不是？如果大家都学咱们狮子大开口，要高额赔偿，你说要是把人吓怕了，人家不投资了怎么办？”

于凤愣住了。

池月趁热打铁：“人家抽身一走，你哪儿来的新房子，哪儿来的好日子？”

“也是，我怎么就没想到呢？还是我闺女聪明。”

改造月亮坞的消息长了翅膀一样飞了出去。

在外乡打工的人怕家里的老人吃亏，都纷纷往家里赶。因为涉及项目征地的问题，月亮湖附近的三个村庄也都派了代表过来。一时间，小小的沙漠村庄热闹得如同集市一般。

池月并不知道乔东阳到了月亮坞，但项目组的“招聘启事”贴得满村都是，她家的外墙也不能幸免。项目组要在当地开展工作，除了需要与政府部门达成合作意向，还需要经常与一些当地的企业打交道。当然，也需要用到当地的人。

池月近期都不想离开吉丘，刚好大四要实习了，能留下来参与月亮坞的改造当然是最理想的工作。

第二天，她收拾收拾就去了项目组的驻地——村委会。

村委会把三间砖瓦房全部腾出来给项目组使用了，却还是显得很拥挤。这么大的项目需要大量人手，只要能找到合适的岗位，本村的人当然都想早早占个坑，总比去外地打工强。

杜俏也在人群里排队，看到池月，热情地喊道：“池月！”

池月冲她扬扬手，然后排在队伍后面。

杜俏回头看看她，又看看前面的长队，索性走到池月的背后，捅了捅她的胳膊，笑嘻嘻地问：“你怎么也来了？”

池月莞尔一笑：“对啊。”

杜俏：“你是大学生，在城里找什么工作不比在乡下强？干吗来凑热闹？”

池月看了她一眼：“咱们这儿以后会比城里还好。”

一听这话，杜俏兴奋起来：“是啊，我这两天都开心得睡不着觉了，你说咱们月亮坞怎么突然就走了这等好运？你去村委会看规划图了吗？好家伙，沙漠生态公园，月亮湖这么这么大，老人们说，比以前的月亮湖还要大……”

她双手比画一下，然后突然停下，沉下脸来：“池月，你说是真的吗？”

“什么？”

“咱们这里真的可以建成生态公园？月亮湖……一滴水都没有，真能在里面蓄水划船吗？我怎么觉得像做梦一样？”

她患得患失的表情全都写在脸上，池月明白她的感受，因为池月也一样。只是池月比杜俏淡定，也比杜俏更有信心：“只要肯做，没有什么是做不成的。”

杜俏往前走了两步：“你说这个大老板是不是疯了？怎么会突然跑到咱们这里来投资呢？不可思议。”

池月嗯了一声，没有回答。

很快就排到她们了，负责招聘的人让她们填表。现在只是登记，等项目开始后再确定要不要录用。如果中途需要人，项目组也会单独和他们联系。池月把填好的表交上去，又站着等了一会儿杜俏。等杜俏填好表格，她们正准备一起走，就看到了从村委会走出来的乔东阳。

乍然相见，池月毫无心理准备。

鸭舌帽、牛仔裤，乔东阳今天打扮得休闲随性。但他的身材好、衣品好，穿什么都好看。从门槛一迈出来，两条腿笔直修长，衬得他容光焕发，俊朗又性感。

“你来了？”乔东阳走到池月面前，问得轻描淡写，就好像他俩并没有争执过，没有分开过，像朋友一般。

池月的喉咙有点儿痒，她在杜俏和村里乡亲的注视下，尽量表现得很平和：“我来应聘。”

“你还应什么聘啊？我们缺人手，你来得正好。”乔东阳笑着看了她一眼，然后喊侯助理出来，“让老俞给池小姐安排一下，她是我们项目组的核心员工。”

核心员工？

侯助理的眼皮一跳，嘴上答应得爽快，心里却不停地吐槽。说好的要来看看人家有多横的呢？说好的见面就要给她个下马威呢？说好的山不来就他，他就不去就山呢？说好的不理不睬呢？乔东阳一天都没坚持住。

“乔先生。”池月的脸颊有点儿热。

村委会这里的人太多了，应聘的人也多。她直接“走后门”进了项目组，太拉仇恨了。池月看了看身边，杜俏懂事地走开了，其他人虽然好奇，但也不敢前来探听。

池月说：“这不好吧？我还是走正常流程吧。”

“咱都不是正常人，走什么正常流程？”乔东阳吸取上次的教训，再也不要什么流程了，在众目睽睽之下掏出手机，以一副公事公办的语气说，“加个微信，我把你拉到项目组群里。有什么消息及时沟通。”

池月：“……”

她从航天城出来后做的第一件事就是把乔东阳删了。

显然他已经知道了，就这样再加上，尴尬不？

“快点儿啊！发什么愣？忙着呢！”乔东阳一副没事人的样子。他瞄了池月一眼，好像把过去的恩怨是非都一笔勾销了似的，这态度让池月很难拒绝。

她打开微信，乔东阳发来好友请求。

她抬起眼皮看了他一眼，点了同意。

乔东阳的嘴角不经意地勾了勾，他把她拉入了群里："好了，明天正式上班，一会儿俞组长会跟你联系。"

月亮坞项目组的群里炸了。有妹子入群，还是乔东阳亲自拉进来的，大家纷纷冒头来问："老板，这是谁啊？"

"今天早上我听到喜鸦在叫，老板是不是有情况？"

"喜鸦？'彩虹屁'拍得过分了啊。"

一群人同处于艰苦的沙漠地区，同吃同住，又都是青壮年，项目组的人很快就和乔东阳混熟了，也敢开他的玩笑了。

乔东阳睨了池月一眼，慢慢打字："大家不要胡说，我和池小姐没什么关系。"

池月的眉毛跳了跳，她刚松一口气，就看到乔东阳又发了一句："她是我的小师妹。"

"哦？师、师妹？"

"什么情况？老板，求吃一顿好的压压惊。"

大家嘻嘻哈哈。

池月平静地打字："大家好，我是池月，请多关照。"

"你就是池月？"有人知道她。

"怪不得老板说是师妹。嘿嘿嘿嘿，师哥师妹，天生一对。"有人一知半解，瞎起哄。

乔东阳看了看池月，然后在群里解释："师妹的正确打开方式是，同一个学校，同一个老师，不同年级的师兄妹，understand（明白）？"

"Yes（是）！ Yes！"

"干活！"

"收到！"

"晚上加餐。"

"谢谢老板！谢谢老板的师妹。"

这是一群活泼的年轻人，池月的唇角勾了勾，她没表态。

乔东阳收了手机，把手插在兜里："他们就喜欢开玩笑，别介意。"

池月望着他："直接让我进项目组，不怕人说闲话？"

"我乔东阳怕过谁？"他骨子里的桀骜不驯全写在了飞扬的眉目间，目光却有些冷，"何况我答应过你，我得遵守承诺不是？"

是。这是池月曾经提过的要求。

“我明白你的好意，也愿意接受这样的安排。”池月的喉咙有些干，嗓子莫名地哑了，“但无功不受禄，有些话……我觉得咱们还是应该说清楚……”

“我懂。”乔东阳耸耸肩膀，“以前五十分，现在怕是快扣光了吧？”

池月不知道怎么回答。她望向旁边，那里有一个光秃秃的沙丘，上面一点儿植物都没有，就像她此刻的情感世界，荒芜、缺水，养不活任何生物。

“我们不合适。”池月开门见山，但说话的时候不敢看乔东阳的眼睛。

她怕他，怕多看一眼就会沉沦，会忘记现实：“那天回来后我想过了，我不该对你发脾气，希望你别往心里去。”

乔东阳抿起唇角，淡淡地看着她，一言不发。

“我这个人的思想有严重的问题，没办法和男人正常恋爱。”池月剖析自己，同时也把责任揽在了自己身上，“所以，不是你的问题，是我有问题。乔先生，我们本就不在一个世界里，你的世界在天上，而我……属于这片荒漠。”

“说完了吗？”乔东阳看着她，眼神平淡而无奈，“你以为我来这里做这些事儿是为了你？”

池月一怔：“不敢这么想，我没那么大的脸。”

“这就是了。”乔东阳把手插进兜里，淡淡地笑笑，“我们合不合适，时间会证明。但做不成男女朋友，也可以做朋友、做兄弟，不用非断了联系。”

池月不知道说什么了。

乔东阳笑了：“我不会强迫你，等你肯给我六十分的时候再说吧。”

话说到这份儿上了，池月无法拒绝：“谢谢！”

乔东阳冷冷地一笑：“不客气。”

池月突然觉得自己是聚焦体质。

因为参加了《星空行者》，她回家后低调得大门都不出，就是不想成为让人瞩目的焦点，结果乔东阳在村委会门口这么一说，马上就引起了人们的注意。

回去的路上，杜俏与她形影不离，一直把池月送到家里："池月，你能不能和你朋友说说，我在工地上干过，很有经验，去给他们煮煮饭什么的也可以，你看他们那么多人，肯定需要打杂的……"

池月的脑壳疼："你不是填表了吗？等安排吧。"

"熟人介绍进去的不一样。"

"阿俏。"池月忍住不耐烦，看着这个曾经的老同学，"有机会我肯定帮你，但我现在都是泥菩萨过河，自身难保……咱们先回去等消息好吗？"

杜俏的脸色稍稍一沉，不太高兴了。

"好，好吧，有好事你别忘了我。"

池月转身要推门，杜俏又喊住她："你姐的事儿跟我没啥关系。我妈是看我三哥一个人生活不容易，你姐也单着，这才想着让他们凑合过日子。你既然不肯，我们家也不会有什么意见，就是我妈那个人吧，年龄大了，嘴碎……池月，你别往心里去。"

池月笑笑："不会。"

她进了院子，关上大门。

那天她去退钱，确实和杜家闹得不太愉快。杜俏碍于和池月的关系，没说什么，但她那个妈不依不饶，说送了彩礼，池雁就是杜家的人。最后，看池月死活不同意，她居然提出要两万块的利息。

池月不想和同村人纠缠这点儿蝇头小利，乖乖给了钱就走人了。可是这事儿还没有完，杜俏妈看到于凤就把脸拉得老长，像别人欠了她家钱没有还似的，还在村子里到处造谣，说于凤家的坏话。于凤暗地里生气，抹了好几次眼泪，池月除了劝她，也拿人家没办法。

今天打了一个翻身仗，于凤早早就准备好了晚饭。池雁感受到家里的气氛与往常不同，也很开心，跟在于凤身后跑来跑去，像个小孩子一样。

看到池月回来，于凤兴高采烈地问："回来了，月月，你聘上了吗？"

池月嗯了一声，点点头，含糊地应付过去了。

“真好真好。”于凤摆碗，“咱们家啊，要苦尽甘来了。”

“妈，苦尽甘来是什么？”池雁已经抓起了盘子里的肉。

于凤敲她的手，把筷子递过去，笑眯眯地说：“苦尽甘来就是以后不用吃苦了，顿顿吃肉。”

“好啊好啊。”池雁也跟着高兴。

太阳还没有落下去，一家人围在桌边准备吃晚饭。

这时，院子里的二黄突然叫了起来，汪汪个不停，凶悍地扑着抓大门。

池月侧了侧头，听到有人喊：“池月，在家吗？”

乔东阳？

池月听出了他的声音，眼皮跳了跳。在于凤怀疑的目光下，她硬着头皮应了一声，然后出去把二黄拴起来，打开大门：“你怎么来了？”

乔东阳站在门外，身边还带着侯助理和天狗：“组里没饭了。”

上次是汽车没油，这次是组里没饭。

池月的头皮隐隐发麻：“你又想要什么花招儿？”

乔东阳看着她额前的发丝在风里一荡一荡的样子，满腔的怨怼突然散去，一颗心莫名地被温暖包裹住了。这柴门小户里有炊烟的味道，也有家的味道。眼前的女人目光里的抗拒，于他而言全是吸引。

“我就是想来吃顿饭，组里的饭太难吃。”

他回头看侯助理，侯助理马上点头，拼命地叹气：“是啊是啊，太难吃了，简直难以下咽。”

天狗在侯助理的怀里扫描到这般情境与对话，立马跟风地说：“是啊是啊，饭饭太难吃了，简直难以下咽。”

天狗是真的萌，一开口，池月就想笑：“你一个机器人，吃什么饭？”她笑着看看天狗，让开门，“进来吧，我家也没什么好吃的。粗茶淡饭，你们不要嫌弃。”

“不嫌弃不嫌弃。”乔东阳大大咧咧地进了门，看到于凤就笑嘻嘻地问好，“阿姨，我老远就闻到你家的饭菜香了，所以不请自来。”

侯助理立马恭敬地递上礼物：“阿姨，这是我们乔先生为你准备的，不成敬意。”

“哎哟，来就来嘛，还带什么东西啊？”于凤一把岁数的人了，哪会看不清门道？这小伙子看自家女儿的时候眼睛都在发光，她当然明白是怎么回事儿：“快进来坐，快来坐。我再去炒两个菜——”

“不用麻烦，这样就可以了，很丰盛。”

于凤迟疑一下，笑道：“那好吧，委屈你们了。我去拿碗筷。”

她还不知道乔东阳就是投资月亮坞的大老板，只是看他长得好，穿着得体，一看就是有钱人家的孩子，为人又谦逊有礼貌，简直就是她理想中的好女婿。

她欢欢喜喜地给乔东阳和侯助理安排座位。

天狗嗒嗒地走到门边看着大家吃饭，蓝幽幽的眼睛可萌可萌了。明明它只是不会有情绪的机器人，可是池月就是觉得它在委屈。

“月月。”池雁咬着筷子看着天狗，“机器人可爱。”

池月嗯了一声：“你喜欢吗？”

池雁点头，看一眼乔东阳和侯助理，又把脖子缩了回去，然后摇摇头，拼命扒饭，不敢表达自己的欲望与喜好：“不喜欢。”

池月朝她笑了笑：“你乖乖吃饭，吃完我们一起和天狗玩，好不好？”

池雁从碗里抬起头：“我可以吗？”

“当然可以。”池月说完，想到了自己中奖得的那个机器人，微微一笑，“你要是喜欢，回头我给你带一个机器人回来，让它天天陪你，好不好？”

如果说池雁刚才只是高兴，那现在的表情就是震惊与狂喜了：“真的吗？月月，是真的吗？我也可以有机器人？”

“不骗你。真的。”

“开心，我好开心。”

池月莞尔一笑，往她碗里夹菜：“那你就好好吃饭。”

“嗯嗯嗯。我可以吃好多好多的饭。”

得病前，她比池月还要重些，现在已经瘦得不成样子了。平常胃口又不好，一副风都吹得倒的纤弱样子，总让池月瞧得心塞。没想到机器人可以带给池雁这么大的喜悦。突然之间，池月发现乔东阳对陪伴机器人的市场前景和定位的判断是极为准确的。

城市里的“孤独病”和情感焦虑让无数宅男宅女望情止步，留守老人和留守儿童的数量更是惊人。排除价格上的问题，如果强人工智能陪伴宠物能量产，真的是一剂治病良方。她不由得多看了乔东阳几眼，结果被他逮住。他抿唇扬眉，向她放电。

池月收回视线。这个男人总给人一种不靠谱的感觉。他接管公司以来，无数人吐槽过他，说他是败家子。公司赚钱了就说他是家大业大运气好。可池月发现，他做的事儿都很有意义。一件事儿如此，是巧合，可件件事儿如此，还是巧合吗？

吃过晚饭，池月把乔东阳和侯助理送出门。

乔东阳站在门口，懒洋洋地看着她：“池月，你当真不考虑一下吗？”

“考虑什么？”池月问。

“考虑我。你不是还缺个男朋友吗？”乔东阳勾唇浅笑，在夕阳的余晖里，他高大的身影被拉得极长，鸭舌帽在他深邃的五官上投下一抹阴影，整个人沐浴在阳光里。

池月的心脏怦怦直跳，她推他出去：“又来了？赶紧走！”

乔东阳被她推开，退着走了几步，脸上的笑容越来越明显：“明天见，小师妹。”

月亮坞村民崭新的一天开始了。

抖抖沙，扫扫院子，用瓷盆接点儿水洗把脸，再把洗过脸的水倒入缸里存起来，用来喂牲畜或者洗衣服。水是月亮坞最宝贵的资源，浪费一滴都有犯罪感，这么多年大家已经习惯了。这一天与往常相比好像并没有什么变化，但变化又都实实在在地写在了村民的脸上。大老板来投资了，规划图都摆在村委会了，希望也就来了。

池月走出家门时天刚亮。她碰到的村民脸上都有喜色，就连村子外面广袤的沙漠都变得分外可爱。

乔东阳住在村委会广场上的大帐篷里，是单独的一间。村委会的那三间砖瓦房，一间项目组用来办公和存放资料，另外两间给几个老专家住了。项目组的一群年轻人都选择了住帐篷，有的是两三个人挤在一个帐篷里。房子还没有建起来，生活很是不便。

乔东阳没有搞特殊，这一点让池月有些意外。她其实挺看不明白乔东阳的，大城市灯红酒绿的日子多好？老板的任务就是筹资出钱，剩下的事情交给底下的人去干就好，他为什么要来这里吃苦？

“池月来啦？”俞荣走出来倒水，看到池月，笑着打招呼。

他是一个四十多岁的中年男人，这次负责月亮坞的项目，是组长，也是项目总监。他刚洗过脸，可大概是不习惯沙漠村庄的生活，洗完脸还是觉得脸上有沙子，于是搓了搓脸，又呸呸啐了两下：“进来吧，我们谈谈工作的问题。”

俞荣住在乔东阳隔壁的帐篷里，住宿兼办公。

一张折叠小桌摆在帐篷里的榻榻米边上。

池月盘腿坐下，一言不发。

俞荣看了她一眼，笑着从桌子上抽出一份资料，那是池月昨天来应聘的时候填写的个人情况表：“你大学还没毕业？”

“是的。”池月把手放在膝盖上，很淡然。

“也没有相关工作经验吧？”

“没有。”池月实事求是地回答。

俞荣的目光里有一丝淡淡的异样：“你的专业和我们这个项目衔接性不大，但你的个人形象和气质很好，我考虑过了，我们最终要在月亮坞打造的是沙漠生态旅游景点，现在不都流行给景区找形象代言人吗？这个适合你。”

池月怔了怔：“除了这个，就没有别的工作了吗？”

俞荣微微尴尬，呵呵一笑：“这倒不是。虽然你的专业是在天上飞，但咱们地上的事儿大部分你也能做。只不过现在是项目初期，你的专业不对口，所以你能做的大多是一些烦琐的杂事。”

池月明白了：“什么杂事我都可以做。”

俞荣笑了起来：“那可不行，你是乔先生的小师妹，哪能让你干那些……”

“俞总，你安排就是了。我是土生土长的月亮坞人，做跑腿一类的杂事有优势。你们不方便出面做的工作，只要不是专业性很强的，都可以交给我来做。”

“那……好吧。”俞荣迟疑一下，“这么一说，目前倒真有个适合你的事儿。”

池月嗯了一声：“你说。”

俞荣抬起眼皮：“咱们乔先生需要一个助理。”

乔东阳的助理?

池月愣住了：“他不是有侯助理了吗？”

“不不不，不一样。”俞荣笑了起来，“他是乔先生的总助。侯助理的工作有很多，还要负责集团行政秘书室的工作，精力有限。所以，乔先生需要一个了解吉丘民情的特助来协助他处理相关工作。”

池月的眉头皱了起来。

俞荣看了她一眼，进一步解释：“也就是说，你这个特助只需要负责月亮坞这个项目，不与公司的其他业务挂钩。”

池月听懂了，他说第一句的时候她就听懂了。只是如果做乔东阳的特助，不是得天天跟他在一起吗?

俞荣观察着她的表情，有点儿忐忑。他这个年纪的人识人能力很强，也已经有了自己的一套标准，只用了短短几分钟，池月就已经给他留下了“不好搞”的印象。

可没想到池月想了想，居然答应了：“好。”

俞荣松了口气：“那就好，你去那边找小卢办入职手续吧。”

“谢谢俞总！”

池月从乔东阳的帐篷前走过的时候，帐篷里还没有动静，等她办好手续回来，他已经站在帐篷门口，开始一边伸懒腰，一边甩胳膊腿地做运动了。他换了一身运动服，但脸上的胡子冒了头，看上去粗犷了不少。

“乔先生早上好。”

池月走近他，态度恭敬，是下属对待上司的标准态度。

乔东阳正在甩胳膊，手微微一顿，唇角扬了起来：“听俞荣说，他把你分配给我做助理了？”

池月一脸平静：“是的，乔先生，今天有什么安排？”

“待会儿去转转吧。”

月亮坞的项目是以月亮湖为中心规划的，所以他把工程命名为“月亮坞生态环境改造工程”。但是除了月亮坞之外，这个工程还涉及其他三个自然村落，占地面积极大，单是转一转，恐怕也得花一天的时间。

乔东阳没有带侯助理，带上天狗，然后喊来一个名字叫小宁的司机，三个人就一起出发了。

他们上车的时候天空有些阴沉，等走到月亮湖时太阳就升起来了。

“这里……就是月亮湖？”乔东阳隔着车窗看了一眼，推开车门跳了下去，笑了起来，“这居然是湖？池小姐，这不是开玩笑吧？”

池月走过去，静静地站在他的身边。风吹过她的帽子、丝巾和长长的裙摆，这身打扮很有女人味，她说话的声音都显得温柔了很多：“我们村的老人说，在他们小时候，这里就是一个湖。湖面很宽，鸟儿会来喝水，骆驼会来散步，孩子们在湖里洗澡。后来湖面越来越窄，越来越窄，最后水干了，湖被大风刮来的沙填满，消失了。”

几十年过去，已是沧海桑田。在这里已经完全看不出月亮湖的样子了。这就是一片荒凉的沙漠，湖边的树因为干旱缺水，大部分都已经枯死了，剩下一部分还苟延残喘着，在沙漠的阳光下展现着绿意。老人们的描述和眼前的画面对比，就像一个传说。

“大自然的力量，不得不服。”

说着，乔东阳从车里拿出来一张规划图，指给池月看：“重建后的月亮湖将会比原来的面积更大。这个是整个月亮坞工程的重中之重，我们预计建成后的月亮湖，蓄水量可以达到一点五亿立方米……”

有了水，才能灌溉；有了水，植物才能生长；有了水，村民才能沐浴；有了水，才能进一步建成生态公园。

池月看着乔东阳戴着墨镜的脸。听他谈论他的宏伟计划，她一个字都没有说，眼睛也一眨不眨。

乔东阳发现了她专注的神情，取下墨镜盯着她：“难道我又变帅了？”

池月："乔先生一直都很帅。"这是一个助理该说的话，至少她是这么认为的。

果然，乔东阳的脸色变好看了，他的五官在阳光下显得更加俊朗："看来我的助理都拥有一个隐性的传承特点。"

池月一怔："什么？"

乔东阳："马屁拍得好。"

池月哦了一声，严肃地看着他："我是实话实说。乔先生是我见过的男人里长得最完美的。有些人脸长得好，身材不好；有些人身材好，脸长得不好。难得有像您这样五官、四肢都全面发展的。"

乔东阳被她说蒙了。

她这么一本正经地夸他，是真心的吗？他瞅着池月的眼睛，看了好久："我就喜欢你这么有眼光的年轻人。走吧。"

池月亦步亦趋地跟在他身边，告诉他自己知道的月亮湖是什么样子的。乔东阳边走边听，不时问上两句，池月都很耐心地回答了。两个人在月亮湖边的微风里平静地谈论工作，不吵架，不斗嘴，画面和谐。

离开月亮湖后，池月又带着他去附近的村子转了转，很快就到中午了。

"乔先生是回去吃饭，还是体验一下风土人情和特色饮食？"

乔东阳："随便。"

随便是最麻烦的，但他现在是池月的上司，身为下属，就得领悟老板的真实意图，不能反复去问老板"什么是随便"，因此池月就"随便"地帮他做了决定："留下来吧，就地访问访问民众。"

解决占地问题是与项目相关的一个重要流程。现在占地赔偿的方案还没有出来，但以月亮坞为首的几个村子里已经开始流传出各种各样的版本。这里的土地在以前是不值钱的，但一旦有人需要，那就值钱了。像于凤一样抱着占便宜心理的村民不在少数，大家都希望一口气吃个胖娃娃。分配安置房是必需的，家里人的工作问题最好也能解决一下，土地给出去了，一家老小的未来得有人兜底吧？拆迁赔偿对当地人来说是从来不敢想的事儿。现在有了机会，大家的想法自然就多了。真正有长远目光的人很少。

池月从于凤那里听到不少风声，觉得有必要实地了解一下。

看到一家住宅，池月过去敲门，然后用家乡话告诉屋主他们是项目组派来考察的工作人员，问能不能在这里吃个午饭。当然，他们不是白吃，钱还是要给的。这个屋主姓王，现在只有老两口和一个小孙女在家里。他一听池月说他们是项目组的人，欢天喜地地把他们请了进去。

池月让乔先生坐下，自己又返回车里拎了一桶矿泉水，还拿了些零食给屋主的小孙女。老两口看到清澈的桶装水，眼睛都亮了。

王婆婆说："快坐，你们快坐，我去煮饭。"

她系上围裙就要进厨房，池月笑着说："要不您歇会儿，我来煮？"

池月并不喜欢做饭，但知道乔东阳是什么人，他的衣食住行讲究得令人发指。在条件允许的范围内，身为他的特助，她认为自己有义务把他照顾好。对，这是工作。

王婆婆把她带到了厨房，池月没想到乔东阳会跟进来。他蹲在池月的身边看她生火，眼里全是笑："喂，你是不是给我加分了？"

池月把点着的茅草塞入灶膛，然后慢慢加柴："你怎么会有这样的错觉？"

乔东阳的脸拉下来了："不是加分，为什么突然对我这么好？"

拎桶装水下来给他做饭，主动热情又细心，这不都是心疼他的表现吗？乔东阳坚信自己没有猜错。然而，池月听完却笑了："你还不了解我吗？我向来对事不对人。这是我的工作，不做就不做，做了就一定要做到最好。所以乔先生，你请我做助理一定是物超所值的。你不亏！"

乔东阳慢吞吞地站起来，抱着手臂看着她："池助理有这么高的悟性，我相信你一定有能力把工作干好的。"

"放心吧。"池月微笑，"乔先生去外面休息吧，有事叫我。"

池月没有做过助理的工作，但上手很快，尤其是心理状态的转变，简直是神速，似乎比他还先进入状态。抛掉过往的恩怨，此刻的她就是个专业的助理。

乔东阳又意外又无奈。他叹了一口气，盯着她烧柴的样子："这个挺有意思的，让我试试？”

池月看了他一眼，干脆利落地让了位：“你来吧。”

这是乔东阳平生第一次接触柴灶，烧火更是想都没想过。他学着池月的样子，把干柴往灶膛里塞，一根接一根。看着那熊熊的火焰在灶膛里烧起来，他的一张脸被烤得通红，整个人汗流浃背，他却很开心。

池月默默地看着他，淘米下锅，准备做饭。

入冬了，在沙漠里，村民家里一般都没有什么新鲜蔬菜。像大白菜、土豆、萝卜这种容易保存的菜就会多备一些。还有罐头菜，这是当地的一种特色菜。当地人会在当季的时候把蔬菜、辣椒和葱蒜等一起炒好，然后封装在罐子里，吃的时候，把瓶子里的菜拿出来蒸一蒸就可以吃了，简单、省心。

来了贵客，老夫妻俩把家里能拿出来的菜都端到了厨房。池月连忙感谢，然后利索地削土豆皮，切土豆丝。她做事的时候，乔东阳一边烧火一边看她忙碌，多巴胺分泌得很迅速，这种家庭的温馨很合他的心意。

一直被他盯着，池月感觉脸有点儿热：“你这样看着我，我会切到手的。”

“你不看我，怎么知道我在看你？”乔东阳英俊的脸被火光照得红艳艳的，“再说了，我不看你，又怎么知道你会不会下毒？”

他又开启毒舌模式了。

池月看着菜板，慢慢地说：“我不会下毒。我会吐口水。”

“何必那么麻烦？”乔东阳漫不经心地笑笑，“你要给我吃口水，可以直接一点儿——”

“乔先生！”池月突然变脸，把乔东阳吓了一跳。他正准备马上向她悔过，就看她冲了过来，飞快地从他手中抢过钳子，把掉在地上的柴火捡起来塞入灶膛，然后在灶膛里拨了拨，让几乎快要熄灭的灶火又一次旺盛地燃烧起来：“你这样很容易发生火灾的，知道吗？”

“有那么严重？”

池月看了他一眼：“烧火的时候不要分心。不能让柴火掉出来，掉出来要马上塞回去。火膛里要通气，如果火不旺，煮出来的饭也就不好吃了。”

“这……好大的学问。”

乔东阳不再随便走神了。他把火看得很好，时不时瞄一眼忙碌的池月，目光越发温暖。很快饭菜就上桌了。没有肉，只有素菜，两三个盆放在一起，看上去有些简陋。

王婆婆夫妻俩连连表示歉意，说是招呼不周。

池月也怕乔东阳嫌弃，毕竟他是锦衣玉食养大的少爷。可是乔东阳没有说什么，每个菜都尝了一下，赞不绝口。

“好吃。这个好吃。”

池月尝了一下，有点儿不信：“真的？”

“我们机器人是不说假话的。”

看他学天狗说话，那一板一眼的样子还真是有些像，池月忍不住笑了出来：“我说天狗像谁呢！怪不得。”

在别人家里，两个人没有聊太多私事，更不好冷落了人家。

池月同王婆婆老两口聊着天，望了望那个沉默的小女孩，顺嘴问道：“小妹妹几岁了？”

小女孩看了她一眼，没说话。

王婆婆笑道：“八岁了。”

池月又问：“今天怎么没上学啊？”

今天是周三，正常情况下，孩子应该是在学校里的。

“太远了，姑娘家家的，我们不放心。”王婆婆回答。

现在有九年制义务教育了，上小学不用给钱，所有的孩子都能享受基础教育资源，但是本地人口流失得多，村里的小学早就停办了，这里的孩子要上学的话，需要去十几里地外的镇上。有办法的人家早已搬到了城里，好多家庭拼命地在外面打工，千辛万苦地赚钱，就是为了在城里或者镇上买房子，脱离贫困。但是，老年人大多数会选择留下，一是城里的房子一般住不下那么多人，二是根在这里，熟人在这里，他们在城里生活不习惯。

池月看了小女孩一眼，没有多说什么，小女孩却突然开口：“我也想去爸爸妈妈那里上学。”

王婆婆看了她一眼："你爸你妈供你弟弟都那么艰难，你去了吃什么？谁养你啊？"

小女孩撇了撇嘴，想哭，又忍了下去，垂着脑袋在碗里数着米吃饭。

"读书不是不要钱吗？"乔东阳突然插了一句嘴。

王婆婆看着他，马上变得和颜悦色："读书是不花钱，但她爸她妈都要上班的呀，哪有人照顾她？"

小女孩："我不要人照顾。我会做饭。"

王婆婆瞪了她一眼，不耐烦地吼道："你小孩子家家的懂什么？你以为那城里像咱们乡下一样啊，买菜穿衣哪样不花钱？"

小女孩撇嘴："为什么弟弟就可以？"

"弟弟是男娃，你是女娃，能一样吗？赶紧吃饭，大人说话，小孩子不要插嘴！"

王婆婆训完孩子，又叹了口气，对池月和乔东阳说："现在这日子过得艰难啊，女娃娃长大了早晚是要嫁人的，读那么多书有什么用呢？还不如学着做点儿家务，长大了找个好男人，把男人伺候好了，不就有福分吗？"

乔东阳当即沉下了脸："太婆，你这话我就不爱听了。女孩怎么就不能读书了？你这思想，典型的重男轻女啊！"

王婆婆两口子脸色一变，显然不喜欢这种说法。

王婆婆说："家家有本难念的经，你们城里头的人哪儿懂得我们日子的苦？"

池月捅了捅乔东阳的胳膊，笑着道："王婆婆，他的意思是女孩子也有平等接受教育的权利，现在是新社会了，好多女孩子比男孩子都有出息呢。我看你家小孙女就是个机灵的孩子，面相好，一看就有福气，要是再读读书，长大了肯定有出息。"

同样一句话，换种说话方式就不一样了。王婆婆听池月夸自己的孙女，脸色马上就缓和了，但口风没变："出息了又怎样？出息了不还是别人家的人？闺女啊，不都是帮人家养的？"

"那是以前，现在不同了。"池月看看小女孩，"就我知道的，好多家里都是女儿孝顺，给父母养老的也大多是女儿。"

王婆婆尴尬了一下："说得是，说得是。这两天她爸就要回来了，我跟他说说！"

不管人家是不是敷衍，这个话题都只能打住了。小女孩很高兴，期待着爸爸的归来。王婆婆闲话着家常，又提到了月亮坞工程占地的事儿。她绕了好几个大弯子，最后问："你们是项目上的人，有没有听说这拆迁占地要怎么赔偿啊？"

人都是利己的，关心的永远是自己的利益。池月能理解这样的询问，看了乔东阳一眼，见他面无表情，已经没有进门时的好心情了。池月知道他是为了刚才的事儿不太愿意搭理人家，只得硬着头皮替他回答："赔偿方案还在研究，等确定下来，村上会第一时间通知你们。"

"要是赔偿不合咱们的心意怎么办？"

"这个……需要协商。"

"哦。"王婆婆点点头，又怀疑地说，"他们说这月亮湖弄得再漂亮，都跟咱们没什么关系。安置房是要修到镇上去的，你说我们在这儿都住惯了，搬到镇上多不方便啊。"

池月的脸颊抽搐一下："这个情况我还不清楚，不敢确定……但是王婆婆，镇上不是比乡下更好吗？有水有气，那水龙头一开，水就哗哗地来了。想吃什么，上街就可以买到，可比咱们这儿方便啊。"

"买东西那得花钱啊，钱从哪儿来呢？"

"会有一笔安置费的。"

"那不够啊。"王婆婆说着，然后放下筷子，开始掰着指头数起来，"你看啊，我们家一共六口人，不，九口人，我姑娘虽然嫁出去了，但她也是吉丘人吧，这家里分房子，不能短了她的一份吧？我儿、儿媳、孙子、外孙、女婿……咱们九口人啊，那点儿安置费哪里够活啊？哦，还有房子，怎么着也得一人一套吧？"

池月无言以对。和她猜测的一样，在这场浩大的工程里，人性露出了它本来的面目。而这仅仅是月亮坞改造项目的初期工作。乔老板满腔热血地来拯救环境，改善民生，大概不会想到这些吧？

池月看到乔东阳渐渐变黑的脸，怕他大少爷脾气上头，默默给他夹了一筷子菜："吃饭。"

谈话过程并不愉快。乔东阳碗里的饭还没吃完，他就放下了筷子。可是，离开王婆婆家的时候他还是准备给他们点儿钱，但大少爷哪里有现金？等话说出了口，他一掏口袋才发现一毛钱都没有。

乔东阳看着池月，干巴巴的眼神莫名地有种喜感。池月知道这个时候助理该上场了，笑着掏了四百块塞给王婆婆，说是给她家小孙女买点儿吃的，这小女孩长得好看，和乔总投缘，是个有福分的孩子，将来肯定有大出息。王婆婆推让一下，就兴高采烈地收下了。

感谢的话老人说了一遍又一遍。等乔东阳和池月一出门，王婆婆两口子就赶着架子车去拉水了，只留下小女孩和一条狗在家里。

小姑娘隔着门缝儿眼巴巴地看着他们。

池月回头望了一眼，叹息一声，拉开车门坐进去。

乔东阳慢吞吞地瞥了她一眼："你哪只眼睛看出来我和那孩子投缘的？"

池月的表情很平静："投不投缘我不知道，但我知道这么说的话，这家人能对这孩子好点儿。"

乔东阳缄默。好一会儿，他回头看一眼那个村子："既然你心疼她，为什么不多给点儿钱？"

"嘿！嫌四百块少啊？"池月转头，似笑非笑地看着他，"乔先生是不是不知民间疾苦？"

乔东阳翻了个白眼，躺在椅背上："以前不知道真有这么穷的人。"

池月沉默片刻。她说："授人以鱼，不如授之以渔。钱就是个心意，你给再多，有多少能用到那个孩子身上？更何况……"她顿了顿，脸色沉下来，"更何况人心不足蛇吞象。"

乔东阳脸上的笑意慢慢敛起。在王婆婆家吃饭的时候那番对话一直堵着他的心："池月，看到他们这样，你还会坚持当初的梦想吗？你觉得这些人……还值得为之付出吗？"

池月抿着嘴望向车窗外面。荒漠里，一片片沙枣林成了枯木，稀松的植被暴露在烈日下，低头打着蔫儿："对这人性我不意外。我做这事儿也不是为了他们。"

乔东阳眯起眼打量她。

池月说："我是为我自己，为了我自己的梦想在坚持。"

乔东阳叹口气："如果村民的胃口都这么大，我不会做冤大头的。"

"我知道。"池月微笑，"等拆迁方案下来，我去谈。"

"你？"乔东阳哼了一声，"得了吧，这种闹心的事儿你最好别去。"

"我了解他们，没有人比我更了解他们。"池月勾了勾唇，"他们不是坏人，只是贪心了些，穷怕了。正因为穷，能得到的东西太少，所以他们比普通人更害怕失去。"

乔东阳点点头，若有所思地说："好。"

下午的安排还是转村，但乔东阳的兴趣已经不如早上出来的时候那么大了。周围是一望无垠的黄沙，苍凉、寂寥，这实在是一件没趣的事情。中途他们碰上项目组的同事带着几个专家在考察、测绘，旁边还有几个林业和水利部门的工作人员，乔东阳停下来和他们聊了一会儿，然后让小宁开车去附近的万里镇。

池月不明白他的意图："去镇上干什么？"

月亮坞是万里镇最偏远的一个村，去镇上要往相反的方向走。

"洗澡！"乔东阳扯了扯领口，吐了口气，"两天没洗澡了，再不洗都有味儿了。"

在沙漠地区，洗澡是一件奢侈的事儿，哪怕是万里镇，供水也是限量和定时的。每周供水四天，每天三小时。居民们会在供水的时候用水缸把水存起来，以备日常生活所需。镇上唯一的旅店的房顶上有一个大大的水塔，算是用水最为方便的地方，但入住的客人也不是想洗澡就可以洗的，洗澡前需要和旅店沟通，关于洗澡的时间，老板会特地交代，而且还要额外加钱。

乔东阳简直要崩溃了："去跟老板说，加钱加钱，不要限时了。"

"加再多钱也没用。水就那么多，明天才供水呢，你今天用光了，人家不用营业啦？"

乔东阳搔了搔头皮："行吧行吧！我尽快。"

他去了卫生间。池月这个助理只能尽职地坐在房间里等着。一墙之隔，旁边有水流哗哗地响。这种房子非常不隔音，她几乎能听清乔东阳在卫生间里的所有动静，甚至凭声音就可以猜测他在做什么……

记忆是个好东西。它适时地给池月推送了一个画面：皇冠大酒店，湿着头发来开门的乔东阳，氤氲深邃的瞳孔，被她无意间扯开的浴袍带子……

她不能想了。池月想开电视转移注意力，可是旅店的设施是真糟糕，捣鼓了好几分钟，也没找到一个清晰的频道。电视机的电流在响，搞得她无比烦躁，也把从卫生间出来的乔东阳看笑了："池小姐，你是在收听敌台的节目吗？"

那嘈杂的声音真的像无线电台一样。

池月把电视关掉："好了吗你？"

乔东阳嗯了一声，擦着头发："你去洗一个吧。"

池月："不用。"

乔东阳皱起眉头，嫌弃地看着她："你回家这几天洗澡了吗？去！你现在是我的助理，注意形象啊，池小姐。"

池月的脸颊烧了起来。到底是个二十来岁的姑娘，就算她再镇定也会在这种事儿上不好意思。

乔东阳诧异起来："洗个澡而已，你脸红什么？"

"我没脸红。"

"你怕我吃了你？"乔东阳不高兴地哼了一声，然后从他拎上来的行李箱里翻出一个袋子，丢到池月面前，"里面有干净的洗漱用品，你将就用。"

池月默默地拿过来，看了他一眼，见他的脸色没有异常，松了口气："谢谢。"

看着她的背影，听到那扇门被关上，乔东阳擦头发的动作微微一顿。他叹了口气，把毛巾丢到椅子上。为了让她乖乖去洗澡，不要怕浪费水，不要跟他见外，他都快把自己的人设毁了。

水流声传了出来。不隔音的小旅店，孤男寡女，池月坐在外面受过的折磨终于轮到乔东阳来体验了。没有更好的选择，他像池月一样条件反射地拿起了电视遥控器，然后在听到电流嘈杂的声音时放弃了：“这破地方！”

为了避免池月尴尬，他洗完澡出来时是穿好衣服的。大概是等待的时间太熬人，他只觉得身上哪儿都不舒服，完全没有刚洗过澡的清爽。身上黏黏糊糊，呼吸莫名地不顺畅。

他是个正人君子，至少自己一直是这么认为的。有女人在洗澡，按说他是不会多看一眼的。可是今天他的眼睛有点儿邪，不受控制，总去瞄那门上映出的灯光，一遍又一遍，以至于门开了的时候，池月抬头就撞上了他的视线。

乔东阳很尴尬，在她审视的目光里，脸颊一点点地在发烫，耳朵都红了起来：“咯，洗好了？”

“好了。”池月收回目光，趿着拖鞋走过来。

她与乔东阳一样，在卫生间里已经换好衣服，只有一双白皙的小脚露在外面，白花花的。鞋比脚大，踩在地上吱嘎吱嘎地响。乔东阳的目光一直没能挪开。

池月坐在椅子上，把脚从拖鞋里抽出来，然后弯下腰拿自己的鞋。她饱满光洁的额头上有一滴水落下来，顺着白皙的脖子往下淌，她的领口不低，但这样的动作幅度很大……他喉间一哽，耳根发热。

池月像是有感应一般，突然抬起头，捋了捋头发：“怎么了？”

乔东阳的鼻子像被人打了一拳，有点儿发酸，眼睛飞快地瞄向旁边：“你有没有觉得热？”

“热？”池月看着他不自然的表情，直起身拉了拉领口，“不觉得啊。”

“是吗？大概是我穿得太厚了。”乔东阳站起来，顺手将擦过头发的毛巾丢给她，“把你的脚擦干。”

“谢谢！”她默默地擦着自己的脚。因为怕被精致 boy（男孩）乔先生嫌弃，她连脚趾都没放过。

乔东阳回过头，刚好看到她擦拭小脚丫的样子，目光闪烁一下，赶紧收回视线，假装整理衣服。

大多数时候，人的身体比嘴诚实。

离开旅店的时候，乔东阳嘴上数落着池月，说她洗澡像打仗一样，速度快得都不像女生，身体却像被烙上了某种印记一样，一种强烈的兴奋感让他当晚就失眠了。他在简陋的帐篷里翻来覆去睡不着，脑海里反复闪现那一双小巧精致的脚丫，还有那一滴滑入她领口的水珠……他在想水珠去了哪里。

他的意识像一匹脱缰的野马一样，疯狂燃烧着血气方刚的他。一闭上眼，他就能看到池月。她清亮的眸子如凉凉的沙漠之月一般，清透、干净，微微一笑，像是要把他的魂儿勾走。

乔东阳没法睡了。

他烦躁地爬起来，披着一件衣服拉开了帐篷。夜晚的沙丘在月光下若隐若现，今天晚上没有风，平静浩瀚的沙漠如宇宙一般，在望不穿的黑暗里显得朦胧而温柔。乔东阳把侯助理叫起来，跟他要了一支烟。

在他年少叛逆的时候是吸过烟的，但前几年说戒就戒了。老烟鬼侯助理曾经在公司开会的时候无数次拿这个事儿来举例，大肆宣扬乔先生的自制力。他说，一个能控制自我的人肯定是能干一番大事业的。

可是，反转来得好快。

“乔先生……”侯助理睁着没有睡醒的眼睛，弱弱地递上烟，“您都戒了几年了，这一抽，怕是管不住自个儿了……”

“拿来。”乔东阳把烟叼在嘴上，睨他一眼。

侯助理不敢再多说什么：“要打火机吗？”

“不然呢？我钻木取火？”

侯助理不吭声，替他点燃，看着乔东阳深深地吸一口烟，像是某种情绪终于得到了释放的样子，奇怪地摇了摇头：“看来您这是憋得有点儿久了。其实吧，又何必委屈自个儿呢？这么想抽就抽呗，憋得睡不着多伤身子。”

乔东阳看了他一眼，修长的手指夹着香烟，慢慢地对着天空吐了口烟圈：“猴子，你想女人吗？”

“嗯？”侯助理抽了一口气。

他被吓坏了。呆滞片刻，看乔东阳魂不守舍的样子，侯助理顺着他的目光看向远处月光下的沙丘，若有所思地说：“那沙丘长得挺玲珑的……乔先生，你是不是想要消个夜？！”

他笑得贼贼的、贱贱的。

乔东阳恨不得掐死他：“你的脑袋长在脖子上是个装饰？”

侯助理嘿嘿地笑：“这不是为了逗您开心嘛。”

乔东阳冷哼一声，继续刚才的话题：“你怎么就没安定下来，找个女朋友？”

“这个话题好沉重。”侯助理叹口气，站得离他近一点儿，保持着与他一模一样的姿势，用和他一模一样的眼神注视着远处那个曲线玲珑的沙丘，声音莫名地低了下来，“自从那年我被前女友的爸赶出来后，就没工夫想这个了。”

乔东阳看着他，视线古怪：“你这个故事不是编的？”

“我干吗要编？当然是真的啊。我就是这么倒霉。”侯助理唉声叹气地说完，顿了顿，又摇头，“其实后来我想过，她爸嫌弃我也是正常的。因为那时候我没钱。”

乔东阳的眼睛眯了起来：“没钱就没爱了？”

侯助理干巴巴地笑笑：“您不用问这个，反正又体会不到。”

乔东阳拉下脸来：“那有钱也被撵出来的人岂不是更惨？你好歹有个奋斗的目标，我往哪儿奋斗呢？”

侯助理：“……”

是今晚的月色太好了吗？乔先生居然丧心病狂地大半夜找他谈心？

“那后来呢？”侯助理正不知怎么回答，就听乔东阳又问，“后来你不是有钱了吗？没去找她？”

“哦。找了。”

“结果？”

“我给她儿子买了个变形金刚。”

“……”

“还有，去年她老公失业了，问我能不能给安排个工作。”

“那你安排了没有？”乔东阳有点儿好奇。

“安排了。我有个哥们儿在殡仪馆，他那里刚好缺人。”

“……”

乔东阳的笑容融化在月色里，他整个人像披了一层银霜，眉眼深深，神态懒懒的："猴子，看到你这么苦，我就放心了。"

"乔先生？"

乔东阳拍拍他的肩膀："等这个工程结束，我给你放个大长假，好好搞对象。"

说罢，乔东阳踩灭烟头，回了他的帐篷。

侯助理在外面吹着冷风咧着嘴开心了足足半分钟，回去躺入被窝才发现不对。这个工程的工期预计是七年。俞荣说时间只会延长，不会缩短。

那么，他的假期和对象……

呵呵！资本家的话都是骗人的。

池月上班的时候拎了一袋于凤现蒸的馍馍。对于她去项目组上班，于凤是举一百只手赞成的。因此她对项目组的人是怀有感激之心的，为了表示感谢，于凤特地蒸了一大锅馍馍。看到池月拎来东西，一群大男人蜂拥而上，瞬间抢光。

"慌什么，慌什么，没吃过馍馍啊？"俞荣笑着吼了他们一声，"兔崽子，也不说给乔先生留两个。"

池月看了俞荣一眼："乔先生怕是吃不惯这个的。"

他挑食，池月都看在眼里。可她的话音未落，背后就传来乔东阳的声音："谁说我吃不惯？我最爱吃馍馍了。"

池月："……"

俞荣赶紧把自己抢到的馍馍递给他。

乔东阳接过来，恶狠狠地咬了一口，看向池月："也不说给我留两个，心里有没有我……这个老板了？"

池月与他对了个眼神："改天我让我妈多蒸一点儿。那个，俞总，是不是有资料需要我整理？"

俞荣看看她，又看看乔东阳，打了个圆场："是是是，都放在我的桌子上了，你整理好交给乔先生。"

"好的。那我去忙了。"

池月匆匆走人。馍馍的香味在一群男人的鼻子里飘着。大家的眼神都集中在池月的背影上，直到她消失在眼前，小卢才不怕死地凑近乔东阳："老板，你跟小池助理真的没事吗？"

小卢算是项目组的HR（人力资源），负责人事部门的工作。他最近与乔东阳走得很近，又同是年轻人，说话比较大胆。然而，他遭到了乔东阳的一个冷眼："问这个干什么？"

小卢的眼珠一转，他看了看周围的同事，压低声音："你看啊乔先生，咱们组里狼多肉少，小池助理又这么年轻漂亮，就像落入狼窝里的兔子……那群家伙的眼睛都快绿了，你要是没兴趣，大伙儿怕是就都想下手了。"

项目组什么都不多，就是光棍多。

乔东阳瞪了他一眼，慢慢地嚼着馍馍："看来得给这群家伙一人发一个媳妇了。"

小卢的眼睛一亮，他笑着说："老板，不是吧？这也太厚道了，我替同事们谢谢你啊……"

乔东阳哼笑，眼神有点儿邪恶："一会儿让池助理去采购。这个她擅长。"

一个小时后，池月把整理好的资料交给了乔东阳。这两天项目组的调研成果全在这里了，专家组今天还要进入项目区域，与地质、水利、林业等相关部门一起进行研究论证。水域对环境的影响极大，等正式报告出来，还得审批，这是一个相当繁杂的过程。现在池月能做的就是这些杂事，归纳材料，拣重点汇报，再把自己拟好的方案交给老板过目。也就是说，助理做好一切后，老板只需要签个字。

老板的时间是宝贵的，不能浪费在琐事上——这是侯助理告诉池月的工作重点。所以当池月一面拿着笔记汇报，一面看着乔东阳忙碌地……玩游戏时，内心有一只野兽在咆哮："乔先生，你看还有没有什么要补充的？"

乔东阳抬起头："没有，你做得很好，工作很认真。"

池月的眼皮跳了一下，等他签完字，她说："那我拿去交给俞总？"

乔东阳嗯了一声，突然站起来："去吧，交完材料，陪我去一趟航天城。"

池月的脚步一顿，脊背有点儿僵硬。她回头看着乔东阳，脸上写满了问号。

乔东阳皱眉："怎么了？"

池月："我可以不去吗？"

乔东阳："理由？"

池月考虑一下："我入职的时候，俞总说我只需要负责这个项目的助理工作。"

嗬！乔东阳笑着把手高高地抬起来，又慢慢地放下，点在她的额头上。他的声音又柔又软："你怎么这么死脑筋呢？傻姑娘，幸好你的老板是我，要是换了别的公司，这句话就能让你卷铺盖走人。"

池月无语两秒："难道我说错了？"

"当然。"乔东阳停了一下，目光沉了沉，"你是我的助理，怎么能拒绝我的工作安排？再说了，你就不想去航天城看看你的朋友？"

池月没说话。

"我知道你心里的想法。"乔东阳瞄了她一眼，"但你的顾虑是多余的。走吧！"

老板把话说到这个份儿上，下属还能怎么做？

池月没办法拒绝他，即便心里不安，也只能照办。去的路上，她给王雪芽发了消息，那姑娘兴奋得快要跳起来了："月光光，需要用点儿套路吗？我小说看得多，可以马上给你整理出百八十个的！"

做乔东阳助理的事儿，池月只告诉了王雪芽一个人。可是她一个淘汰选手跟着乔东阳去航天城，大家不是就全都知道了吗？从逻辑上来讲，这确实是一件扬眉吐气的事儿，毕竟有些人奋斗的目标无非就是离乔东阳更近一点儿，现在池月却捷足先登，成了乔东阳"身边的女人"，而她们还在训练场上咬牙苦撑，挥汗如雨。

不过，这样的套路不是池月想要的。手下败将就是手下败将，这一点没什么可说的。林盼对她手下留情，她仍然败了，这是实力差距。这个结果，她得认！因此，她干脆利落地拒绝了王雪芽的建议："我就是给乔东阳打工的一个实习生，有什么值得骄傲的？小姑奶奶，咱就别丢人了啊。”

“好吧好吧，咱们低调！”王雪芽的言辞间是掩饰不住的开心，“月光光，快点儿来吧，我有好多话要跟你说呢……”

“嗯。”

“今天能到吧？”

“能。”

“太好了，我等你。”

池月陪着乔东阳一起回到航天城的事儿如春风一般吹遍了航天城的每一个角落。正如王雪芽所言，这个消息让一堆人震惊了。从郑西元到星空选手、工作人员，没有一个人敢相信这是真的。

郑西元看到乔东阳红光满面的样子时，心里的一颗大石头落了地。梅总监则暗暗庆幸自己眼神好，早早就给池月送了大红包。至于其他选手，一个个都恨不得削尖了脑袋去打听池月和乔东阳到底是什么关系。

人人都在好奇，于是王雪芽就成了唯一的切入点。训练室里，一堆人在围着她问东问西。王雪芽假装不在乎地笑了笑，按照池月教给她的说法说道：“我们和乔师兄是一个学校的啊，乔师兄的项目刚好定在池月的家乡，她是本地人，工作上帮得了忙，又是他的师妹，照顾照顾也是应该的。”

“得了吧！朱青不也是你们学校的，大乔哥怎么没照顾她？”

说到朱青，王雪芽就不爽：“那怎么能一样呢？乔师兄也是要看能力的，又不是搞慈善，什么人都要！”

“他们俩没有在交往吗？”

“这个嘛……”王雪芽似是而非地笑笑，“这个就不好说了，孤男寡女长期在一起，产生感情也很正常嘛。我们月光光又那么漂亮……”这是王雪芽自己的想法。乔师兄是月光光的，不能让这些女人觉得有机会。说完后，看着她们那羡慕的目光，王雪芽觉得很开心：“不聊了啊，我去跟教官请假，陪池月聊会儿天，回头有好消息再告诉你们。”

“去吧去吧！”大家对她客气了很多。

池月就在乔东阳的办公室里等她。乔东阳被郑西元拉去开会了，此刻办公室里没有别人。王雪芽看到池月就愉快地扑了上去。她紧紧地搂着池月不放手，说着说着，眼泪都快掉下来了：“月光光，我想死你了，我太想你了，你都不知道我有多想你。”

池月的唇角勾起：“这不是来了吗？”

“哼！要不是乔师兄要来，你会来吗？”

“会啊，只要你召唤一声，我就来。”

王雪芽撇了撇嘴：“说说吧，你和乔师兄怎么回事儿？”

那天在停车场，他俩可是一副老死不相往来的样子，她还在为他们担心，怎么一转头，人家两个人就已经握手言和了？

王雪芽纠结啊，池月却说得轻描淡写：“我是宰相肚里能撑船，怎么会跟他计较？他既然肯服软，事情就过去了。”

同一时刻，乔东阳也在回答郑西元同样的问题：“好男不跟女斗。我怎么会和一个女孩子斤斤计较？既然她来应聘，承认是她脾气不好，我就大人不记小人过，饶她这一回。”

王雪芽：“什么？乔师兄跟你服软啦？”

池月勾了勾唇，神秘地一笑：“不然呢？”

郑西元：“不能吧，池月那么骄傲一人，会主动跟你和好？”

乔东阳哼笑：“女人嘛，外表再刚，骨子里还是软的。”

王雪芽：“我怎么有点儿不敢相信？”

池月：“不信拉倒！我是那种主动求和的人吗？”

郑西元：“阿乔，你不会是跪榴梿跪傻了吧？”

乔东阳：“我是会跪榴梿的人吗？”

王雪芽：“这么说，你俩好上了？”

池月一怔：“当然没有。我拒绝他了，我们不合适。”

郑西元：“看你这表情，你俩的关系确定了？”

乔东阳的目光微闪：“再考察考察她吧。女人惯不得。”

这次会议持续的时间不长，他们主要是讨论了一下《星空行者》下一个阶段的拍摄内容。开会的时候，郑西元重点向乔东阳介绍了选手现在的情况，但是发现乔东阳对《星空行者》的兴趣明显降低了。

开完会，节目组的高层都离开了办公室。

郑西元走到乔东阳的面前，双手撑在办公桌上，专注地看着他："阿乔，你变了啊。"

乔东阳白了他一眼："什么？"

"三分钟热度过去了是吧？你老实说，你对比赛的期待是不是变质了？"

乔东阳漫不经心地点了点会议资料："是比赛变质了。"

郑西元一愣："什么啊？"

乔东阳冷冷地说："我们最初达成合作意向之前是沟通过的吧？比赛娱乐两不误，我要选拔航天人才，你要娱乐和收视效果，我们可以 1+1=2，合作、共赢。可现在呢，还需要我说吗？"

郑西元敲敲额头，无奈地苦笑一声："你就没有想过吗？是不是你的设想太理想化了？"

乔东阳抬高下巴："是你们身上的铜臭味太重了。"

"两回事儿。"郑西元平常不和乔东阳抬杠，但在关键问题上，还是坚持自己的看法，"一开始你的选拔机制就太过理想化了。事实上，有人的地方就会有竞争，人类传承了数千年也没有脱离丛林社会。这一点，你不否认吧？"

乔东阳把椅子往后挪了挪，双手在身前一扣："继续。"

郑西元笑着叹口气："阿乔，你们为什么选择和昊光合作？不也是为了关注度，为了盈利吗？其实，我们的目标自始至终都是一样的，殊途同归……"

"我和你不一样。我的目的是吸引人才。"

如果没有声势浩大的宣传，没有引来关注，节目就不会有那么大的影响力，节目没有影响力，就不会有那么多人前来报名。乔东阳与昊光公司合作，说难听点就是为了提高节目的知名度："我认可你们的方案，也一直在配合你们的宣传，但是从沈亚丽那件事开始，你们就越走越远，开始崇尚娱乐至死。节目发展到如今这样，我这个亲爹都快不认识它了。"

郑西元愣怔片刻，笑着指指他，一阵摇头："你这是偏见。除了沈亚丽的事情，还有什么是违背初衷的？我看你啊，还是为了池月。"

乔东阳哼笑：“和池月有什么关系？”

“池月被淘汰了啊。这才是你对这个节目失去兴趣的原因吧？你这一会儿要上天，一会儿要治地的……不就是在围着她转吗？”

乔东阳笑了起来：“我虽然投资了月亮坞，但对航天没有失去兴趣。你不要断章取义，这根本是两码事。”

“得了吧，还不肯承认？”郑西元看他的语气缓和下来，拉开椅子坐下，“池月被淘汰，我比你更不爽。”

乔东阳挑挑眉，意味不明地笑笑。

郑西元撇着嘴说：“你还别不信。池月这一走，我们的损失最大。她在的时候吧，咱们节目的收视率是创了新高的。‘天降奇兵’、资格赛，全民都在关注。池月涨粉，我们节目也有了人气，原本是双赢的事儿，这下好了……”他无奈地摊了摊手，“她突然就这么被淘汰了，我都快哭死了好吧？”

乔东阳无所谓地笑笑：“听你这意思，是怪我了？”

“可不是怪你吗？那么严苛的比赛，哪是诚心留人的？”

“那只是意外。”乔东阳沉下脸，脸色不大好看。

“意外什么啊意外？你就没诚心留人。要是你主动和林盼说说，她会不讲情面吗？”郑西元纠结地叹口气，“这个林盼也真是的，我明明和她说得好好的，她居然反悔了，你说气不气人？”

乔东阳的脸色一变，他转过椅子，正对着郑西元：“你说什么？”

“我说林盼啊。”郑西元不以为意地端起水杯喝了一口水，没注意到乔东阳的表情，“那天我和她说好了，告诉她让池月赢……结果她倒好，嘴上答应得爽快，转头就狂野起来了。”

乔东阳不可思议地看着他：“你叫林盼让池月赢？”

“是啊。两个都是我的朋友，我一个夹在中间的人说这话没问题吧？”

乔东阳腾的一下站了起来，冷冷地指着他：“你浑蛋吧你，居然做出这种事？”

郑西元被他要吃人一样的表情吓住了：“我怎么啦？那天上午比赛结束后，池月就是明显的输局。行！你们都是要脸的人，我不要脸，你不好意思说的话，我就去帮你说了……”

“帮我说？”乔东阳冷笑两声。

“是啊！我说你爱惜人才，不想让池月淘汰。让林盼帮帮忙，这节目少了池月也不好看……”

“谁让你帮了？！”乔东阳低吼。

郑西元的眼睛还没有来得及眨一下，他就感觉有什么东西朝自己飞了过来，吓得他赶紧别过脸，捂住双颊：“喂喂喂，冷静！我的脸……毁容了啊！”

乔东阳黑着脸推开他，大步走出去。

郑西元看着他的背影，一头雾水：“为了这点儿破事，值得生这么大的气吗？”

每个人的价值观是不同的，郑西元的成长、生存环境和乔池二人不一样。他很世故，习惯了运用人情社会里的每一种操作手法和套路。他的心思也没有那么玲珑，更无法洞悉池月敏感的内心。在他看来，既然池月会输，而林盼即使输了也不会被淘汰，那么他帮池月说几句话，完全是一番好心与善意。

郑西元头疼死了：“好心没好报，莫名其妙！”

池月和王雪芽正在乔东阳的办公室里聊天。短短几分钟的时间，池月的事情就传遍了。孟佳仪得到消息后，立刻在“亚洲5A级美人区”的群里和几个人聊得不亦乐乎。

“这么大的事儿，我居然是从别人嘴里听来的，池月你也太不够意思了吧？不知道我是你们的‘CP粉’吗？”

刘芸：“可惜我不在航天城，不能飞过去喝池月姐的喜酒。”

孟佳仪：“喝喜酒还早吧？到时候池月会请我们的！”

刘芸：“此处应该@池月姐。”

王雪芽看得笑了起来：“月光光，你快到群里说句话，她们快疯了。”

池月面无表情地敲字：“当事人表示不清楚。”

刘芸：“池月姐出现了。”

孟佳仪：“快把奸情从实招来。”

池月："当事人的内心毫无波澜，甚至有点儿想笑。"

孟佳仪："隔着屏幕都感受到了你装蒜的样子。"

池月："别被我的美貌迷昏了头，少年，冷静点儿。"

几个人正闹得开心，王雪芽的手机响了，是韩甜甜打来的："喂，雪芽，你什么时候过来？"

"怎么啦？"

"她们都在说你，说你之前和范维谈过恋爱，然后爱上了郑总，把他甩了……还说你天天贴着郑总，但郑总对你只是玩玩而已，还说你那些名牌全是郑总送的……哎哟，反正要多难听有多难听……"

王雪芽血气上涌："谁在说？在哪儿说？"

韩甜甜："她们在传你和范维的聊天记录。很、很肉麻的那种……"

王雪芽的脑子嗡的一声，眼前一黑，拿着手机的手微微颤抖，差点儿气晕过去。

"雪芽，我都蒙了！那些聊天记录是真的吗？"

没有女孩愿意看到自己和男人的聊天记录被人传阅，还是一群人。那种被人扒了衣服，赤裸着被欣赏和议论的感觉能把人逼疯。王雪芽涨红了脸，气得话都说不清楚了。

池月从她手上拿过手机："喂，甜甜。什么聊天记录？发给我。"

韩甜甜惊喜地道："池月？好，好的。马上啊。"

很快，一张张截图发过来了。五十九个人的女性团队就是一个小社会。在这个小型社会里，又有以几个人为单位组成的小圈子。谁和谁关系好，谁跟谁关系近，不一定能从明面上看出来。韩甜甜传来的聊天记录是一个找她聊八卦的选手传给她的，那个人也是从别人那里得来的，一个传一个，源头在哪里，谁也说不清楚，只知道有人拉了小群在讨论。

王雪芽气得眼圈发红，身子发抖。

池月看完，只说了一句话："找范维去。"

聊天记录明显来自范维的手机，但不是用他的手机截的图，而是别人对着他的手机拍的。内容包括他和王雪芽热恋时发的肉麻消息，王雪芽的卖萌自拍，范维给她拍的照片，以及范维指责她攀上高枝，喜欢上郑西元，抛弃了他的那些话。

巧妙的是，里面并没有王雪芽指责他的那些话。

因为王雪芽压根儿没在微信上指责过他。

王雪芽发现范维的事情后直接和他提了分手，然后把他拉黑了，之后又抓了奸，对范维的指控全是当面说的。从聊天记录里只能看到王雪芽是如何主动对人家好的，又买相机镜头，又送情侣腕表，以及种种海誓山盟。与之对比强烈的是她提分手时的冷漠、绝情。

“走。我陪你去。”池月把手机塞给她，拉住她的手腕。

“不！”王雪芽捂着脸，眼泪像泉水似的往外涌，“他不会承认的，我不想找他。哪怕是要对质，我也不想再和这个恶心的人多说一句话。”

“逃避没用。”池月看着她的眼睛，“你逃得开别人的嘴，但你逃不过自己的心。”

“月光光……我怎么会遇上这种渣男？”

“遇到了就遇到了。小乌鸦，如果不把这毒疮剜出来，他能恶心你一辈子。”

王雪芽抬起头：“怎么剜出来？”

池月冷冷地抿起唇：“走！”

第十二章
幸福从遇上你开始

两个人离开办公楼的时候已是晚餐时间。星空航天城规定了严格的作息时间，这个时候，选手大都在食堂吃饭。食堂有上下两层，一楼是选手和工作人员就餐的地方，二楼是公司高层的专属餐厅。

要不是池月在身边，王雪芽一个人根本就不敢面对那些人。人家那些嘲笑、戏谑的眼神，只要想想，就能摧毁她的意志。在感情上，她真诚地爱过范维，付出过最纯真的感情。结果发展到如今，这段感情成了众人的笑料，她接受不了。她想逃避，想缩起头来做乌龟。

“没用的，大家都在笑，众口铄金……没人会相信我。”

池月沉着脸：“大家都在笑，那我们就去打大家的脸。”

两个人走进食堂，在众目睽睽之下走到打好饭正准备回到座位上的范维面前。

他们对峙了一秒，池月满脸冷意地问：“还记得我说过的话吗？”

范维的脸色一变。看到池月和王雪芽一起出现，他就知道她们是为了什么来的。他咽了咽唾沫，声音极低：“我也是受害者。池月，你公平一点儿，我也不想的。”

"受害者？好啊。"池月点点头，"谁拍的聊天记录？你把人交出来，我就不找你。"

范维抿紧嘴，不吭声。

池月冷笑："你该不会说，你不知道是谁吧？"

范维："我知道是谁，但他已经道歉了。池月，我跟大家解释了，是我对不起雪芽，这事儿和她没有关系……"

池月不允许他转移话题："我问你，是谁拍的？"

范维的视线有点儿飘："是我们组里的一个同事。有一回我们一起打游戏的时候，我突然有事，就把手机交给他，让他帮我玩……结果，这王八蛋翻了我的聊天记录……"

"哦。"池月似笑非笑，"我明白了，是为你打抱不平的热血青年干的。那好，你让他出来，当着所有人的面说清楚！"

范维吸了口气，几乎哀求地说："这事儿可以过去了吗？"

"过不去。"池月盯着他的眼睛，"看在邵哥的面子上，我已经够容忍你了。今天你要是没个明确的态度，我就让你知道知道什么叫丢人！"

范维的眼神一暗。

池月勾勾唇："我有你的开房记录，知道吗？"

范维整个人都僵住了。

池月："我会把你的开房记录贴满航天城，你信吗？"

"你敢！"

"我有什么不敢的？"

四周已经有人在往这边看了。大家知道他们快掐起来了，一个个都在观望，准备看好戏。

"好！"范维的脊背像被针扎了似的。僵了片刻，他终于咬着牙点了点头，然后把饭盘放在旁边的桌子上："池月，你狠！"

池月面无表情："快点儿，我的耐心有限！"

范维恨不得吃了她。但是，在池月咄咄逼人的目光下，他又不得不照办："大家安静一下，我说个事情。"他走到中间这么一喊，果然引来了所有人的注意，"我和王雪芽的事情，是我的错。一开始是我追求的她，分手也是因为我，是我对不起她。聊天记录的曝光更是因为我保管不善。”他加重了语气，“大家都在一个节目组里，最好不要做得太过分，传播聊天记录涉嫌侵犯隐私，我会保留追究法律责任的权利……”

一番话被他说得义正词严，但池月并不满意：“是你的错就完了？你错在哪里啊？”

范维看着她，眼圈都红了。他压着嗓子哀求：“一定要这样吗？”

池月：“一定要。”

范维的眼里仿佛要喷出火来：“你别欺人太甚！”

池月冷着脸：“你只有两个选择：你说，或者我说。”

怦怦！范维的心脏狂跳，心里对她的恨达到了极点。他拿池月没办法，于是把哀求的目光投向王雪芽：“聊天记录的事儿，我也是受害者，雪芽，他们在说你的时候，也一直在用语言攻击我……我们的心情都是一样的。这事儿能不能就这样过去？我保证会消除影响。”

“不能。”王雪芽吸了吸鼻子，“你现在有三个选择。你说，池月说，或者我来说。”

范维咬着牙，呆呆地看着她。

“不要磨叽了。”池月不耐烦地说，“来吃饭的人越来越多。事情闹大了，如果给节目组造成了不好的影响，你就不怕保不住工作吗？”

“是我！”范维突然拔高声音，对着看热闹的人群大声说，“是我劈腿在先。王雪芽对我有情有义，给了我最甜蜜的一段时光，是我范维不懂珍惜，不知自爱，经受不住女人的诱惑，劈腿了。她是受害者，大家不要对她进行二次伤害了，就当我求你们了！”

众人纷纷议论。

劈腿？对象是谁？

好奇之人从来不缺少好奇之心。

范维惧怕那些探究的眼神，转头看向池月：“你满意了吗？”

“并不是很满意。”池月冷冷地一笑，“可是如果你把某些人的名字说出来，那就真的很难看了。算了，为了节目组的声誉，我就不点名了。就这样吧。”

她说完，笑着看向食堂里的围观群众："范维有句话说得是对的，饭可以乱吃，话不可以乱说。大家最好管住自己的嘴，我们同样会保留追究法律责任的权利。"

该说的话说完了，她不想久留，刚准备走，有人却在这时笑了起来："池月，你这不是在帮王雪芽，而是在害她吧？"

池月停下脚步，扭头看过去。那是一组的一个选手，和朱青、林盼走得很近，算是林盼身边的一个小跟班，叫许文雨。以前池月从来没把许文雨放在眼里，没想到许文雨居然这么有勇气，敢跟她正面对峙。

有种！

池月看向她："你说说，我为什么在害她？"

许文雨看了看四周的人："我问你，最后那句话是针对谁呢？"

"谁在瞎造谣，我就针对谁。"

"那你可是把在座的各位都得罪了啊！"许文雨酸溜溜地笑笑，"都什么时代了，还不许别人吃个瓜啊？我们做什么了，去外面传播她的事儿了吗？你一个被淘汰的选手，凭什么来这里兴师问罪？"

被淘汰的选手！

在座的人脸色都复杂起来。

幸灾乐祸的人有，但是敢和池月面对面这么说的人，只有许文雨一个。

"许文雨！"王雪芽面对自己的事儿很胆小，但为了池月那就不一样了，"航天城是你家开的啊？池月凭什么不能来？"

"哦，我差点儿忘了。人家是乔总的助理，身份不同了。该来，该来的！"许文雨一脸坏笑地坐下去，表面上是妥协了，却给池月拉了无数仇恨，"人家被淘汰了，照样可以通过别的途径到达巅峰，不像我们，还得在这里咬牙训练，拼命死磕。"

"许文雨你什么意思？"王雪芽气得脸都红了，"说我就说我，不要扯池月。你们有种拉小群说我坏话，不敢当面对质？"

许文雨咬着筷子，一脸天真地歪着头笑。她问："节目组好像没有规定不允许建小群吧？我们几个感情好，你有意见？"

"你——"王雪芽不擅长吵架，被许文雨气得脸红脖子粗，愣是说不出话来。

池月在冷眼旁观，旁观飞扬跋扈的许文雨，旁观许文雨身边的人。她知道王雪芽还要在节目组混下去，还有航天梦，如果把人都得罪光了，对王雪芽不好。

“是我错了。”池月的唇角扬了起来，她在众人错愕的目光下道了歉，笑盈盈地走到许文雨面前，“我刚才那句话没有阐述清楚，我没有针对大家，只针对你这种人——”话音未落，池月一把扯住许文雨的领口，把她从椅子上拖了起来。

“你要干什么？”许文雨不可思议地看着她。

池月缓缓地一笑：“枪打出头鸟，你听过没有？”

“啊！”许文雨尖叫一声，“你想打人？！”

池月挑了挑眉，还没说话，一只手就伸过来搭在她的胳膊上，暗暗使力：“大家有话说话，打人就不好了吧？”

池月笑了，慢慢地转过头盯着林盼。

“有你的事儿吗？”

“池月。”林盼抓住池月的手，劲儿很大，脸上却是一副和事佬的样子，“算了。这儿是食堂。”

谁都不得罪，好人全让她做了。

池月面无表情地看着她，重复刚才那句话：“有你的事儿吗？”

林盼一愣，稍稍松了松她的胳膊：“许文雨她有口无心。你们说她两句就得了，犯不着动手。”

在星空节目组，林盼很讨喜。国外名牌大学高才生，家世好，人漂亮。偏西方的立体五官艳丽大方，很有高级感。最主要的是她待人温和，不摆架子，性子直率，不藏私心，还时不时捎一些礼物来送人，价格都不便宜。

金钱是建立友谊最快的途径。组里大部分人喜欢她，于是站在她的对立面的池月无疑成了众矢之的。

没有人说什么，但人群的反应都被池月看在眼里。

池月冷冷地一笑：“如果不关你的事儿，站边上去！别把人设玩崩了。”

林盼：“池月……够了！你在这儿动手对王雪芽也不好，你想过没有？”

两个人面对面地拉扯着，许文雨的领口还被池月紧紧拖拽，没有松开，这画面就相当滑稽了。但明眼人一看就知道林盼肯定是三个人中间唯一的好心人。

池月看着许文雨那惊慌失措的样子，冷笑一声：“我有说我要打她了吗？”

许文雨见有人给自己撑腰，硬气起来：“你就是要打我——”

“哦，我要打你，所以你就躲到林盼的背后？”池月凉凉的眼神带着一丝讽刺，“这么说，林盼是你的倚仗？是你的嘴这么臭的原因？”

许文雨：“我没有……躲。”

林盼略略皱眉，胳膊又松了松：“池月，我只是不想看你们在这儿动手——”

“现在动手的人是你。松开！”池月加重了语气。

“池月！”林盼还试图说什么，池月却不耐烦了，不想再浪费口舌了，突然用力，将拽在手里的许文雨往自己怀里猛地一拉，这一下力道很大，许文雨拼命挣扎，抓住林盼的衣服，与池月往反方向用力拉扯——不承想，池月突然松手了。

许文雨啊了一声，收势不住，身子猛地往后面跌去。

砰！只听一声巨响，许文雨撞在桌角上，疼得尖叫一声，重重地摔在地上。

她这一倒，连带着把林盼也拉扯了过去。林盼没有心理准备，被许文雨拉着往后退几步，一只脚踩在摔在地上的许文雨的手背上。

“啊！”十指连心，许文雨疼得大叫，“手，我的手！”

林盼不是有心踩她的。那一脚踩下去的时候，她其实看到了许文雨的手，但如果避开，可能自己也会狼狈地摔倒。因此，她选择了保全自己。

池月安静地站着，眼神锐利又讽刺：“还真是挺精彩的呢。”

“池月，你是故意的——”许文雨疼得眼泪都流下来了。

林盼蹲下身扶她起来：“对不起，我踩着你了，没事吧？”

许文雨摇了摇头，愤怒都冲池月去了：“不关你的事儿，是有些人的心太黑了。你帮过她的忙，她不知道感恩，还故意整你……”

帮她的忙？

池月的脸色猛地沉下来了。

林盼瞄了她一眼，呵斥许文雨：“你少说两句！”

“本来就是嘛——”许文雨想说什么，可是被林盼瞪了回去。

见状，池月勾勾唇：“你们是两个人，我是一个人。我让你们松手，你们不肯。那你们不松，我就松呗。哦，我松手松错了？或者说，想打架的其实是你们？”

“池月！”许文雨气得咬牙，“你打人，还颠倒黑白？！”

池月慢慢走近，看着许文雨：“你就这么欠揍？”

许文雨张嘴想骂，但池月就在她的面前。那是一双许文雨不敢直视的眼睛，狠而绝，她话到嘴边，居然说不下去了。刚才那一下撞到了她的脊背上，她疼得腰都直不起来了，再被池月这一盯，泪珠子都滚下来了。

“池月，你给许文雨道个歉吧。”

“凭什么？”池月笑了。

林盼直视着她：“她受伤了。”

池月：“你踩的。”

池月的眼神里有笑意，像是洞悉了她那一秒的内心变化，林盼突然有点儿心虚，情不自禁地软下来：“大家都是朋友……”

“我们不是朋友。”池月拨开她的胳膊，盯着咬唇抹泪的许文雨，“相反，我需要许文雨给王雪芽道歉。”

“休想！”许文雨被池月咄咄逼人的眼神盯得后背发毛，不知是真的气极了，还是仗着有林盼为她撑腰，突然大力推向池月，想报刚才的一箭之仇。

“池月！”王雪芽冲过去扶住池月，怒视许文雨，“你想干什么？”

“你还问我？”许文雨得寸进尺，一巴掌拍向王雪芽，“就是你惹的事儿，你不知道吗？！”

这个人是疯了吗？当着这么多人的面扇王雪芽耳光？食堂里一片哗然。

池月忍无可忍，抓住许文雨的手，反手给了她一个大耳刮子。啪！她用了很大的力气，没留情面。这个巴掌许文雨挨得结结实实，比她刚才拍王雪芽那一下厉害多了，脸上的几个手指印骇然浮现。

许文雨疯了一般号叫。

“池月，你太过分了。”林盼半搂住哭泣的许文雨，“这是打架的地方吗？”

好朋友？双标？

池月瞪着她：“不服？那你来替她报仇啊。有种打回来！”

林盼怔住了：“我明白了，你在挑衅我。你今天就不是冲许文雨来的，是冲我来的。”

“你有什么值得我挑衅的？”池月平静地笑笑。

“你输了比赛，恨我。你今天根本就是来找事的。”林盼说得坦然又无奈，“池月，我没想到原来你是这么输不起的人。”

池月冷冷地看着她，没有回答。

林盼这句话不是在骂人，是在诛心。

在场的所有人都知道池月在那场比赛中输给了她。被林盼的话一挑，大家大概都会觉得池月这火气大得有点儿过了，还真像是来找事的。

“行。”池月认真地看着林盼，“我们出去打一架吧。”

林盼沉下脸：“我不是野蛮人。我的汗水只会挥洒在赛场上。”

“你怕输？”

“你真要打？”

“认真的。敢吗？”

林盼被她激出了火：“打就打。”

食堂里喧哗起来，大家都等着看好戏。可是不待她俩从人群里挤出去，门口就来了一群人，原来是乔东阳、梅伊、郑西元，还有几个教官和领队。

“都在吵什么吵？”总教官是有些威严的。当着几个上司的面，看到食堂里乱糟糟的样子，他有些生气：“都不想吃饭了？”

乔东阳冷着脸走在前面，看池月没事，又看了看许文雨脸上的掌印，一言不发，情绪不明。

郑西元知道这个时候该自己发言了："发生了今天这样的事情，我很遗憾。是我的言行给大家造成了误解，也给王雪芽小姐带来了伤害。"

众人一听有料，都安静下来。

郑西元扫了王雪芽一眼："首先，我得申明一件事，我和王雪芽小姐之间是清白的。而且，我在这里向大家保证，在比赛期间我绝对不会和任何选手有暧昧。我对所有选手都一视同仁。"说到这里，他突然笑了起来，"我知道我这么说，你们也未必相信。当然，这主要是我自己的人设经营得不好。"

他的花名在外，这谁都知道。

大家都笑了起来。

"就我个人来说，你们说什么我都无所谓，就算有人说星空选手全是我的女人，我……大概只是一笑置之。毕竟这也是我个人魅力的一种体现。但是，我们不能伤害一个无辜的女孩。"郑西元双手合十，躬身，"拜托了，拜托了。再传下去，我这风流债本都快记不下了。"

现场又是一阵轻松的笑声。

当事人都在这里，郑总都出面辟谣了，态度还这么好，谁敢再说什么？

"今天的事儿，到此为止。"郑西元站直身子，态度又强硬起来，"往后再发生这样的事儿，就别怪我不客气了。员工传，开除员工；选手传，淘汰选手。大家听到了吗？"

这是动真格的了。

"听到了！"

"吃饭吧！"郑西元又恢复了友善的笑容，待大家都坐下吃饭了，望向中间那几个人，"林盼、许文雨、王雪芽，你们三个跟我去一趟办公室。"

这严肃的样子就像教育问题学生的班主任一样。

林盼没有说话，看了他一眼，往外走。

许文雨吸了吸鼻子，抹着眼泪跟上她。

王雪芽看了看池月："你没事吧，月光光？"

“没事。”

“好。”王雪芽松开手，“那我先过去。”

“你不要怕。”

“嗯，我不会怕的。”

池月一笑，看着她离开食堂。

池月走向乔东阳。

从头到尾乔东阳都没有说话，大家都摸不透他的心思。

池月也不知道。

他是她的老板，对于今天的事儿，她心里其实有点儿虚：“乔先生，你来了。”

“好玩吗？”乔东阳问。

池月没明白他的意思。

周围的人也不明白，但都有点儿怕。

乔东阳重复一句：“好不好玩？”

“还好。”池月的嘴角一勾，她不知道他是不是在生气。

“那玩够了吗？”

池月盯着他的眼睛：“玩够了。”

“玩够了，咱们就走吧。”乔东阳转了转头，用了一个极为亲昵的词——咱们。

大家这才明白，他并没有他们想的那么复杂。他的话仅仅是字面上的意思而已，他是真的在问池月好不好玩，问她玩够了没有。

众人：“……”

出了食堂，乔东阳放慢脚步，让池月跟上来，两个人沉默着走了好长一段路。池月不吭声，乔东阳的眼神却不经意地往她的脸上瞄。

“你没挨打吧？”他终于开口了。

池月嗯了一声。闷闷地说完，她拉低了帽子，明显是不想让他看到她的脸。

乔东阳觉得有点儿好笑，低下头去瞅她的脸：“没挨打，你还怕我看？”

池月往右边走一点儿，与他拉开距离：“谁怕你看？”

“没有吗？”乔东阳不给她躲开的机会，伸手就去拽她，“在食堂的时候我就发现了，你一脸戾气，目光闪躲。池月，我是会吃人吗？”

不待他的手抓上来，池月就闪开了。她的身体往边上挪，靠着墙走。

“乔先生，注意影响！”

乔东阳：“我关心下属，有什么影响？”

说到关心下属，池月就想到了王雪芽，眉头不由自主地拧紧：“郑西元把她们叫去，能解决什么问题？”

乔东阳知道她在担心什么：“放心吧，你的朋友不会有事的。”

池月捋了捋头发：“我想去看看。”

“你保护不了她一辈子。”

“这事儿是因我而起，许文雨有一点没有说错，我是一时爽快了，后果却要小乌鸦来承担。我拍拍屁股就可以走人，小乌鸦还要留在这鬼地方，人家要是抱团霸凌她……”

“行了吧。你以为航天城是什么地方？还抱团霸凌？”乔东阳嗤笑一声，“她专心训练比赛，不跟那些人来往就是了。”

“你不懂。”池月说完，看着他不以为然的样子，又说，“女生的世界敏感、多疑，还脆弱。只要她还在这里，就难免受影响。”

“那她也应该自己去面对。”乔东阳看她要往办公区走，突然上前两步，抱着手臂挡在她的面前，“池月，她不是小孩子了，你能不能不要像只老母鸡似的，时时刻刻都想把她护在你的翅膀下？”

池月抬起眼皮：“让开。”

她想从旁边绕过去，乔东阳却不肯。两个人迂回几次，乔东阳烦了，一把抓住了她的手腕，不让她走。池月想挣扎，乔东阳看她犟成这样，突然搂住她的腰，一个转身就把她压在了墙壁上。腿制住她的腿，胳膊压住她的身体。两个人喘息着，脸都有点儿热。

乔东阳低头：“你以为你替她出头就是为她好？”

池月的头发被他弄乱了，卡在脖子里痒痒的。他的气息喷在她的脸上，热热的、暖暖的，可他冷漠的眼神比她还要凉上几分，像是下一秒就要把她拆吃入腹一般。她放弃了挣扎：“乔东阳，女人间的问题，你一个大男人就不要插手了好吗？”

乔东阳捏紧她的肩膀：“这是女人间的问题吗？这是《星空行者》的问题。”

池月的语气软了下来：“我就是看看小乌鸦有没有事。林盼和许文雨是两个人，她只有一个人，怎么说得过人家？”

池月一想到那两个女人会叽叽喳喳地一起对付王雪芽，心绪就浮躁起来。此刻被乔东阳困在这里，她很不耐烦：“你让开好吧？我保证不会影响到你的节目。”

“池月。”乔东阳盯着她，“你不是她妈。”

“你松手！”

乔东阳不仅没松，还加大了力道。他整个人都压在她的身上，像一堵密不透风的墙一样：“清醒一点儿，我的傻女孩！你不是救世主，管不了她一生一世，得让她学会单飞！”

池月突然僵住。

这时，有两个航天城的工作人员走过来。

看他俩摆着这样标准的“壁咚”的姿势，工作人员吓了一跳，低着头匆匆离开。

池月的眼睛突然就红了。

乔东阳叹口气，胳膊松了松：“我知道你们感情好，她帮过你很多，而且每次都是雪中送炭。你想对她好，不计回报，这是报恩，是有情有义。不过，凡事都不能越界，你得有边界意识。你不是她，代替不了她。”

池月的目光凉凉的。但是这一次，她没有开口。

乔东阳的语气更柔和了：“傻子，你可以有想要保护的人，但只靠你的力量是不够的。你得让她有自保的能力，要不然就你这小肩膀……”说着，他又捏了捏池月的肩膀，言辞间充满了怜惜，“你说你这肩膀扛了多少事儿？你的家庭，你的母亲，你的姐姐，已经足够压垮你……你这是还想把王雪芽的事儿一个人扛起来？”

池月低头，额头不经意地蹭到了他的肩膀。

两个人的样子更显亲密。她不自在地抬头，态度软了些：“我没有凡事都要替她出头，只是今天的情况不一样。你那个林盼不是个省油的灯，小乌鸦应付不来的。”

你那个林盼？

乔东阳听笑了：“池小姐。”他抬起她的下巴，“你讲不讲道理？”

“我怎么不讲道理了？”池月回眸，一脸冷意。

“我是为了你好，你看不出来吗？嗯？”乔东阳快被她气死了，“我和林盼没关系，还需要我说多少次？”

池月沉默了几秒：“没关系，她会为了你在比赛的时候给我放水？”

乔东阳终于明白了。他想到郑西元给他捅的娄子，又好气又好笑：“我以为这样的事情，以池小姐的聪慧，你是不会相信的。结果，唉，还是情令智昏啊。”

“什么情令智昏？乔先生，你什么意思？”

乔东阳挑挑英气的眉毛，笑而不语。

池月：“你说清楚。”

乔东阳说：“第一，我没有找过林盼，更没叫她让你。第二，她有没有给你放水还值得商榷，但你一点儿都不比她差，你没有输。第三——”他顿了顿，慢慢低头，用一种温柔到极致的眼神看着她的眼睛，“这件事你受委屈了。之前是我不知道，还冲你乱发脾气。现在我知道了。池月，我向你道歉，原谅我好吗？”

池月诧异地仰着头。

他的脸近在咫尺，呼吸喷在她的脸上，他眼睛里的光若隐若现。

“我……也没生气。就算你找她了，也是好心，不该发脾气的是我。”

“那你原谅我了？”乔东阳抬起她的下巴。

池月别扭地侧过脸，从他的手中挣脱：“别这样。”

“原谅我没有？嗯？”

“原谅啦原谅啦！烦人！”

乔东阳飞扬的眉目里满是狡黠的笑意：“那我们是不是可以‘恢复设置’，回到吵架之前？”

“……”

他捧住她的脸，眼神深邃而多情：“你那天在办公室亲了我，结果半天不到，就对我始乱终弃，害我白高兴一场。”

池月瞪他一眼：“这根本是两回事儿。”

“一回事儿！”

“乔东阳，我说过，我们不合适……”

“池月。”他打断她的话，“不合适可以再改，哪里不合适就改哪里。行了，别这么瞪着我，我也不占你便宜，还五十分，行不？那个吻就当我白送你了。”

最后，池月没有去郑西元的办公室。在内心里，她认同了乔东阳的说法。她保护不了小乌鸦一辈子，在这个带有竞争属性的节目里，王雪芽如果不吃亏，不经受磨炼，就算今天的事儿解决了，日后仍然避免不了被欺负。

这个社会里，许多人都专挑软柿子捏。王雪芽就是那个软柿子。她如果硬不起来，谁也帮不了她。乔东阳后来还说了很多，有些话不太中听，甚至有些刺耳，但池月全都默默地接受了。

是的，她没有细想过，但不得不承认他是对的。她急着替王雪芽出头，有很大一部分原因是为了满足自己的——“报恩欲”。王雪芽帮过她太多，池月唯恐报答不完，偿还不完，唯恐自己做的事儿对不住那些恩义。

没想到，事情很快就得到了解决。

王雪芽给她打电话的时候，语气是轻松的：“月光光，我没事了，郑哥批评了许文雨，让她给我道了歉，还说如果再有这样的事儿，就请她离开节目组……”

池月：“那就好。”

王雪芽又笑着说：“他那句话是对着林盼说的。”

杀鸡儆猴？可以啊，郑西元。

池月笑道：“那就好。”

王雪芽压着声音说：“我还有一个小发现。你猜许文雨为什么恨我？原来她喜欢郑哥。看到郑哥维护我，她都快嫉妒疯了，哈哈哈，好解气啊！月光光，其实郑哥是个好人，咱们以前那样说他……想想我都不好意思了。”

说他什么？野兽战斗机吗？

池月忍不住勾起唇角：“别被大灰狼身上的羊皮蒙蔽了，说不定人家想吃的就是你这口肉。”

“没有啦，真的。我保证，他对我没有丝毫邪念。”

“所以，是你对他有邪念了？”

“没有没有，啊啊啊，就会欺负我，月光光，你在哪里？我怎么找不着你了？”

池月看了看窗外的天空，无奈地叹气：“我在飞往申城的直升机上。”

“啊——”王雪芽意外。

“我陪乔先生过去办点儿事，顺便领我的奖。”池月看了看乔东阳的表情，又忍不住对王雪芽耳提面命，告诉她要在这样一群女人里生存，需要注意些什么。末了，她又特地嘱咐：“那个范维，你离他远点儿。免得打雷的时候，他连累到你。”

王雪芽沉默了片刻：“月光光，谢谢你，你对我真好。”

“不用客气，我的银行账号你是知道的。收费合理，童叟无欺。”

“你是想笑死我。”

听着她的笑声，池月勾起唇角，整个人都愉悦起来：“你要好好的，我等着你闯入决赛的消息。”

“我一定会努力的。”

“加油！”

直升机划过长空，池月眯起了眼睛：“乔东阳，你回去要待几天？”

“随你！”乔东阳正合着眼休息，闻言转过头来看她，“你要是想，咱们就多玩几天。”

池月沉默片刻，没吭声。

某人一叹：“不过，咱那分你是不是得给涨点儿了？”

池月撇了撇嘴，笑而不语。

一缕阳光透过云层照下来，让人浑身暖洋洋的。

从大漠黄沙到繁华都市，就是直升机一起一落的距离。直升机没有客机飞得那么平稳，但池月的前庭功能极好，坐了那么久，并没有感觉到半点儿不适。从飞机上下来时，她整个人还神采奕奕的，没有半点儿困意。乔东阳倒是在飞机上睡了一觉，看着她的时候，那双俊俏的狐狸眼里还有淡淡的血丝。

侯助理看一眼他："乔先生，你是回家休息，还是？"

乔东阳抬腕看了看时间："先去公司。"

直升机就停在 Crown 集团大厦的楼顶，三个人乘电梯下去，很快就到了乔东阳的办公室。这是一个大平层，占地面积极大，四面是落地玻璃窗，办公区窗明几净，环境很 nice（好）。工作人员看到乔东阳进来，一个个都从椅子上起立，恭敬地叫他"乔先生"。在一声声问好里，乔东阳走了过去。他只是淡淡地点头，谈不上不礼貌，也谈不上热络。

池月跟在乔东阳身后，收起了好奇心，尽量不表现得像个土包子似的东张西望。

她走着走着，前面的乔东阳突然停下脚步。

池月差点儿撞上他的背，幸好应对及时，才没丢脸。

乔东阳回头看了一眼她的窘态，唇角扬起一丝笑，然后转头，一本正经地告诉所有人："忘了给大家介绍，这位是我的特别助理，池月，池小姐。"

众人蒙了。

乔东阳的助理不止一个，可他这么认真介绍给他们的是第一个。

"天降奇兵"这个节目，看过的人不少，但当大家第一次见到池月真人出现在面前时，才把她和节目里的人对上号。但凡有点儿眼力见儿的都明白怎么回事儿了，于是一个个笑得都有点儿暧昧。

乔东阳面无表情地转身，进了自己的办公室，并且吩咐侯助理："通知下去，十分钟后，请中层以上的管理人员到会议室开会。"

"是！"侯助理出去了。

与别的公司相比，Crown 公司的会议是很少的。乔东阳在公司的时候也不多，经常是线上指挥，通过视频会议安排工作。大部分人觉得这样的企业文化很人性化，不用天天面对 boss，自由自在。

如果绩效考核的压力不那么大，简直就是完美了。

乔东阳开完会，就把池月带回了家，那个位于申城黄金地段的江边别墅。

一进门，池月四处看了看："今天晚上我睡哪里？"

乔东阳的房子太大，她是真的不确定自己能住哪个房间。可某人听了之后，却露出一抹坏坏的笑："要不你睡我的房间？"

"那谢谢你啊！"池月一笑，转身看了看，"哪一间？"

乔东阳愕然："你还真睡？"

池月挑起眼皮，似笑非笑："不是你叫我睡的吗？乔先生想反悔？"

中招！这女人就是不能惯的。看吧！给她点儿颜色就开染坊。他是她的上司，是她……未来的老公，可她有没有怜惜他半分？

晚上，乔东阳睡在客房的床上。他抱着被子换了一百零八个姿势，烦躁得恨不能掐死"大度"的自己。这嘴咋就这么欠呢？

相反，池月睡得很好。大概是乔东阳的床真的又大又软，她睡得昏天黑地，醒过来的时候竟有一种不知身在何处的迷失感。眼前的房间是陌生的，眼前的……人？

"啊！"池月叫了起来。

她的床上躺着一个男人。他躺在她的脚边，脑袋用被子蒙着，只有一双穿着睡裤的大长腿露在外面。被池月的叫声惊醒，大长腿的主人从被子里露出毛茸茸的脑袋和一双茫然的眼睛："叫什么？还没睡醒呢。"说完，他又蒙上了被子。

池月把被子拉过来，盖住自己："乔东阳！你干什么？"

乔东阳的声音从被子里传来，有些半睡半醒的含糊："什么也没干。"

池月不知道该说什么了。这张床很大，大得她真的没有感觉到乔东阳的存在，更不知道他是什么时候溜进屋子里来的。如果说他下流、无耻、卑鄙，不是个正人君子吧，他确实……什么也没干，就那么乖乖地蜷缩在她的脚边睡着，没有碰她。可是，哪有正人君子这么干的？

池月揉乱了一头长发："不是说好把床让给我的吗，你什么意思啊？”

“我不是让了吗？”

“那你为什么会在这儿？”

“脚自己来的。”乔东阳的声音还是软绵绵的，带着八分睡意，听得池月又好气又好笑，恨不得一脚把他踹下去：“你唬谁呢你？”

“这是我的床，脚就认它。”

好吧好吧，有道理。

池月懒得再跟他争辩，掀开被子就想出去，却听到外面传来一阵嘈杂声。像是有人在说话，说了什么，听不清。

她竖起耳朵，不一会儿，就听到李嫂在敲门：“乔先生，乔先生，乔董和夫人过来了。”

李嫂是这幢别墅里的保姆，平常负责打扫卫生和照顾乔东阳的起居。当然，乔东阳并不时常住在这里，于是李嫂就成了传说中的那种住豪宅、拿高薪、晒太阳、遛狗，还没有主人在身边监督的幸福保姆。

乔东阳把脑袋蒙在被子里，翻了个身，大长腿压住被子，像是没听见。

这睡相也是绝了。

池月看了他一眼，缩回腿，拉过被子盖住自己，不方便出去。

李嫂等了一会儿，没等到主人的回应，又轻轻地拍了拍门：“乔先生？乔先生？”

乔东阳的眉头皱了皱，他不应声。

无人应答的结果是李嫂拍门的声音越来越大，甚至把原本在楼下等待的乔正崇夫妻都引了上来。几个人叽叽咕咕在外面说话，乔正崇的声音隔着门都能听得见。

池月捧着脑袋烦躁起来。

乔东阳憋得住，可她快不行了。

这叫什么事儿啊？外面是他的长辈……而她跟他睡在他的卧室里，不要说给长辈留下好印象了，换了谁家看到这样的女孩大概都是不喜欢的。

池月捏了捏乔东阳的小腿，身体微微前倾，压着嗓子叫他：“乔东阳？”

乔东阳果然是醒着的，不高兴地哼了一声，长腿一抬，压住了她的胳膊：“别吵。再睡一会儿。”

池月：是她在吵吗？

“外面有人在叫。”池月不得不再次提醒他，“你听不见吗？”

乔东阳抬了抬脖子，眯起眼看向池月：“他们吵着你了，是不是？”

“不是啦。”池月都开始替他感到焦灼了，“是你爸你妈来了，就在门口。”

“哦！”乔东阳漫不经心地抹了把脸，“你想见见他们吗？”

池月一怔。他这话基本就和“见家长”是一个意思了。她摇了摇头：“不想。”

“好。”乔东阳打了个哈欠，看了她一眼，对着门外拔高声音，“大清早的让不让人睡觉了？李嫂你懂不懂规矩？”

外面安静了片刻。李嫂像是在解释什么，然后门再次被拍响。这一次敲门的人是乔正崇：“臭小子，你也不看看都几点了，还睡？起来！有事跟你说。”

乔正崇是有些威风的，听着这洪钟般的声音，池月都瘆得慌。

乔东阳却不为所动，打了个哈欠，懒洋洋地叫李嫂：“赶紧把人给我轰出去。我没睡醒，谁也不见。”

那是他爹！池月惊住了。

门外一阵静默。

李嫂的内心大概是崩溃的。

她不敢撵人，但吃谁的饭、拿谁的钱还是拎得清的：“乔董，乔夫人，乔先生的起床气很重，你们看……是不是先回去？有事等他醒了再说？”

乔正崇比她更崩溃，一张老脸黑沉沉的。他使劲拍着门，似乎还踹了一脚：“乔东阳，你就给我缩在里面吧！我看你能不能睡一辈子！我在楼下等你！”

乔东阳嗤了一声：“大清早的，非得这么恶心人？”

“谁恶心人，你知道你在跟谁说话吗？”乔正崇骂骂咧咧的，像是恨不能把门给踹开。董珊拽着他，小心地劝着。二人的对话落入耳朵里，乔东阳的表情更难看了。

这个时候，池月要再看不出来他和父母的关系不好，那就是傻子了。不过，她没有说话，更没有去劝。别人家的事儿只有他们自己知道，她一个外人没有立场说什么。

门外传来董珊的声音："东子，我知道你带了女孩回来，她是不是不好意思见人啊？你让她别害怕啊，我和你爸也不会吃人的。你就不想开开门，让我们见见？"

女孩，是在说她吗？池月的眼皮轻颤，她下意识地睨了乔东阳一眼。

乔东阳什么也不说，只见一个枕头飞了出去，砰的一声砸在门口。

没有回应，就是他的回应。

董珊噎住："那好，你先睡吧，我们在楼下等你。"

乔东阳的睡意已经没有了，他睁着一双黑漆漆的眼睛看着池月，话却是对着门外的人说的："你们再闹，我就报警了。"

门外没有了声音，安静得像没有人来过一样。

池月和乔东阳四目相对，片刻后，她缓慢地扯出一个笑容："我觉得你还是去见见吧？这样躲在房里不合适。"

乔东阳淡淡地看着她："你呢？"

池月眨了下眼："我还不算是你的女朋友吧？我是你的助理。"

"那你要怎样解释你和你的老板睡在一起？"乔东阳扑哧一声，翘起的唇角带着邪气。像是成心气她一样，他爬过来，与她一起靠坐在床头："我尊重你的意见，你不想见，我们就不见。"

说实话，像乔东阳这种敢公然忤逆父母的人，池月还是第一次见到："你就不怕吗？"

"怕什么？"

池月瞥了一眼安静的房门："那是你的父母呀！"

"嘀！"乔东阳轻轻地拉了拉她的睡衣，柔软的质地摸着很舒服。在这样的清晨里，穿着睡衣的池月脸若芙蓉，红润温柔，最主要的是她是在他的床上醒来的，这么一想，就更显得娇艳了。

“没有人可以管我。”乔东阳捏了捏她的鼻子，“我的亲爹也不行！”

池月总觉得他这句不羁的话里藏着一些隐秘又复杂的情绪，但此刻的她对乔东阳的家庭了解得不多，不敢多做猜测：“随你吧。但他们如果一直等，你早晚会见到。”

乔东阳轻笑。他低下头看着她的脸，突然一把抱住她，滚到床上：“那也得等我睡醒了再说！”

“喂……你！”

两个人在床上笑闹了一会儿。池月去卫生间冲了个澡，出来的时候，发现乔东阳的唇角都快翘上天了，看起来他的心情很好。他说：“走吧，陪我下去走一遭。”

见乔家父母？

池月觉得脑子发麻。她应付各路人马都不发怵，但是一想到要面对长辈，尤其是乔东阳的长辈时，总有一种余力不足的感觉。

“乔先生，我没充值。不是人民币玩家。”

乔东阳拍拍她的肩膀：“有我在，没人敢欺负你。”

这不是一个好提议，但走到了这个姓乔的山头，她也只能唱这首歌了。池月明白藏在卧室里不去见人不礼貌，特招人讨厌：“好吧！我是你的助理，老板有令，不得不从。”

乔正崇和董珊果然还在楼下的客厅里。

茶已经二泡了，李嫂在边上伺候着，手足无措，小心翼翼。

池月从旋转楼梯走下去，感觉到两束探究的目光时，脊背绷紧了。到这个时候才下来，实在有点儿不像话。不过好在乔正崇凶是凶，但绝不会对着一个小姑娘口出恶言。他冷冰冰地看着乔东阳：“去书房里谈！”

乔东阳耸耸肩膀，没有拒绝。他把池月按在沙发上坐好，又让李嫂给她拿了吃的，然后宠溺地拍拍她的头：“我去听那老头训话，你在这儿等我。”

老头？

池月尴尬：“好。”

早餐是早就备好的，李嫂殷勤地端到客厅里，不让她多走一步。但是，乔东阳的妈就在面前，池月不好意思吃。她招呼董珊，叫了声“阿姨”，双手交叉放在膝盖上，脊背挺得笔直，却不知道接下去该说什么。

董珊看了她一眼，笑了起来：“你不要紧张，先吃东西。”

池月不太好意思：“我还不太饿。”

董珊温柔地笑笑：“不吃早饭对身体不好，你们年轻人就是不注意。天大的事儿也没有吃饭大。你先吃，看看合不合胃口，要是不好吃，让李嫂再做！”

池月抬头，看着董珊的目光深了些。

可以说，这样的态度已经是极好的了。

池月悬着的心放下了些：“谢谢阿姨！我还是等会儿再吃吧。”

董珊和蔼地看着她，眼睛都快笑得眯起来了：“要不我陪你吃点儿？我刚好饿了。”

这真是一个很好的长辈。这是董珊知道她拘束，特地这样说的。

池月不好推让：“好啊。”

李嫂看看她们，兴高采烈地说：“我再去给夫人端。”

两个女人一人端着一碗粥相对而坐，气氛缓和很多。在池月的印象里，长辈是肯定会问一些她的个人情况的，比如几岁啊，家里做什么的啊，几口人啊，在哪儿上的学啊，目前做什么工作啊……这几乎是见家长的“标配”。可是董珊不问这些，只问池月好不好吃，习不习惯，还热情地邀请池月去家里玩。

这样的长辈很难让人讨厌。

池月不太能理解乔东阳之前对董珊的态度。

“谢谢阿姨！”她微微一笑，“阿姨长得漂亮，人又好。”

董珊笑了起来：“是吗？你这孩子真会说话。”

“我说真的，阿姨看着好年轻。我都不敢相信你有一个那么大的儿子了呢。”

董珊的脸色微微一变，但转瞬又恢复了正常，她用勺子搅动着碗里的粥，轻轻一笑：“东子不是我亲生的。”

呃！这就尴尬了。

池月立马道歉："不好意思，阿姨，我不知道。"

董珊随和地一笑："东子没有告诉过你吧？我叫董珊，是东子的小妈。我不是他的亲妈，但他是我看着长大的。"

小妈这个称呼很笼统，她和乔父的关系是什么情况，很难从这个称呼中理清，但池月隐隐觉得乔东阳之所以排斥董珊，恐怕和他的亲妈有关。难道是小三上位？

"董阿姨，我叫池月，是乔先生的助理。"

助理？

董珊怔了怔。她看了看池月，了然地一笑："快吃东西，一会儿凉了就不好吃了。"

客厅里的人在谈话，书房里的人也是。

不过，书房里的气氛远不如客厅里那样轻松和谐，这里刺激得如同战场一般。乔正崇暴跳如雷，乔东阳却把脚搭在凳子上，慢条斯理地吃着李嫂端来的水果，听训话的样子不太正经，这让乔正崇一拳头打在了棉花上，五脏六腑都快移位了。

"你到底有没有在听我说话？"

乔东阳拿牙签叉了一块水果："听着呢。说吧，你只有十分钟了。"

他一共给了亲老子二十分钟，在楼下等了他快一个小时的乔正崇很想让这个儿子回炉重造。

"我的时间很宝贵的。"乔东阳抬起眼皮看了他一眼，"如果你还有正事，建议你不要再说废话了。"

乔正崇训斥的话堵在喉咙里，他无奈又沉重地叹了口气："我不是想阻止你自由恋爱，也不是逼你和林盼在一起。乔东阳，你能不能清醒一点儿？你是乔家的继承人，知不知道找一个门当户对的妻子有多重要？不是我看不起那个女孩，眼界、圈子、学识……这些差距会导致价值观的全面错位，你考虑过没有？"

乔东阳嗤了一声："说得就像你和董珊就门当户对似的。"

乔正崇被儿子戗了，气得指着乔东阳，有点儿口无遮拦了："你最近是不是脑子进水了？你难道不知道这种女孩接近你的目的是什么吗？人家是为了你的钱！傻子！"

“吓死我了。幸好我还有钱，要不然就真的没什么优点能让她看上了。”乔东阳用手指轻抚着水果盆，眼皮都懒得抬一下，“看上就看上呗，反正一个人花是花，两个人花也是花。”

乔正崇竟无言以对。

乔东阳舔了舔牙床，不知想到了什么，突然嗤笑一声，眼尾挑起：“你说我脑子有水，家里有矿，是地主家的傻儿子，不是跟她很配吗？”

“你知不知道害臊？大伯和小叔一家家的哪个不盯着咱们，恨不得咱们出糗？你说你找这么个女人，他们会怎么说？”

乔东阳一本正经地问：“大概会说我随爹？”

乔正崇觉得自己没有被气死真的是命大：“你说，你到底要怎样才不跟我对着干？”

乔东阳笑着看了他一眼，眉头舒展，表情轻松：“除非时光倒流，我妈活过来。”

他望着乔正崇轻飘飘地笑着，神态慵懒。那满不在乎的样子让乔正崇有刹那的恍惚……他觉得面前坐着的儿子并不是东阳科技那个人人称赞的创始人乔东阳，而是当年那个鲜衣怒马的少年郎，恣意妄为，不管不顾地想要毁天灭地。

乔正崇叹口气，撑着额头，忽然间像老了十岁：“是不是我把乔氏交到你手上，你就会停止这荒唐的一切？你做这些是不是就是想逼我交权？”

嗤！乔东阳笑了起来，叉了一块水果放在嘴里，漫不经心地嚼着：“得了吧，这种吃苦受累的事儿只有你喜欢。你爱做主，就做主去。乔氏是你的，我大伯、三叔如果想要……守不守得住就看你的本事了，以后别来烦我。”说到这里，他扬眉轻笑，一副纨绔子弟的样子，“权力、金钱都是狗东西，还不及我女人的一个笑容。”

乔正崇的脸一黑，他差点儿原地驾崩。

“还有——”乔东阳懒洋洋地笑着补了一句，“我不是为了跟你作对才喜欢她的，是因为喜欢她才跟你作对的。”

乔正崇抿住唇，看了他一眼：“逆子！”

“明天我会带她去。”乔东阳笑得挑高了眉毛。

“你！”乔正崇好不容易压下的火腾的一下又升起来，“不许你乱来！”

“哦……我听你的话，才怪！”

侯助理带着秘书小张过来的时候，乔正崇和董珊已经离开了。要不然看到那堆衣服，乔正崇估计还得喷一口老血。侯助理带着两个人忙活了一个上午，就是帮池月买衣服去了。认真讲，这让池月非常不好意思。衣服都是她需要的，但真的不需要这么多啊！

池月把侯助理叫到一边，小声问：“这些得花多少钱？”

侯助理是个老狐狸，笑眯了眼：“池助理想付账？”

池月认真地点头：“大概要多少？”

侯助理摸着下巴想了想：“大概就你一年的工资吧？”

“……”

无功不受禄啊！池月不喜欢占男人的便宜，更不想让自己养成这种好逸恶劳的习惯，因为这感觉——太爽了。人对物质享受是会有精神记忆的，一旦这种爽感刻在了记忆里，以后的日子一旦不好过，精神就会崩溃。

池月找到乔东阳：“你给我买的这些衣服能退吗？换些便宜的。”

彼时，乔东阳正在刮胡子，从镜子里睨了她一眼，没有回答她，而是看着洗漱台努了努嘴：“帮我把这里整理一下。”

池月翻了个白眼，但没拒绝。毛巾、牙刷、洗漱用品，她都一一清洗归类，最后把洗漱台擦得干干净净。乔东阳的眼里全是笑意：“去！帮我把床整理一下。”

助理还干这些的吗？

池月迟疑了两秒，仍是去了。她不仅把床整理干净了，连带着卧室、衣橱都收拾了一下。乔东阳看着窗明几净的房间，很满意地点点头，一把揽住池月的肩膀：“好了，咱俩扯平了。”

池月仰头看他：“什么啊？”

乔东阳给了她一个缠绵的笑：“我帮你买衣服，你帮我做家务。扯平了！”

池月："……"这哪里叫扯平啊？

"池小姐别小看自己的劳动力，一个人的经济价值是由雇主决定的。我认为你今天的劳动就值这么多钱。"

"乔东阳……"池月眯起眼，"你是钱多得没处花了吗？"

乔东阳噌的一下睁大眼睛："你咋知道的？"

池月扑哧一声，被他逗笑了："真的假的啊？"

乔东阳叹气，痛苦地摇摇头："钱太多的痛苦，你不会明白。小池啊，就当帮哥的忙了啊，别犟！"

衣服已经买回来了，全是她的尺码，不接受也不好。池月暗自决定，要努力赚钱，回头就把钱补给他，自己必须买得起这些衣服。想明白了，她就开始喜欢那些衣服了，一件件看过，高高兴兴地搬进了客房里。

是的，为了防止乔东阳那双"离奇的脚"半夜"主动"回到他自己的房间，池月选择了去客房里睡。

乔东阳没有说什么："去吧去吧，看你跟防贼似的——我不是那种人。"

池月不知道他们还要在申城待几天。但她是乔东阳的助理，从工作职责上来讲，老板要留下，她就得留下。所以，她把自己的东西收拾好后就给老妈打了个电话，又在微信上和"亚洲五美"闲扯了会儿。

今天并没有具体的工作。乔东阳说他不用去公司，因为有事要忙。可是，当池月泡好咖啡去他书房时，发现他——在玩游戏。

这位老板的工作作风非常奇葩，池月无法理解。侯助理显然早已习惯了，不仅不劝他，还兴高采烈地陪他一起玩。池月看着这两个人，一个头两个大，可是又不能说什么。

离乔东阳的生活越近，池月发现她对乔东阳的了解越少。有那么一个瞬间，她甚至觉得现在的乔东阳和她以前认识的乔东阳根本就是两个人。一个冷，一个热；一个严肃，一个荒唐，完全不搭调。现实生活里的乔东阳太难捉摸了。

混了一整天，晚上池月早早回了房间，洗漱睡觉。

今天不用像昨天那么憋屈，内衣内裤、睡衣拖鞋、洗漱用品，一应俱全。池月舒舒服服地洗了个澡，安静地躺在床上，手机都没去拿。她想趁着睡前头脑清楚，好好想一想和乔东阳的关系，以及未来。

这一夜，她不知道是什么时候睡着的，但醒过来后同样有“惊喜”——脚的那头躺着一个男人。他照常用被子蒙住头，两条大长腿大大地叉开着，睡姿销魂。

池月坐起来靠在床头，这一回连尖叫都省了，直接踹在他的小腿上：“乔东阳！”

“嗯！”某人发出闷闷的声音，听上去有些委屈，“没睡醒。”

“起来！”池月又踢了踢他，“你什么情况？怎么又跑到我床上了？”

“脚自己来的。”

“你这脚是成精了吗？”池月在他的脚心揪了一把。

“呀！”乔东阳抽了一口气，半睁着一双眼睛看着她，“我起床气很重的。”

池月挑挑眉：“那又怎样？”

“你信不信我……”乔东阳伸出手，两根修长的手指像虫子一样往前爬了爬，做了一个坏坏的动作，“收拾你！”

池月的嘴角抽搐一下，她气坏了。她不再说话，翻身起来，将一整床被子盖在乔东阳的脸上：“你睡吧你。”

被子没动，乔东阳也没动。池月怔了怔，转过头看他。半晌，她笑着去了卫生间。没想到等她收拾好出来，乔东阳还是老样子，半点儿动静都没有。池月生怕把他闷死在被子里了，又好气又好笑地走过去，把他从被子里解救出来：“乔东阳，你是睡神投胎的吗？”

“嗬！凡人，本神的秘密你敢知道？”乔东阳没有睁开眼睛，懒洋洋地点了点脸颊，“来，这里亲一下，本神就不追究你的罪责了。”

池月快被他气笑了：“这脸皮太厚了，亲不下去。”

乔东阳没有说话。

他又睡过去了？

池月慢慢地坐在床沿上，看着他睡觉的样子。这一刻，房间里安安静静的，没有一点儿声音，冬日的暖阳在窗口流连，整个屋子暖暖的。睡着的乔东阳没有了冷峻的锋芒，犀利的眉峰也柔和起来，俊美的五官好看得不可思议，像是从哪个偶像剧里走出来的男主角……

池月微微出神，下意识地想去摸摸他的脸。

她的手伸了出去，很慢很慢，很有耐心，终于即将摸上了。

突然，他恹恹地一叹："我都没睡好。"

池月飞快地缩回了手，脸有些烫。她在做什么？

池月捂了下脸："那你继续睡吧。"

乔东阳不耐烦地揉了揉头发："不能睡了。起床，带你走亲戚。"

池月一惊："亲戚？什么亲戚？"

池月对乔东阳的提议非常排斥。

昨天见他父母已经很不舒服了，今天居然要去见他的亲戚？池月的双腿盘坐在床上，她抱住膝盖望着他："乔东阳，你是跟你的分有仇吗？"

乔东阳正准备去卫生间洗漱，闻言回过头来："我又做错了什么？"

这声音听上去居然有点儿委屈和无辜。

池月抿了抿唇，眉梢不经意地挑起："你不是还没有及格吗？好好珍惜啊，大兄弟。你也不想想，我用什么身份去见你的亲戚？"

乔东阳慢慢地一笑："女朋友？对象？爱人？亲爱的？……你随便选一个吧。喜欢哪个选哪个。"这厮说完就愉快地去洗澡了。

池月："……"

怪不得昨天他给她买那么多衣服，原来是早有预谋。见亲戚？怎么不带她见祖宗啊？！

池月哼了一声，下床去选衣服。这个年纪的女孩子很少有不爱美不爱打扮的。池月以前挺抠门的，对别人抠，对自己也抠，日子过得精打细算，置装预算当然少得可怜。不过，她总是在可以承受的范围内买最好的东西。所以尽管她不是活得特别精致的女人，但也并不寒酸。

可是看到乔东阳给她置办的这些行头，她必须承认，自己以前真寒酸啊。

金钱带来的幸福感太强烈了。她很快就忽略掉了别的疑惑，一件件比着衣服。都这么美，都是小可爱啊，关键还那么合身，那么合她的气质。可是这么多美衣，选哪一套呢？

池月看着这些衣服，想到了乔东阳刚才抛出的问题。

着装得符合她的身份。她琢磨着，从中选了一套——于是乔东阳洗漱好出来后就看到了一身职业打扮的犀利女精英。

“好看吗？”池月走到他面前，认真地展示了一下。

乔东阳上下打量她：“所以，你是我的谁呢？”

“助理啊？不像吗？”她在他面前转了一圈，故意气他，“这是那些衣服里我最满意的一套，也是最适合我的。”

乔东阳懒洋洋地瞥她：“不就是长得好看穿什么都好看吗？矫情！”

扑哧！嘴巴里是有蜜吗？

池月走在他的后面，认真地询问：“我还需要准备什么吗？你的亲戚家里是办什么事？红事、白事？过生日、结婚？”

乔东阳想了想，眉头慢慢蹙了起来：“他们家最近没死人，应该是喜事吧？”

两个人下楼吃完早餐就出发了。

乔东阳的车库给池月再一次打开了新世界的大门。一个人居然可以拥有那么多车？随便拎出来一辆就能让人尖叫的那种。此刻它们都乖乖地排列在乔东阳那个装修风格极具未来感的车库里，“一家人”整整齐齐地等待被挑选。而这只是乔东阳藏车里的一部分。

她从认识他到现在，已经见过了若干辆不同款式的车。

这一次，池月终于领略到了什么是“贫穷限制了想象力”，也不得不承认一个事实：这个世界上真的有人不爱钱，不稀罕钱，但还是有花不完的钱。而且他都不用努力，想败家都败不了。

这个认知让池月沮丧了好一阵。

也不知道乔东阳在想什么，他半眯着眼睛，一路都很沉默，天狗和侯助理倒是有一搭没一搭地聊着天（争论），这样的气氛轻松愉快，一直到车停下来。

这是一个庭院，从外面看像是一处仿古园林，占地面积比乔东阳那个别墅大得多，但透过树叶的缝隙可以看到，那些房屋有些年头了。大门口有保安，那严阵以待的样子让池月有一种到了某个景区的感觉。

“去你亲戚家，不会还要买门票吧？”她小声地开玩笑。

乔东阳愣了下，嘴角的笑容扩大了些，细看那眉梢眼底，竟带着一点儿淡淡的讥讽。他说：“说不定呢！”

池月瞥了他一眼，没说话。

乔东阳拍拍挽着他的胳膊的手，眉目间的笑意更浓了，也更冷了。

他俩走到大门口，两个保安把他们拦在那里：“你好，请出示你的请柬！”

乔东阳看了他们一眼，见是生面孔，脸上的笑就灿烂起来：“没有请柬，是不是不让进啊？”

有些人天生气场强大，刷脸比刷票更有用。乔东阳就是这种人。

保安被他问愣了，不敢怠慢，朝里面喊了一声负责接待的人：“王伯。”

很快，一个年纪稍长的男人出来了，看到乔东阳，脸上马上笑成了一朵花：“哎哟，东阳少爷到了。快请进，快请进！”说罢，他又瞪了那两个保安一眼，“没眼力见儿！主人家里的人都不认识！”

门口的人低头，都不敢说话。

乔东阳握了握池月的手，冷笑一声：“就这样进了？不用安检一下？”

王伯听出了他的讽刺，尴尬地一笑：“说的哪里话？没那么复杂，请！里面请！老太太在影园里，快去吧。天天都念叨你呢。”

乔东阳似笑非笑地看了他一眼，带着池月往里走。

和池月猜的一样，里面还真是一个大园林。不过它的建筑风格和公园不同，明显是私人宅院。

他们走了好一阵，终于到了影园。里面的人除了乔正崇和董珊，池月一个都不认识。

看到他们出现，董珊递来一个友好的眼神，池月也回了她一个笑容，但池月总觉得今天的董珊有些不一样。昨天的她温柔平和，是个大方得体的家庭妇女。可是今天在这些人中间，她似乎低调了很多，表情和动作甚至有点儿谨小慎微的样子，好像生怕出了风头。

池月看了乔东阳一眼，见他面不改色，除了偶尔咳嗽两声外，并没有异样。

“东子！”乔正崇在喊他，“去给奶奶贺寿！”

乔东阳已经找位置坐下了，被他爹一喊，又满不在乎地站起来，给池月递个眼色，带着她往里走。那里有一群人正在说话，中间的太师椅上坐着一个白发老太太。她穿着一身大红色的唐装，虽已满脸皱纹，但精神矍铄，看上去身体很好。

“奶奶，祝你福如东海、寿比南山，日月昌明、松鹤长春，笑口常开、天伦永享，身体健康、长命百岁！”乔东阳说了一堆贺词，打断了老太太和别人的对话。

老太太回过头来，朝他笑了笑，但脸上并没有收到了“一堆贺词”的欣喜：“来了？赶紧找地方坐吧。”

这也太冷淡了！这哪是奶奶见到孙儿的样子？不过，乔东阳那一堆像在背诵课文的“贺词”也同样不真诚。池月听着，脑子里全是问号。

原本她以为人家会对她好奇，乔家的长辈会问她。然而，池月想多了，那老太太的视线没在池月脸上多停留一秒，她转过头就继续与别人说话去了。

乔东阳尽完义务，转身就走。

董珊在那边喊：“东子、池月，坐到这里来。”

乔东阳只当没听见，池月却在看到董珊的目光时稍稍停顿了一下，略尴尬：“乔东阳，你不过去？”

“过去干吗？”乔东阳睨她一眼，“你想去？”

“我是无所谓的。反正都不认识。”

都不认识，和董珊却还能说上几句话。

乔东阳哼笑一声，就像知道了她的想法一样，换了个方向，走到乔正崇和董珊那边，懒洋洋地坐下。这会儿还没有开饭，大家都在园子里聊天。乔家是一个大家族，人口众多，今天来的都是亲戚，彼此都认识，跟谁比较谈得来，就跟谁坐在一起。

池月刚坐下，董珊就跟她介绍身边的人。

她七大姑八大姨地说了一圈，池月一个也没记住。但从他们的对话里，她了解到了乔家的一些事儿。

乔正崇有四个兄弟姐妹，一个哥、一个弟、一个姐、一个妹，他居中。四个兄弟姐妹都有了自己的孩子，有些已经有了孙辈，就乔正崇这一房只有乔东阳一个独子，连个闺女都没有。

说实话，池月有点儿诧异，董珊居然没有自己的孩子？她先前以为乔东阳跟董珊不对付的原因可能有与继弟继妹不和这种家庭因素存在，没想到董珊和乔正崇只有乔东阳一个孩子

这是为爱牺牲，还是有别的原因啊？池月想得有点儿多，乔东阳却毫不在意，整个人像个软骨头似的倚在沙发里，冷着一张脸，比他爹的架子还大，跟谁也不亲，对谁也不搭理。

而且，池月还有一个恐怖的发现。她和乔东阳坐过来后，那些原本跟乔正崇和董珊聊天的人居然都被吓走了。

他们畏惧乔东阳。

对！她没有看错，那些人看乔东阳的目光不是不友好，而是带着一些讨好和惧怕，他们甚至不敢在他面前久留，说几句好听的就赶紧走人，甚至都没有人向他打听池月是谁。这是什么亲戚啊？

池月的好奇心被勾起来了。

“饿吗？”乔东阳突然问她。

池月摇头一笑：“不饿。”

园子里有吃的，不过没有人动。

池月当然不好意思一个人在那里吃。

乔东阳瞥了一眼她那不盈一握的腰：“再瘦下去，稍一用力，你这腰就断了。”

哪里是瘦？是今天她这套衣服太修身，所以坐着都不舒服。

“真的不饿。”她想想，又问，“你想吃东西吗？”

乔东阳懒洋洋地看着她，还没有说话就又咳了起来：“不吃不吃，烦死了。”

池月有些担心他的身体，乔正崇和董珊也察觉到了他的状态

不对。

董珊转过头来看着他："是不是哪里不舒服？"

乔东阳充耳不闻。

这就让池月很尴尬了。因为董珊真的非常友好，池月这么绝情的人都做不出来伤害她的事儿。

"他有点儿感冒，没什么的。"她代乔东阳回答。

董珊的尴尬稍稍缓解了："还是得多注意，最近天气变化大。"

"嗯。"池月点头。

"我们东子粗心，池小姐，有劳你多费心了。"

"应该的。"池月微微一笑，"这是我的工作。"

又有人陆续进入影园，也照例先去跟老太太打招呼，然后看到乔东阳就躲得远远的。

池月看这情形，忍不住了，凑过去问："你是瘟神吗？"

"我是太阳神！"乔东阳的嘴角勾起，他漫不经心地扫一眼在场的人，"乔氏是家族企业，这些人都靠乔氏企业养活。"

嗯？池月还是不太明白。

乔东阳用手指轻轻地叩着椅子："你以为他们是怕我吗？是的，他们就是怕我，怕我以后不给他们饭吃，怕我把他们这些混吃等死的家伙通通开掉！"

池月听着，觉得有些不可思议。她当然不知道乔老爷子生前立下了遗嘱，只觉得乔东阳这个人简直傲娇到了极点。

这时，又有人进来了。一个挺气派的中年男人走在前面，身后跟着两个年轻人。

董珊给池月介绍："那是东子他大伯。"

池月一怔。她对乔东阳的大伯不感兴趣，目光的焦点都在他大伯背后的那个年轻男人身上，居然是段成程——那个当众向池月表白，吃了瘪，然后因为直播事件休学走人的家伙。

乔东阳也注意到了，露出一抹冷冷的笑："还有一个，是我堂哥乔瑞贤。"

池月对他堂哥也不感兴趣。她奇怪的是段成程怎么会跟乔家人混在一起？还混到了乔奶奶的寿宴上？

“东子！稀客啊！”大伯乔正元走过来，打了个哈哈，又把乔瑞贤招呼过来，“你们兄弟俩好久没见过了吧？瑞贤，你得多向东子学习，他那个东阳科技可是被主流媒体点名表扬了的，现在他是优秀青年企业家代表……”

乔瑞贤客客气气地打了招呼，视线就移到池月的脸上了。

漂亮的女孩子走到哪里都能吸引男人的目光。但池月敏感地发现，他看她的目光不是纯粹的男人欣赏漂亮女人的目光。那笑容有点儿阴。

“池月小姐，久仰大名。”

他直接叫出了她的名字？

池月笑了笑：“你好，久仰不敢当。”

“‘天降奇兵’我可是一期都没有落下，全程看到最后。还有那个资格赛……可惜啊，要不是最后那一场你输给林盼……要我说，东子也真是的，怎么就不让林盼让让你？”

“二哥！”乔东阳打断他的话，漫不经心地笑笑，“你怎么只长肥肉，不长脑子？”

乔瑞贤的脸色一变。他有乔家的基因，人不丑，唯一的缺点就是那微胖的体形。他最讨厌人家说他胖，可乔东阳是一点儿脸面都不给他留。

乔瑞贤暗暗咬牙，又不得不赔着笑：“东子，我就随口说说。其实我是池小姐的支持者……”

“哦。”乔东阳漫不经心地笑笑，“那你先把赞助费给了吧，这样支持比较有诚意。”

“东子！”乔正崇喝止儿子，乔东阳却不耐烦了。他翘起一侧的唇角，笑了笑，然后拉了池月一把，站起来重重地咳嗽了两声：“不舒服，先走了。”

“东子，你这是做什么？”乔正崇被气得七窍生烟。

奶奶过八十大寿，屁股还没坐热就要走？乔东阳的任性、张狂乔正崇是领教过的，但平常只有他们父子，气过就算了，这是大庭广众之下，亲戚们都看着呢，他不容许乔东阳这么放肆。可偏偏乔东阳半点儿都不肯顺着他。

他拉着池月的手腕，头也不回，客套话都懒得说。

四面八方全是审视的目光，池月如芒在背。但她没有抗拒，也没有劝乔东阳。吃谁的饭，她拎得清楚。不了解别人的时候，她更不会强出头。

“咱们现在去哪儿？”她小声问。

“回家！”

“去医院？或者去买点儿药！”池月建议，“你咳得太厉害了，这样不行的。”

乔东阳的嘴唇扯了扯：“装的。咯咯咯——走快一点儿，傻子！”

池月真不知道该哭还是该笑。装病这么幼稚的事儿，乔东阳居然也干得出来？她抿着唇跟上他的脚步，他们穿过人群，走得坦然而大方。

不承想，一个人突然冲了过来，堵在了他们的面前。

“池月！等一下！”

段成程会有这么大的胆子冲到面前来拦人，这是池月没有料到的。毕竟他那么㞞，看到乔东阳能直接跪在雨里。

她抿紧嘴看着面前的蠢货，一言不发。

“你干吗这么看我？不认识了？”段成程自来熟的本事一点儿没减。可能是这个人认知出现了某种偏差，他居然在池月面前耍了个帅，轻轻撩起刘海，头一仰，把脸完全露出来，微笑着深情地看着池月：“几个月不见，是不是变帅了？”

池月差点儿笑出声：“你这么调皮，脸上的青春痘知道吗？”

“池月，你还是没变。”她还是那么毒舌。

段成程不以为意地冷哼一声，显然是做好了应对她的准备：“到底好过一场，分手不出恶言是基本素质吧？”

分手？哦，这就有趣了。

池月和乔东阳对视一眼，然后笑着看向段成程：“你是酒精中毒了吗？”

“我有没有喝酒，你不知道？”

感情、奸情，这种事情的真假是最难说清的。一对一的事情一般都发生在不见光的私下，谁也不能证明有或者没有。因此段成程脸不红气不喘地睁着眼睛说瞎话是毫无压力的：“我知道你恨我。”他似乎入戏了，沉浸在自己编排的故事里，像个悲剧故事里的男配角，“不过，我现在也没有别的想法，只是想对你说声——对不起，我真的爱你。这么久了，我还是忘不掉你。”

“哈哈。”池月被他逗笑了。

她不回答段成程，转头看着乔东阳：“有人疯了，怎么办？”

乔东阳的眼睛微微眯起：“故事编得挺好的。”

池月点点头：“嗯，确实。我差点儿都信了。”

“那给钱吧？”乔东阳一本正经地说着。

池月没反应过来：“什么？”

“给钱啊，编故事不容易，咱们不能白听。”乔东阳一边说着，一边自己动手，在池月的包里翻出一个硬币，递到段成程面前，“喏，爷赏你的，拿去花！”

段成程的脸色一变。他说：“乔先生，你什么意思？”

“一块，不能再多了。别讲价，赶紧滚！”乔东阳指尖一弹，硬币飞了起来，堪堪从段成程的鼻尖砸了下去，落在地上，转了好几个圈才停在段成程的脚边，“下次编故事别编得这么拙劣，讲得好些，说不定爷能多赏几个钱。”

乔东阳说完，看了一眼池月：“走。”

池月忍不住想笑，瞥了段成程一眼，跟着乔东阳就要走。不承想，段成程这厮今天可能是开挂或者充值了，胆子变得很大。他横过来一只胳膊，拦住他们二人，然后恶狠狠地看着乔东阳：“乔先生财大气粗，我斗不过。哪怕被你抢了女朋友，我也没办法。本来是不想声张的，但是你现在拿钱羞辱我，会不会太过分了？”

“嗯，故事版本升级了？”乔东阳笑了笑，对池月说，“果然是嫌一块太少，又开始了。”

在乔东阳面前，段成程本就自卑。这样被乔东阳奚落一番，他更是被刺激得不行。不知道是不是想到了当初的羞辱，他看乔东阳的眼神就像是在看杀父仇人。

“不要以为你有几个臭钱就了不起！欺人太甚！”

“有几个臭钱就是很了不起啊。”乔东阳一脸坦然，“我给你一个机会，三分钟之内把事情说清楚。要不然……”他突然把身子往前倾，笑着问池月，“你说我要是在我奶奶的寿宴上放点儿年轻人喜欢的片子为她老人家祝寿，她会不会很开心？”

年轻人喜欢的片子？

段成程第一时间就想到了乔东阳的机器人。

当初天狗说出他的事情，让他被学校处分，最后混不下去了，不得不休学，这些都是乔东阳害的，他人生的悲剧全是乔东阳造成的。段成程想到这里，咬紧了牙：“你以为当初诬蔑我的那一套现在还有用吗？”

他突然转头看着在场的人：“大家看清楚了，这个乔东阳抢我的女朋友，然后为了洗白自己，居然伪造证据，故意陷害我，害得我被人唾弃，最后休学，一无所有——”说到伤心处，他突然哽咽起来，“本来我马上就要毕业了，工作都找好了，拿到毕业证就可以去上班了。就因为这对狗男女，害我在人前抬不起头……”

他快把自己说哭了。

池月叹为观止：“这颠倒黑白的本事！你是个人才啊。”

“颠倒黑白的是你们。池月！现在我一无所有，什么都不怕了，你们还想怎样？还想说是我辜负了你吗？”

“所以，你的意思是我们把你害得没法毕业，活得生不如死……可是，这样不堪的你，为什么还能来乔家奶奶的生日宴会上撒野？你是想说乔奶奶的生日宴是什么阿猫阿狗都可以进来的吗？”池月掷地有声地反问着，然后冷冷地一笑，目光扫向众人，“这么惨的你，又是怎么拿到乔家的请柬的？”

池月很会抓重点。

有些解释不清楚的事儿，她就不解释，把话题抛给大众，让他们去猜就好。在座的没有一个人是傻子。这样的宴会，没有请柬是进不来的。段成程能进来，能在宴会上揭乔东阳的老底，是为什么呢？

一开始，大家本来是相信段成程的，他看着老实，而乔东阳是真的什么混账事都干得出来。可是现在——且不管段成程说的是真是假，至少有一点池月没说错，他能进来这件事本身就不简单。

乔家三兄弟争家产的事儿，乔家的亲眷都心照不宣。老爷子的遗嘱写得很清楚，他要把乔氏的权柄交给乔东阳，但当年乔东阳没有成年，老爷子只能交给乔正崇"暂代"。按说乔老爷子生前已经说清楚了，没什么可扯皮的。不过，乔老爷子大概也有一些顾虑，怕亲自指定的孙子是个败家子，于是附加了一个"废除遗嘱"的条款。

这就是乔正崇对乔正元恨得咬牙切齿的原因之一。

乔老爷子关于败家子的说法很笼统，没有明确规定究竟什么样才叫败家，对人品、德行的判断没有统一的标准，但他有一个硬性条件：公司败落，严重亏损。

可乔东阳是败家子吗？显然不是。

他的公司是赚钱的，大把大把地赚着钱。

但是，乔家大伯和三叔都想把他塑造成一个荒淫无耻的败家子。

大家被池月点醒，马上就想明白了个中关键。

乔正元突然成了众人目光的焦点，很是恼火，气得指着乔瑞贤就骂："你这个是什么朋友？赶紧叫下去。丢不丢人？"

"我……"乔瑞贤没法解释，低着头，脸色难看，最后只能走过去拉住段成程，"走了走了。谁让你来胡说八道的？"

段成程红着眼争辩："我没有！我说的都是真的，是乔东阳这个小三欺人太甚了！你们都不知道，当初在航校他是怎么抢我女朋友，活生生把我撵出航校的……"

刚才他还说是休学，现在就是撵出航校了。

"故事又升级了。"池月慢慢地从包里翻出一张十元的纸币，一把塞入段成程的衣兜里，"拿着吧，怪可怜的。找地方吃碗面，补补脑子。"

乔东阳的拳头握在唇边，他一边笑，一边咳嗽："不行，我坚持不下去了，太扯了。你居然认为有人会相信我这样英俊帅气的男人是小三？不行不行，池月，十块太少，我再赞助十块。"

"好的，乔先生。"池月说着又去翻包。

他俩一唱一和，那满不在乎的姿态让段成程的揭露戏码如同一场拙劣的闹剧一般。段成程的一张脸红一阵，青一阵，拳头攥得紧紧的。在乔瑞贤的拖拽下，他像一个忍辱负重又不得不离开的可怜人……

去停车场的路上，池月笑了一路。以前她的性子清冷，遇上这种事，不论结果怎样，心底都是恶心多过开心的。可是今天明明被傻子盯上了，诬蔑了，她居然觉得十分好笑，而且笑得根本停不下来。

“唉！”乔东阳幽幽地叹口气，“我都‘被小三’了，你还在笑？”

池月坐上车，搓了搓笑酸的脸颊：“你知道吗？你在我心里的高冷人设已经崩了……”

“谁说我不高冷了？”乔东阳瞪她一眼，“我什么人设都可以驾驭，欢迎池小姐量身定制。”

“哈哈哈哈！”池月笑得抽搐起来，怕脸歪变形，用双手捂住脸，“乔东阳，原来你就是个超级开心果啊！”

“哼！”乔东阳沉下脸，暗暗地盯着她，“我都‘被小三’了，你还不给我名分？”

“哈哈哈哈！”池月笑得停不下来，用一双亮晶晶的眼睛看着他，“可是我觉得我跟你很适合做兄弟啊！咱们双剑合璧，打遍天下无敌手。”

“我可不贱。”看着池月近乎变形的笑容，乔东阳握住她的手，“这么开心？”

池月下意识地点点头，忘了抽回手。

乔东阳哼笑一声，抬高她的手背轻轻一吻：“那就该给我加分了！”

“还加分呢，人家明显是冲你来的。我都被你连累了！”池月抬了抬眉梢，望着乔东阳，“不过，这么低劣的事情不是仇人干不出来。乔东阳，你到底得罪了多少人？连你大伯都不放过你。”

乔东阳哼哼一声，不回答。

回到家，两人随便吃了点儿东西，继续宅在家里。

没有正事做，池月想打瞌睡。说实话，她自己懒可以，可看乔东阳这么懒，还是有些担心的：“你不去上班，你的公司不会垮掉吗？”

她的问题成功地把乔东阳逗笑了："你放心吧，我去公司比不去更容易垮掉！"

池月忍俊不禁："你倒挺有自知之明的，所以，我的奖励什么时候可以拿到？"

这才是正事。到申城的第一天，池月就惦念她的机器人了。

乔东阳看了她一眼，回头就传给她一个表格："把这些填好发给我，很快你就可以领奖了。"

"好的，谢谢！"池月兴冲冲地打开文件，小心肝儿当即就不好了。这表格有十来页，涉及的东西又多又杂，基本内容都是与机器人的程序定制有关，个人喜好、性格……包罗万象。

池月慢慢地敲着字，考虑了很多。

机器人现在对她来说实际用处不大。

池雁倒是很需要一个。于是她填的一切资料都是与池雁匹配的。填资料的时候遇到弄不明白的地方，她就请教乔东阳。乔东阳心情不错，很有耐心地告诉她，顺便厚颜无耻地要求加分。

这家伙简直是个天才，像池月这么冷漠的人，跟他在一起也能整天眉开眼笑，说他是为她量身定制的都不为过。他甚至有本事把池月哄得心甘情愿地为他做事，做了午饭做晚饭，捏了肩膀捶了背，最后还帮他加了三次分。

池月终于把表格填好传给了他。可是，等她晚上喜滋滋地入睡的时候，再次发现自己亏大了。

本来这就是她的奖励，她为什么要做那些事儿？池月看看自己的双手，气咻咻地从床上爬起来，把客房的门反锁了。哼！看他的脚还会不会自己找床！

她满意地拍拍手，往床上一倒，睡得很放心。

池月很快就进入了沉沉的梦里，睡得十分香甜。她很久没有做过这样的梦了，在梦里都笑出了声。一个翻身，梦醒了，天亮了，她打了个哈欠，突然发现不对。

自己的腿压到了什么？

"啊！"池月一把扯开某人身上的被子，"乔东阳，你是怎么进来的？"

他居然又、又、又睡到了她的床上，还是在池月的脚边，没打扰她，乖乖地躺着，像只毛茸茸的熊一样。池月气得想打人，他却懒洋洋地打了个哈欠："脚自己走过来的。"

"你的脚是会穿墙吗？"池月恨不得掐死他。

"不会。"乔东阳眯起眼，唇角翘了起来，"不过我的手会开锁。"

这里是他家啊！他有钥匙，为什么不能进来？

池月很抓狂："你能不能不要夜袭了，很吓人的好不好？"

"可以啊！"乔东阳半睡半醒地半眯着眼睛，"你让我睡你床上，我就不夜袭了。"

池月一个枕头砸过去："无赖！你再这样我就走了。"

乔东阳直起身看着她的背影，突然轻声问道："池月，你是认真的吗？"

池月一噎，回过头直视他的眼睛："当然。"

这天晚上乔东阳没有再来。

清晨，池月醒来，床上没有人。她既意外，又有些淡淡的无奈。她的话是不是得罪他了？她起床洗漱，正准备下楼的时候发现门口贴着一张纸条，上面是乔东阳的字迹。

"我一个拥有五十六分的男人是不会跟你计较的。好好睡，饭在锅里，我在床上——不，我应该去公司了。"